AF645762

btb

Ragnar Jónasson

TOTENKLIPPE

Thriller

Aus dem Englischen
von Helga Augustin

btb

Die isländische Originalausgabe erschien 2013 unter dem Titel
»Andköf« bei Veröld, Reykjavík, und 2018 unter dem Titel
»Totenklippe« erstmals auf Deutsch bei S. Fischer, Frankfurt am Main.

Sollte diese Publikation Links auf Webseiten Dritter enthalten,
so übernehmen wir für deren Inhalte keine Haftung,
da wir uns diese nicht zu eigen machen, sondern lediglich auf
deren Stand zum Zeitpunkt der Erstveröffentlichung verweisen.

FSC
www.fsc.org
MIX
Papier | Fördert
gute Waldnutzung
FSC® C014496

Penguin Random House Verlagsgruppe FSC® N001967

1. Auflage
Wiederveröffentlichung Oktober 2022
Copyright © by btb Verlag in der
Penguin Random House Verlagsgruppe GmbH,
Neumarkter Straße 28, 81673 München
Copyright © der Originalausgabe 2013 by Ragnar Jónasson
Published by agreement with Copenhagen Literary Agency, ApS, Copenhagen
Copyright © der deutschen Übersetzung 2018
by S. Fischer Verlag GmbH, Frankfurt am Main, 2021
Umschlaggestaltung: semper smile, München
Umschlagmotiv: © Arcangel / Sally Mundy;
© Shutterstock / Victor Lauer; ert21; Alina Reynbakh
Satz: GGP Media GmbH, Pößneck
Druck und Einband: GGP Media GmbH, Pößneck
mb · Herstellung: sc
Printed in Germany
ISBN 978-3-442-77217-9

www.btb-verlag.de
www.facebook.com/btbverlag

Für meinen Bruder Tómas

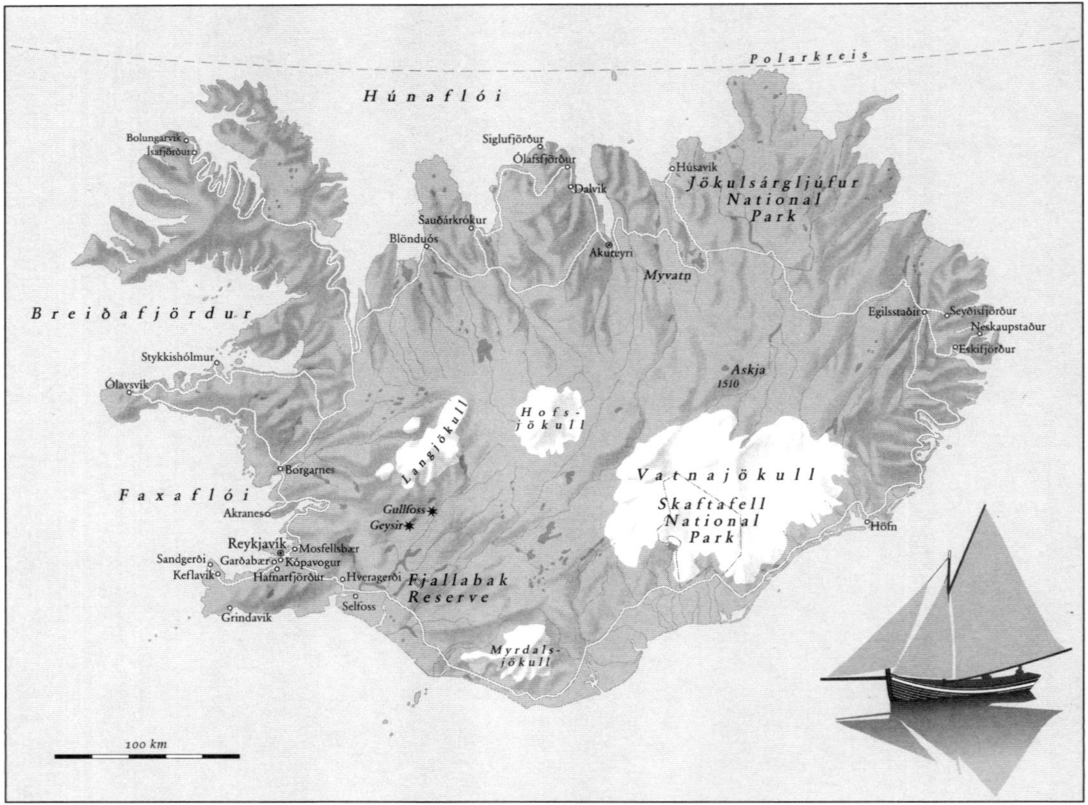
Polarkreis
Húnaflói
Breiðafjördur
Faxaflói
Bolungarvík
Ísafjörður
Stykkishólmur
Ólavsvík
Borgarnes
Akranes
Reykjavík
Mosfellsbær
Sandgerði
Garðabær
Kópavogur
Keflavík
Hafnarfjörður
Hveragerði
Selfoss
Grindavík
Blönduós
Sauðárkrókur
Siglufjörður
Ólafsfjörður
Dalvík
Akureyri
Húsavík
Jökulsárgljúfur National Park
Myvatn
Egilsstaðir
Seyðisfjörður
Neskaupstaður
Eskifjörður
Askja
1510
Hofs-jökull
Langjökull
Gullfoss
Geysir
Fjallabak Reserve
Vatnajökull
Skaftafell National Park
Höfn
Myrdals-jökull
100 km

»Komm in meinen Blumengarten, schwarze Nacht!
Dein Tau wird mir nicht fehlen,
denn alle Blumen sind verwelkt …«

aus: *Haust* von Jóhann Jónsson (1896–1932)

Prolog

Das kleine Mädchen streckte die Arme aus, und dann ging alles so schnell, dass sie nicht einmal schreien konnte, denn sie fiel und fiel und fiel, direkt auf das Meer und die Felsen zu.

Sie war zu jung, um den Tod kommen zu sehen.

Das Wunderland um sie herum, die Landzunge, der Strand und der Leuchtturm – das alles war ihr Spielplatz gewesen. Und genau in diesem Moment schlug sie auf den Felsen auf.

ERSTER TEIL

VORSPIEL ZU EINEM TOD

1. Kapitel

Obwohl – oder vielleicht gerade weil – sie noch ein Kind gewesen war, würde Ásta Káradóttir diesen Anblick nie vergessen.

Als es passierte, war sie in ihrem Dachzimmer, Tür und Fenster geschlossen, die Luft stickig. Sie hatte auf dem alten Bett gesessen, das knarrte, wenn sie sich nachts umdrehte, und aus dem Fenster gestarrt. Vielleicht – oder sogar wahrscheinlich – hatten sich im Nachhinein auch Begebenheiten in ihre Erinnerung an jenen Tag geschlichen, die anderen Kindheitserlebnissen entstammten. Doch was sie sah, das schlimme Ereignis, dessen Zeugin sie wurde, hatte sich für immer in ihr Gedächtnis gegraben.

Sie hatte keinem Menschen je davon erzählt.

Und jetzt kehrte sie nach langem Exil zurück.

Es war Dezember, und die Schneeflocken, die alles mit einer pulvrigen Schicht bedeckten, erinnerten daran, dass Weihnachten vor der Tür stand. Bei ihrer Abfahrt im Süden hatte es genieselt und war relativ warm gewesen. Hier im Norden Islands lief ihre Autoheizung auf Hochtouren, damit die Windschutzscheibe nicht beschlug, wodurch es fast unerträglich heiß war.

Ásta hatte Reykjavík mühelos hinter sich gelassen – sie war auf der Ártúnsbrekka Richtung Norden gefahren – und somit auch die Stadt, in der das Leben war wie schlechter Sex: besser als nichts, aber auch kaum der Rede wert. Sie hatte zwar vor zurückzukommen, doch wollte sie ihrer eintönigen Wirklichkeit wenigstens für ein paar Tage entfliehen – ihrer schäbigen, achtundsechzig Quadratmeter großen Souterrainwohnung, die so dunkel war, dass sie bisweilen klaustrophobische Anwandlungen bekam. Manchmal, wenn die Düsternis unerträglich wurde, hatte sie die Gardinen zur Seite geschoben. Aber da sie in einer belebten Straße wohnte, konnten die Fußgänger hineinsehen und beobachten, was in ihrer Wohnung so vor sich ging. Es war fast so, als hätte Ásta ihren Anspruch auf Privatsphäre verwirkt, weil sie im Souterrain wohnte und die Gardinen nicht zuzog.

Außerdem war ihr manchmal am Wochenende danach zumute, einen Mann mit nach Hause zu nehmen. Einige von ihnen wollten bei brennendem Licht und offenen Gardinen mit ihr schlafen – damit es wirklich auch jeder sehen konnte.

Sie war noch immer jung, kaum über dreißig, und wusste, dass ihre besten Jahre keineswegs hinter ihr lagen. Aber sie hatte genug von Zeitarbeitsverträgen und Nachtschichten; sie hatte es satt, mitten in der Stadt in einer Mietwohnung zu leben und sich mit Mindestlohnjobs oder Arbeitslosengeld mühsam über Wasser zu halten.

Um ans Ziel ihrer Reise zu gelangen – nach Kálfshamarsvík auf der Halbinsel Skagi –, war sie durch den Westen Islands und über den Bergpass bis weit hinauf in den Norden gefahren. Eigentlich wollte sie nie wieder an diesen Ort zurückkehren, aber jetzt hatte sie es doch getan, die alten Geheimnisse im Gepäck. Und da sie den ganzen Tag unterwegs gewesen war, lag jetzt bei ihrer Ankunft die Bucht schon in tiefstem Dunkel. Eine Weile stand sie nur da und betrachtete das Haus. Es war ein schönes Gebäude mit zwei Stockwerken sowie einer Dach-

und einer Kellerwohnung. Beim Bau hatte man keine Kosten gescheut, und obwohl es schon viele Jahrzehnte alt war, datierte der architektonische Stil wahrscheinlich noch wesentlich weiter zurück. Wie früher, hatte es einen weißen Anstrich, ein dunkelgraues, freigelegtes Fundament und gewölbte Balkone im ersten Stock – auch daran erinnerte sich Ásta, denn sie hatte mit ihrer Schwester, ihrem Vater und ihrer Mutter eine Zeitlang in der Dachwohnung gelebt.

Im Erdgeschoss, wo zumindest damals das Wohnzimmer gewesen war, brannte Licht, und über dem Hauseingang schien eine Lampe. Neben dem Leuchtturm auf der Landspitze waren das die beiden einzigen Lichtquellen, die in der Finsternis beinahe unnatürlich hell wirkten und ein faszinierendes Zusammenspiel von Licht und Schatten boten. Die ganze Gegend hier war von großer natürlicher Schönheit und zeugte von einer reichen Geschichte, was die Überreste der Häuser bewiesen, auf die man noch in den entlegensten Winkeln stieß.

Da Ásta keinen Grund zur Eile hatte, näherte sie sich dem Haus langsam, atmete die frische Nachtluft tief ein und blieb immer wieder stehen, um den Himmel zu betrachten und sich von den Schneeflocken das Gesicht kitzeln zu lassen.

An der Haustür hielt sie inne, zögerte.

War es wirklich eine gute Idee, hierherzukommen?

Eine heftige Böe ließ sie erschauern. Der Wind pfiff laut, und plötzlich hatte sie das Gefühl, jemand stünde hinter ihr. Sie wirbelte herum.

Doch da war nur Finsternis.

Sie war allein, die einzigen Spuren im weißen Schnee waren ihre eigenen.

Es war zu spät, um umzukehren.

2. Kapitel

»Er hätte nicht gewollt, dass du hierbleibst«, bemerkte Thóra mehr zu sich selbst als zu Ásta. Es war das zweite, vielleicht auch dritte Mal, dass sie mehr oder weniger das Gleiche sagte.

Thóra war inzwischen Mitte sechzig, hatte sich in den letzten fünfundzwanzig Jahren aber kaum verändert, immer noch den gleichen desinteressierten Gesichtsausdruck, distanzierten Blick und die gleiche irritierende Nörgelstimme.

Óskar, Thóras betagter Bruder, saß am anderen Ende des Wohnzimmers am Klavier und spielte unermüdlich dasselbe Stück. Er hatte noch nie lange an Gesprächen teilgenommen und stets schnell seinen Kaffee getrunken, um sich wieder ans Klavier setzen zu können.

Thóra bemühte sich, Ásta das Gefühl zu geben, willkommen zu sein. Sie hatten versucht, über frühere Zeiten zu sprechen, aber der Altersunterschied war zu groß, um viele gemeinsame Erinnerungen zu haben. Bei ihrer letzten Begegnung war Ásta sieben Jahre alt gewesen und Thóra um die vierzig. Doch eines hatten sie gemeinsam, nämlich die Erinnerung an Ástas Vater, so dass sich ihre Unterhaltung zwangsläufig viel um ihn drehte.

»Er hätte es nicht gewollt«, wiederholte Thóra.

Ásta nickte und lächelte höflich. »Wir brauchen nicht weiter darüber reden«, sagte sie schließlich. »Er ist tot, und Reynir hat mir angeboten, hier zu wohnen.« Wobei sie nicht erwähnte, dass sie Reynir angerufen und gefragt hatte, ob sie ein paar Tage bei ihm im Haus übernachten könnte.

»Nun ja, dann soll es so sein«, sagte Thóra.

Óskar spielte weiterhin dieselbe Melodie, gar nicht so übel und gut genug, um die peinlichen Lücken in ihrer Unterhaltung zu füllen.

»Wohnt Reynir das ganze Jahr über hier?«, fragte Ásta, obwohl sie die Antwort schon kannte. Als einziger Erbe eines wohlhabenden Geschäftsmannes stand Reynir Ákason seit Jahren im Scheinwerferlicht der Medien. Ásta hatte einige Interviews mit ihm gelesen, in denen er sagte, dass er sich in Island am liebsten draußen auf dem Land aufhielte.

»Mehr oder weniger«, antwortete Thóra. »Das könnte sich jetzt allerdings ändern, wo der alte Herr nicht mehr unter uns weilt. Du hast vermutlich in der Zeitung gelesen, dass er vor zwei Wochen gestorben ist.« Offensichtlich betroffen, senkte sie pietätvoll die Stimme. »Óskar und ich wollten zur Beerdigung in den Süden reisen, aber Reynir meinte, das sei nicht nötig. Die Kirche in Reykjavík ist ja sehr klein. Und wir hatten ihn auch nicht gut gekannt – er ist ja kaum hier gewesen. In der Beziehung waren Vater und Sohn völlig verschieden.« Sie hielt inne. »Reynir hat bestimmt eine Menge zu tun, wo er jetzt die ganze Firma übernimmt, allein schon all die Investments. Ich weiß nicht, wie er das macht. Aber der Junge ist klug.«

Der Junge, dachte Ásta. Bei ihrer letzten Begegnung war er kaum über zwanzig gewesen, aber in den bewundernden Augen einer Siebenjährigen natürlich schon ein erwachsener Mann, der Klugheit, Erfahrung und Ehrgeiz ausstrahlte. Und als leidenschaftlicher Segler hatte er das Meer geliebt, genau wie sie.

»Der Junge«, sagte Ásta. »Wie alt ist er denn jetzt?«

»Ich schätze, er geht auf die fünfzig zu. Aber zugeben würde er das nicht.« Thóra lächelte halbherzig.

»Wohnt er noch im Souterrain?«

Die beiläufige Frage fegte wie ein kalter Windstoß durchs Zimmer. Thóra versteifte sich und schwieg. Gott sei Dank spielte Óskar unbeirrt weiter. Ásta sah zu ihm hin. Er saß mit dem Rücken zu ihnen, über die Klaviatur gebeugt. Alles an ihm strömte Müdigkeit aus. Wie schon damals, trug er braune Cordhosen und einen dunkelblauen Rollkragenpullover; vielleicht war es aber auch ein naher Verwandter gewesen, der die Sachen getragen hatte.

»Óskar und ich wohnen jetzt da«, sagte Thóra, wobei sie nicht so nonchalant klang, wie sie sicher beabsichtigt hatte.

»Du und Óskar?«, fragte Ásta. »Das ist doch bestimmt sehr beengt für euch beide.«

»Es ist eine Einschränkung, aber so ist das im Leben. Reynir wird hier oben wohnen, und es ist natürlich sein Haus.« Sie verstummte.

»Wir sind einfach froh, dass wir bleiben können«, ergriff Óskar überraschend das Wort. »Uns gefällt es hier auf der Landzunge, trotz allem.« Er wandte sich um und starrte Thóra eindringlich an. Sein Gesicht war zerfurcht, seine Hände waren knochig. Ásta sah sofort, dass er es ehrlich meinte.

»Ich hatte einfach angenommen, dass ihr immer noch hier in der Wohnung wohnt, weil ihr mich ja ins Wohnzimmer gebeten habt«, sagte Ásta verlegen, obwohl sie das Unbehagen der beiden im Stillen amüsierte.

»Nein, nein. Wir benutzen die Wohnung nur, wenn wir zu dritt zusammen essen oder wenn Gäste da sind. Unten das Wohnzimmer ist viel dunkler und nicht so gut für Einladungen geeignet.« Thóra lächelte.

»Das kann ich mir gut vorstellen«, erwiderte Ásta, sprach aus eigener Erfahrung.

»Aber ich hab es uns so gemütlich wie möglich gemacht«, sagte Thóra fast entschuldigend.

Óskar hatte sich wieder dem Klavier zugewandt und spielte weiter die gleiche Melodie wie zuvor.

Ásta blickte sich im Wohnzimmer um. Es sah unverändert aus, wirkte jetzt aber kleiner als früher. Das Mobiliar war dasselbe und stand noch immer am selben Platz: das alte Sofa im Tudor-Stil, der dunkelbraune Couchtisch aus Holz, die großen Bücherregale voller isländischer Literatur. Die vertrauten Gerüche spielten mit ihren Sinnen, erzeugten einen flüchtigen, untrennbar mit dem Haus verbundenen Wohlgeruch. Es war wirklich bemerkenswert, wie ein Duft lange vergessene Erinnerungen wachrufen konnte. Zudem machte die geschmackvolle Einrichtung Ásta bewusst, wie nichtssagend und deprimierend ihre eigene Wohnung mit dem billigen Mobiliar war – das verschlissene Sofa, der Tisch, den sie im Internet für wenig Geld gekauft hatte, und die alten Küchenstühle in dem grellen Gelb, das schon lange außer Mode war.

»Du kannst natürlich dein altes Zimmer in der Dachwohnung benutzen«, sagte Thóra leise.

»Wirklich?«, fragte Ásta überrascht. Über die Einzelheiten hatte sie bei ihrem Gespräch mit Reynir nicht gesprochen.

»Es sei denn, du willst lieber nicht da schlafen. Wir können dich auch anderswo unterbringen.« Thóra wirkte verlegen.

»Reynir dachte, das wäre dir recht so. In den letzten Jahren haben wir da ein paar Sachen abgestellt, aber die Kisten und so haben wir ins Schlafzimmer geräumt.« Sie senkte den Blick, zögerte. »Ins Zimmer deiner Schwester.«

»Ist schon gut, danke«, sagte Ásta bestimmt. »Mach dir keine Gedanken deswegen.« Sie hatte nicht damit gerechnet, in ihrem alten Zimmer wohnen zu können – oder zu müssen. Wahrscheinlich hätte sie es vorgezogen, woanders zu schlafen, wollte aber nicht fragen; sie musste stark sein.

»Versteh mich nicht falsch, Liebes«, erwiderte Thóra ungewohnt warmherzig. »Ich hab zwar gesagt, dein Vater hätte nicht gewollt, dass du hierher zurückkommst, du bist bei uns aber immer willkommen.«

Wirklich großzügig von dir, zumal es nicht dein Haus ist, wollte Ásta sagen, doch sie verkniff es sich. »Was macht ihr denn jetzt so?«, fragte sie stattdessen, und nicht gerade höflich.

»Ziemlich das Gleiche wie immer … wir kümmern uns ums Haus. So viel wie früher gibt es zwar nicht mehr zu tun, und wir sind ja auch nicht mehr die Jüngsten. Óskar ist eine Art Hausmeister, wie damals. Nicht wahr, Óskar?«

Er erhob sich vom Klavier und kam, auf einen Gehstock gestützt, zu ihnen herüber. »Sieht ganz so aus«, murmelte er.

»Aber schwere Arbeit kann er nicht mehr machen«, sagte Thóra mit Blick auf den Stock. Óskar setzte sich in einigem Abstand neben sie aufs Sofa. »Hat sich die Kniescheibe gebrochen, als er die verfluchten Felsen hochgeklettert ist.«

»Wird schon wieder werden, braucht halt Zeit«, sagte Óskar leise.

Jetzt, wo die beiden zusammensaßen, betrachtete Ásta sie genauer. Die vergangenen Jahre hatten ihren Tribut gefordert, und Bruder und Schwester wirkten älter und erschöpfter, als sie sich vorgestellt hatte. Fast, als hätten sie bald genug, dachte sie.

»Und er kümmert sich um den Leuchtturm, so gut es das Knie zulässt. Den Job hat er von deinem Vater übernommen.«

Ásta beschlich leichtes Unbehagen. Das passierte ihr ab und zu; sie schloss die Augen und atmete tief durch.

»Bist du müde, Liebes?«, fragte Thóra.

Die Frage überraschte Ásta. »Nein, kein bisschen.«

»Soll ich dir etwas zu essen machen? Ich koche für Reynir, wenn er hier ist. Natürlich kann er sich selbst um sich kümmern, aber ich versuche, mich so nützlich wie möglich zu machen. Es ist ja nicht so, dass er uns noch braucht; wenn er wollte, könnte er uns vor die Tür setzen und verlangen, wir sollen uns von nun an selber durchschlagen.« Sie lächelte. »Ich sage nicht, dass er das machen würde, nur, dass er es könnte …«

»Danke«, sagte Ásta, hatte sich wieder gefasst. »Ich hab unterwegs ein Sandwich gegessen, das hält noch vor.«

Jemand klopfte fest an die Tür, und Ásta schreckte hoch. Die beiden Geschwister schienen jedoch wenig überrascht.

»Ich dachte, Reynir kommt erst morgen Abend?«, sagte Ásta.

»Er klopft gewöhnlich auch nicht an«, murmelte Óskar.

»Dann ist es bestimmt Arnór«, sagte Thóra und stand auf.

Ihr Bruder blieb sitzen und starrte in die Ferne, umfasste sein Knie – wahrscheinlich das verletzte – mit halb entschuldigender Miene. »Erinnerst du dich an Arnór?«, fragte er leise.

Ásta schenkte ihm ein warmes Lächeln. Er kam ihr vor wie ein alter Mann, dabei war er sicher noch keine siebzig. Doch er sah älter aus, hatte nicht mehr das muntere Funkeln in den Augen wie früher.

Sie hatte Óskar immer gemocht. Er war gut zu ihr gewesen, und an den Abenden, wenn es Fisch zum Dinner gab, hatte er ihr immer ein Glas Milch und Plätzchen aufs Zimmer gebracht, bevor sie schlafen ging. Er wusste, dass die kleine Ásta Fisch schlecht vertrug, obwohl – oder weil – sie so nah am Meer wohnten. Sie erinnerte sich noch genau, wie übel ihr immer geworden war, wenn Fisch auf dem Tisch stand.

»Danke«, antwortete sie Óskar, wollte eigentlich nur »ja« sagen und dass sie natürlich wusste, wer Arnór war.

»Danke?«, fragte Óskar, hatte noch immer das Knie umfasst und beugte sich zu ihr vor, als hätte er sie missverstanden und wollte sichergehen, dass ihm das nicht noch einmal passierte.

Ásta errötete, was selten vorkam.

»Tut mir leid. Ich hab nur gerade an früher gedacht. Du hast mir immer Milch und Plätzchen gebracht … Aber ja, ich erinnere mich an Arnór.«

Arnór hatte auf einer Nachbarfarm gewohnt. Er war Heidars Junge, obwohl inzwischen sicher genauso wenig noch ein Junge wie Reynir, wenn auch zehn Jahre jünger als dieser. Sie konnte ihn vor sich sehen: ein paar Jahre älter als sie selbst, hochgewachsen und pummelig, war er schüchtern und unbeholfen gewesen. Sie und ihre Schwester waren ihm oft begegnet, aber er hatte nie mit ihnen gespielt. Vielleicht fand er es blöd, sich mit jüngeren Kindern abzugeben, und dann auch noch mit Mädchen; aber vielleicht war er auch nur zu scheu gewesen.

Sie glaubte, ein Leuchten in Óskars Augen bemerkt zu haben. Er sah sie liebevoll an, dann senkte er den Blick. »Dann erinnerst du dich also daran«, sagte er. Und fügte hinzu: »Es ist schön zu sehen, dass es dir gutgeht.«

Sie lächelte nur aus Höflichkeit. *Gutgeht?*, dachte sie. Dieser Einschätzung konnte sie wohl kaum zustimmen. Offensichtlich hatte er keine Ahnung von ihrem stumpfsinnigen Leben, das sie in ihrem elenden Apartment in Reykjavík erwartete, von dem unerbittlichen Kampf, der Langeweile zu entfliehen und etwas mit sich selbst anzufangen. An manchen Abenden – wenn sie auf dem Sofa lag, aus dem Fenster in die Dunkelheit starrte, wo die Menschen von hier nach dort eilten, während ihr Leben an ihr vorbeizog – war sie so deprimiert, dass sie am liebsten aus ihrer eigenen Wohnung ausgebrochen wäre. Dann stellte sie sich vor, wie sie die Fensterscheiben zerschlug und hinauskroch, zerkratzt und blutig von dem zerbrochenen Glas. Lieber Schmerzen erleiden als gar nichts fühlen.

»Wohnt er immer noch auf der Farm?« Sie hörte Gemurmel im Flur: Thóra und ihr Besucher unterhielten sich.

»O ja. Nach dem Tod seines Vaters vor ein paar Jahren hat er die Farm übernommen. Da war Heidar schon ein alter Mann, Gott hab ihn selig. Arnór kümmert sich um Reynirs Pferde, und uns hilft er auch viel, besonders mit dem Leuchtturm. Eigentlich bin ich dafür verantwortlich, aber wie du dir denken kannst, schaffe ich die vielen Stufen nicht mehr. Er ist ein guter Kerl«, sagte Óskar mit Nachdruck.

Als Thóra und Arnór ins Wohnzimmer kamen, sah Ásta einen hochgewachsenen, schlanken jungen Mann und die ältere Frau. Sie hätte ihn fast nicht wiedererkannt, und nur weil sie wusste, wer er war, sah sie die Ähnlichkeit in dem Lächeln, das sein ganzes Gesicht überstrahlte. Ansonsten hatte er sich vollkommen verändert. Er war jetzt ein gutaussehender Mann, und es war schwer, in ihm den unbeholfenen Jungen zu sehen, an den sie sich erinnerte.

»Ásta«, rief er selbstbewusst aus, als hätte er sie erst gestern gesehen, vielleicht draußen auf der Landspitze. Früher war er schweigsam und introvertiert gewesen, und sie und ihre Schwester waren andauernd um ihn herumgetollt, um ihm eine Reaktion zu entlocken. Jetzt strahlte er Selbstbewusstsein aus. »Ich freue mich, dich wiederzusehen«, sagte er.

Er kam zu ihr, und sie hielt ihm die Hand hin. Doch anstatt sie zu schütteln, nahm er Ásta in die Arme und drückte sie so herzlich, dass auch sie ihn fest an sich drückte. Als sie das merkte, wich sie verunsichert zurück.

Sie sah ihn verlegen an. »Ich freue mich auch, dich zu sehen«, sagte sie beinahe flüsternd, gefolgt von einem verlegenen Lächeln.

Arnór wiederum schien kein bisschen verlegen. Er stand seelenruhig da, während sie befangen war und nicht wusste, wo sie hingucken sollte.

Kurz überlegte sie, ihm ihr Beileid zum Tod seines Vaters auszudrücken, ließ es dann aber. Sie hatte keine Ahnung, wie lange Heidar schon tot war und woran er gestorben war, so dass ihre Worte unaufrichtig klingen würden. Seit ihrer letzten Begegnung war auch ihr Vater gestorben. Vielleicht hoben die beiden Todesfälle sich gegenseitig auf? So dass weder sie noch Arnór sie erwähnen mussten?

Er wandte sich Óskar zu. »Ich hab Werkzeug mitgebracht. Wir sollten uns das Fenster im Leuchtturm ansehen, es muss schnellstens repariert werden.«

»Es ist gestern bei dem schlechten Wetter kaputtgegangen«, sagte Óskar an Ásta gewandt, und zu Arnór: »Eine große Hilfe werde ich aber nicht sein.«

»Trotzdem solltest du mitkommen. Du musst mir zeigen,

wie ich es machen soll«, sagte Arnór so überzeugend, dass Ásta fast glaubte, er meinte es wirklich so. Dabei wollte er Óskar sicher nur das Gefühl geben, noch gebraucht zu werden.

Die beiden Männer verließen das Wohnzimmer. Die beiden Frauen blieben schweigend zurück.

»Ich gehe dann mal ins Bett«, sagte Ásta schließlich, als das Schweigen zu peinlich wurde. Sie nahm ihren Koffer.

»In Ordnung«, sagte Thóra. »Die Treppe zum Dachgeschoss –«

Ásta fiel ihr ins Wort. »Ich kenne den Weg.«

3. Kapitel

Sie knipste das Licht an, und eine schwache Birne erhellte das schmale Treppenhaus, tapeziert mit Zweigen auf grauem Untergrund. Bei genauer Betrachtung entdeckte sie sogar rote Beeren an den Zweigen. Der Teppichboden war verschlissen, und das Holzgeländer hatte auch schon bessere Zeiten gesehen. Von irgendwoher zog es – und sofort wurde ihr kalt.

Es gab noch viele leerstehende Räume im Haus, das wusste sie und hätte nicht einwilligen müssen, in ihrem alten Dachzimmer zu schlafen. Aber es war trotz allem ihr Zimmer gewesen, und sie gehörte nicht zu den Menschen, die sich von den Geistern der Vergangenheit wach halten ließen. Sie war stark. Doch als sie im Dachgeschoss vor der geschlossenen Tür stand, fragte sie sich, ob sie das Richtige tat. Oder war es doch ein Fehler? Plötzlich hatte sie das ungute Gefühl, dass das alles kein gutes Ende nehmen würde. War es nicht besser, die Vergangenheit ruhen zu lassen und nach Hause zu fahren?

Noch war es nicht zu spät. Sie könnte umdrehen, die Treppe hinunterlaufen und Thóra sagen, sie habe einen Anruf bekommen und müsse sofort zurück nach Reykjavík. Sie könnte sich von ihr verabschieden, ohne dass Óskar und Arnór ihre Abreise mitbekamen.

Unentschlossen stand Ásta vor ihrem alten Zimmer. Ihr Blick wanderte nach rechts, zu den Türen des Elternschlafzimmers und des kleinen Badezimmers. Hinter ihr war die Ecke, die sie als Küche benutzt hatten, und … sie drehte sich langsam um. Die Tür zum Zimmer ihrer Schwester war geschlossen. Wie gern würde sie einen kurzen Blick hineinwerfen, ließ es aber und öffnete stattdessen die Tür zu ihrem eigenen Zimmer.

Es war nicht so groß wie in ihrer Erinnerung. Nirgends konnte sie mehr aufrecht stehen. Die Luft war stickig, beinahe modrig, und sie knipste schnell das Licht an und öffnete das Fenster.

Das war schon besser. Durchs Fenster strömte das leise Rauschen der Wellen herein, vertraut und beruhigend. Sie sah hinaus und hinunter zum Rand des Kliffs. Hier, genau von diesem Fenster aus, hatte sie etwas gesehen, was sie nicht hätte sehen dürfen. Seltsamerweise schmerzte sie die Erinnerung nicht, obwohl damals der Schock verheerend gewesen war.

In der abendlichen Finsternis konnte sie kaum etwas erkennen, aber das Licht des Leuchtturms half. Die Dunkelheit gewann hier niemals die Oberhand, dachte sie und lächelte dann bitter. Doch in diesem Haus, an diesem Ort, gab es nur Finsternis.

Im Moment herrschte zudem eine bedrückende Stille. Vermutlich war Thóra in ihr Zimmer im Souterrain gegangen. Es war ihr sicher nicht leichtgefallen, nach unten zu ziehen, trotzdem konnte Ásta kein Mitleid mit ihr aufbringen.

Ihr altes Bett stand noch an derselben Stelle wie früher. Es war zwar nicht besonders groß, aber auch kein Kinderbett. Angekleidet legte Ásta sich vorsichtig darauf. Es knarrte laut, wie schon in ihrer Kindheit, und quietschte, als sie es sich so bequem wie möglich darauf machte.

Ihr Körper war erschöpft, ihr Kopf dagegen noch hellwach. Sie würde bestimmt noch nicht einschlafen können und stand wieder auf, zumal ihr gerade die steile Wendeltreppe eingefallen war, die direkt von der kleinen Dachwohnung hinunter zur Hintertür und nach draußen führte. Also ignorierte sie ihre Erschöpfung und ging hinunter. Für ihre kleinen Kinderfüße von damals waren es eine Menge Stufen gewesen, doch jetzt war sie im Nu unten und trat hinaus in den sanft fallenden Schnee.

Sie bewegte sich vorsichtig vom Haus weg hinein in die Dunkelheit, aber nicht der schneebedeckte Boden, sondern die Last der Erinnerungen hemmte sie. Sie atmete tief ein, und die kalte Luft brachte die Vergangenheit zurück, klar und deutlich: die vielen Nächte in dem kleinen Dachzimmer, in denen die Schreie der Möwen und die brechenden Wogen sie wach hielten. Doch das Rauschen der Brandung war weniger eine Erinnerung als eine allgegenwärtige Realität, die jetzt im Wettstreit mit dem tosenden Wind lag.

Erneut überkam sie das Gefühl, mit ihrer Reise an diesen Ort das Schicksal herauszufordern. Aber sie kämpfte es nieder und machte sich auf den Weg zum Leuchtturm.

Es war nicht leicht, im Dunkeln den Pfad zu erkennen, aber Ásta würde ihn auch mit verbundenen Augen finden. Und Angst vor Dunkelheit hatte sie nie gehabt. Trotzdem war ihr mulmig zumute, als würden die Geister der Vergangenheit sie rufen, ihr folgen … sie warnen. Doch schon bald tauchte der Leuchtturm aus der Finsternis vor ihr auf, am höchsten Punkt der Landzunge. Sie hatte viel Zeit bei dem Turm verbracht, manchmal sonnenbadend an der Südseite, aber öfter im kalten Schatten der Nordseite.

Sie wäre gern direkt zum Leuchtturm gegangen, aber Óskar und Arnór reparierten dort das Fenster, und sie wollte ihnen nicht begegnen. Also lief sie nach links zu dem Steilhang, den Wind, Wetter und Meer über Jahrhunderte in die zerklüfteten Felsen gegraben hatten.

Im Nu war sie am Rande der Klippe. Obwohl der Wind ihr Gesicht umtoste und der Schnee ihre Haut piekte, hielt sie die Luft an, beugte sich vor und sah hinab. Unter ihr lag das gnadenlose Meer, vom Leuchtturm erhellt, und sofort spürte sie die Nähe des Todes.

Eine heftige Windböe hätte sie um ein Haar vom Kliff gefegt. Sie trat zurück, hatte nicht vor, ihr Leben hier zu beenden. Gleichwohl war sie nicht ängstlich und genoss es, wie ihr Blut durch die Adern pulsierte. Der Gedanke an den Tod gab ihr einen unerwarteten Energieschub.

Vom Meer war sie schon immer fasziniert. Manchmal hatte sie hier am Klippenrand gesessen und es einfach beobachtet, manchmal war sie runter in die Bucht zum Strand gegangen. Wenn die Wellen am höchsten und gewaltigsten waren, gab es keinen Ort, wo sie lieber gewesen wäre. Das wütende Meer war ganz weiß, und so wurde Weiß für das kleine Mädchen von damals nach und nach die Farbe der Wut. Wenn sie bei einem gewaltigen Sturm nahe der Wellen stand, erfüllte das salzige Meer ihr ganzes Sein – sie fühlte sich fast eins mit dem Meer. Jetzt erinnerte sich Ásta auch, wie fasziniert sie dem Kampf der Möwen mit den Windböen zugesehen hatte, die mit aller Kraft versuchten, in der Luft zu bleiben. Und oft genug konnte sie genau nachempfinden, wie sie sich dabei fühlten.

Schließlich wandte sie sich um und machte sich auf den Rückweg. Sie warf einen letzten Blick zum Leuchtturm und sah, dass Óskar und Arnór in ihre Richtung kamen. Offensichtlich hatten sie sie bereits entdeckt, denn Arnór winkte ihr zu. Zögerlich winkte sie zurück und ging weiter.

In ihrem Zimmer schloss sie die Gardinen, zog einen Pullover über, damit ihr warm wurde, und legte sich ins Bett unter die Daunendecke. Es war jetzt stockfinster, und trotzdem wälzte sie sich hin und her, bevor sie schließlich einschlief.

Sie wachte plötzlich auf, wusste nicht, wie spät es war. Sie hatte das Gefühl, keine Luft zu bekommen, und öffnete die Augen, aber die Finsternis verstörte sie. Ruckartig setzte sie sich auf, atmete schnell und flach. Es war viel zu heiß im Raum, die Luft schwer und stickig.

Sie zog Pullover und T-Shirt aus, schob das Federbett beiseite und saß einen Moment lang einfach nur in Unterwäsche da. Dann streckte sie den Arm aus, zog die Gardine auf und öffnete das Fenster. Sofort strömte kalte Luft herein, das Licht des Leuchtturms durchflutete das Zimmer und blies die Dunkelheit weg.

Ásta legte sich zurück, überlegte kurz, ihr Handy aus der Hosentasche ihrer Jeans zu ziehen, um nachzusehen, wie spät es war, und entschied, dass Zeit keine Rolle spielte. Sie schloss die Augen, atmete wieder normal, und eine neue Ruhe überkam sie. Sie war es nicht mehr gewöhnt, bei offenem Fenster zu schlafen – das ging in ihrer Souterrainwohnung einfach nicht –, doch die frische Luft wirkte Wunder. Es dauerte nicht lange, und sie schlief tief und fest, unbehelligt von den Erinnerungen an die Vergangenheit.

4. Kapitel

Der nächste Tag zog sich endlos lang dahin. Ásta verschlief den Vormittag und nahm dann mit Thóra und Óskar das Mittagessen ein, bei dem deprimierende Stille herrschte. Reynir war noch nicht angekommen und Arnór auch nicht wieder aufgetaucht. Nach dem Mittagessen machte sie einen kurzen Spaziergang und wollte sich dann in ihrem Dachzimmer ausruhen, was ihr aber nicht gelang. Zu viele Gedanken geisterten ihr im Kopf herum.

Gegen sechs Uhr abends machte sie einen weiteren Spaziergang, wieder zum Leuchtturm. Als sie dort ankam, war die Tür abgeschlossen – das hatte es früher, als ihr Vater noch Leuchtturmwärter war, nicht gegeben. Da war die Tür immer offen gewesen; er hatte seinen Töchtern vertraut, dass sie sich nicht in Gefahr begaben. Ásta hatte sich manchmal hineingeschlichen, um sich zu verstecken oder einfach nur, um allein zu sein – die perfekte Zuflucht für ein kleines Mädchen. Ihr war es nie in den Sinn gekommen, an irgendetwas herumzuspielen, sie hatte meistens einfach die Tür hinter sich geschlossen, auf der Treppe gesessen und nachgedacht. Wahrscheinlich wusste ihr Vater davon, hatte jedoch nie ein Wort darüber verloren.

Einmal – wahrscheinlich war es aber öfter gewesen, aber an dieses eine Mal erinnerte sich Ásta jetzt –, einmal hatte er sie auf einen Spaziergang über die Landzunge mitgenommen und ihr etwas über die Geschichte dieses Ortes erzählt. Damals fand sie das wenig interessant, doch jetzt fiel ihr vieles wieder ein. Der Leuchtturm mit den langen schwarzen Säulen auf den weißen Wänden hatte ihr schon immer sehr gefallen. Und wenn sie ganz dicht davor stand, hatte seine Höhe sie schier überwältigt. Jetzt trat sie ein paar Schritte zurück, ließ den Blick langsam die Wände hinauf gen Himmel wandern und gestattete sich das Gefühl, ein winziger Teil des großen Universums zu sein.

»Er ist abgeschlossen«, hörte sie plötzlich jemanden hinter sich sagen.

Überrascht wirbelte sie herum, hatte niemanden kommen hören.

Arnór, in einer dicken Daunenjacke, kam auf sie zu. Seine Wangen waren gerötet, doch er trug keine Kopfbedeckung, obwohl man hier vollkommen ungeschützt dem Wind vom offenen Meer her ausgeliefert war. Er sah sogar noch besser aus als am Abend zuvor.

»Ja, hab ich auch schon gemerkt«, erwiderte sie bissig. »Es hat sich einiges hier verändert.«

»Wir sind nicht mehr so sorglos, wie es dein Vater war«, schoss er zurück.

»Du erinnerst dich an ihn?«, fragte sie, der Ton jetzt etwas milder.

»Natürlich. Er war ein wunderbarer Mensch und keiner, den man schnell wieder vergisst. Er ist schon vor langer Zeit gestorben, oder?«

Sie war überrascht, als Arnór sich auf den schmalen Betonsockel setzte, der rund um den Leuchtturm führte. Er hatte eine

Stelle mit Blick aufs Meer gewählt und nicht eine neben der Tür, von wo man landeinwärts sah.

Ásta setzte sich neben ihn, hielt aber bewusst einigen Abstand.

»Ja und nein«, sagte sie. »Ich war noch keine zwanzig, als er gestorben ist, aber eigentlich hatte er uns schon lange vorher verlassen.«

»Er ist viel zu jung gestorben«, sage Arnór bedachtsam.

»Ja.«

Eine Weile schwiegen sie.

»Er hat immer viel gearbeitet«, sagte Arnór schließlich. »Bis …« Er ließ den Satz unvollendet.

»Stimmt.« Ásta nickte zustimmend, ließ den Blick schweifen. Ihr Vater war ein Naturmensch durch und durch. Anfangs liebte er es hier … aber danach natürlich nicht mehr.

»Ich bin immer …«, fuhr sie nach einem Moment fort, doch sie sprach nicht weiter; sie atmete tief durch, füllte ihre Lungen mit kalter Luft. »Ich bin immer hierhergekommen …«

Das war alles, was sie sagen konnte, bevor Arnór den Satz für sie beendete: »… und hast dich hineingeschlichen. Ja, ich weiß. Ich hab dich dabei beobachtet.«

Sie lächelte.

»Ich fand es immer ein bisschen seltsam«, fuhr Arnór fort, »dass ein sechs oder sieben Jahre altes Mädchen sich in einen alten Leuchtturm zurückzieht.« Er hielt inne. »Andererseits bist du immer eine Einzelgängerin gewesen und hast so geheimnisvoll getan. Und bist es auch heute noch – sogar jetzt, wo ich neben dir sitze.«

Ásta stand auf, abrupter als beabsichtigt, denn sie wollte nicht unhöflich sein. Arnór blieb sitzen.

»Kannst du mir vielleicht einen Schlüssel zum Leuchtturm leihen?«, fragte sie, lächelte entschuldigend wegen ihrer Schroffheit. »Nur übers Wochenende. Es wäre interessant, ihn noch einmal von innen zu sehen.«

»Sicher, kein Problem.« Arnór stand auf und ging in den Windschatten des gewaltigen Gebäudes. »Aber ich habe ihn nicht dabei, er liegt im Wagen. Ich gebe ihn dir später.«

»Danke.«

»Außerdem bin ich hergekommen, um dich zu holen.«

»Mich zu holen?«

»Ja. Reynir ist gekommen. Ich war gerade mit ihm im Ort, um den riesigen Weihnachtsbaum abzuholen, den er in Skagaströnd gekauft hat. Der hat nicht in seinen SUV gepasst, ich musste ihn mit dem Lastwagen holen. Für so was ist in der Luxuskutsche kein Platz, und ich glaube auch nicht, dass er seinen tollen Wagen damit schmutzig machen wollte. Jedenfalls will er dich zu einem frühen Dinner einladen und hat Thóra gebeten, etwas zu kochen. Aus der Küche hat es jedenfalls wunderbar gerochen, so viel ist sicher.«

»Hört sich gut an. Dann mal los«, sagte Ásta lächelnd.

Der Baum lag mitten auf dem Wohnzimmerboden, und die Zweige strömten einen intensiven Geruch aus.

Thóra begrüßte Ásta und Arnór, und als Arnór wieder gehen wollte, bestand sie darauf, dass er zum Abendessen blieb. »Am Tisch ist noch jede Menge Platz«, sagte sie, »und ich hab viel zu viel gekocht.«

»Also gut«, erwiderte Arnór. Er musste nicht groß überredet werden. Sie ließen sich alle am Tisch nieder, obwohl Reynir noch gar nicht aufgetaucht war.

Ásta saß kaum, als ihr jemand die Hände auf die Schultern legte – nur sanft, und doch schreckte sie überrascht hoch und drehte sich um.

Der Anblick Reynirs nach all den Jahren schockierte sie ein bisschen. Er hat zweifellos einen guten Presseagenten, dachte sie. Die Fotos des prominenten Geschäftsmannes, die sie aus den Zeitungen kannte, zeigten alle einen jüngeren, schlankeren und besser gepflegten Mann als den, der jetzt vor ihr stand. Seine graumelierten Haare waren zerzaust und bereits recht schütter. Und das Hemd, das im Bund seiner engen Jeans steckte, offenbarte einen stattlichen Bauch, den man auf Fotos retuschieren konnte, aber in natura nicht.

»Hallo, Ásta«, sagte er herzlich. »Wie schön, dich wiederzusehen.« Er nahm die Hände von ihren Schultern und hielt ihr eine Hand hin, was ihr formeller als nötig erschien.

Ásta schüttelte sie trotzdem, doch auch sein Händedruck war nicht fest, wie sie es von einem gestandenen Geschäftsmann erwartet hätte. »Danke, dass ich hier wohnen kann«, sagte sie. Da sie sich selbst eingeladen hatte, konnte sie ihm schlecht für die Einladung danken.

»Du bist immer willkommen, meine Liebe«, sagte er. »Ich hoffe, du fühlst dich wohl bei uns. Du schläfst in deinem alten Zimmer, oder?«

»Ja«, sagte sie. »Eine Menge Erinnerungen«, fügte sie hinzu, gab ihren Worten intuitiv besonderes Gewicht.

Die darauf folgende peinliche Stille durchbrach Thóra mit den Worten, dass es Zeit für den ersten Gang sei: Milchreis mit ein wenig Zimt. Das hatte Ásta seit Jahren nicht mehr gegessen.

»Nur weil Weihnachten ist«, sagte Thóra, als könnte sie ihre Gedanken lesen.

»Es ist kalt heute«, bemerkte Reynir ohne ersichtlichen Grund. »Hier an der Küste ist man vollkommen ungeschützt.« Er warf Ásta ein Lächeln zu und sah dann Óskar an. »Warst du heute im Wasser, Óskar?«

Óskar sah von seinem Teller auf, sichtlich überrascht, auf einmal im Zentrum der Aufmerksamkeit zu stehen. Er hustete und wischte sich etwas Milchreis von der Unterlippe. »Nein, nein. Im Moment schwimme ich kaum«, murmelte er. »Ist jedenfalls nicht der Rede wert.«

»›Nicht der Rede wert?‹, wie meinst du das?«, fragte Reynir.

»In letzter Zeit war ich kaum mehr mit den Füßen im Wasser«, erwiderte Óskar.

»Du sprichst doch nicht vom Meer, oder?«, fragte Ásta. Doch wieder kämpften sich Erinnerungen an die Oberfläche: War Óskar früher nicht verrückt genug gewesen, selbst in dieser Jahreszeit im Meer zu schwimmen? Ja, jetzt erinnerte sie sich vage daran. Damals war es absolut ungewöhnlich, ins bitterkalte isländische Meer einzutauchen, aber inzwischen machten es schon viele Leute. Manche hielten es für gesund und erfrischend, was Ásta wirklich nicht nachvollziehen konnte; sie schwamm nur gern in wärmeren Jahreszeiten im Meer.

»Ja, doch«, murmelte Óskar. »Immer im Meer.« Nach einer Pause sprach er weiter. »Aber das verletzte Bein macht mir Probleme beim Schwimmen, und ich gebe ihm ein bisschen Zeit zum Heilen, bevor ich wieder ins Wasser steige.«

»Und was bringt dich hierher zurück?«, fragte Arnór und sah Ásta an.

Ihr Herz schlug schneller. Diese Frage hatte sie befürchtet, war aber darauf gefasst und hatte eine Antwort vorbereitet – die sie auch Reynir gegeben hatte, als sie ihn kontaktierte. »Ich arbeite an einem Projekt.«

»Einem Projekt?«

»Ja. Ich studiere an der Uni Isländisch und schreibe eine Arbeit über meinen Vater. Aber ich komme gerade nicht weiter und wollte mir hier im Norden frische Inspiration holen.«

»Es sind gerade Weihnachtsferien, oder?«, fragte Arnór.

Sie zögerte. »Ja, schon. Ich muss erst im Januar abgeben und dachte, ich schlage zwei Fliegen mit einer Klappe: Ich schreibe die Arbeit zu Ende und komme eine Weile raus aus der Stadt.«

Arnór lächelte sie an, doch etwas an seinem Gesichtsausdruck verursachte ihr Unbehagen.

»Na dann«, sagte Reynir, und an Thóra gewandt: »Du bist sprachlich so gewandt, Thóra, du hättest auch auf die Universität gehen sollen, so wie Ásta.«

Thóra wollte anscheinend etwas erwidern, überlegte es sich aber anders. Es folgte betretenes Schweigen.

»So war das auch gedacht«, murmelte sie schließlich doch.

»Tatsächlich?«, fragte Reynir.

»Thóra wurde krank und konnte deshalb das College nicht abschließen«, kam Óskar seiner Schwester zwecks Ehrenrettung zu Hilfe.

»Es ist lange her«, sagte Thóra und machte Anstalten aufzustehen.

Reynir lehnte sich auf seinem Stuhl zurück, die Hände über dem Bauch gefaltet. »Das ist wirklich schade. Du hättest die Universität sicher erfolgreich abgeschlossen. Dann wärst du mit all deinem Wissen zurückgekommen und hättest uns unterrichtet.«

»Nein«, sagte Thóra mit fester Stimme.

»Warum nicht?«

»Weil ich nicht zurückgekommen wäre.« Jetzt stand sie wirklich auf. »Ich hole den Lammbraten«, sagte sie, obwohl sie nicht einmal mit dem ersten Gang fertig waren.

Ásta nahm sich noch eine Portion Milchreis, ihr fehlten solche selbstgekochten Gerichte. Da sich nie jemand Zeit genommen hatte, ihr das Kochen beizubringen, war sie auch keine gute Köchin. Aber es hatte ja auch niemanden gegeben, der es ihr hätte beibringen können, außer vielleicht ihre Tante. Sie hatte ihre Eltern viel zu früh verloren und war ab dem siebten Lebensjahr von ihrer Tante großgezogen worden. Wobei »großgezogen« vielleicht nicht der richtige Ausdruck war. Ihre Tante hatte ihr lediglich ein Dach über dem Kopf geboten und sie nur aus Pflichtgefühl aufgenommen – zuerst sollte es nur vorübergehend sein, doch dann war ein Dauerzustand daraus geworden. Die Tante war immer eine kühle, unnahbare Frau gewesen und hatte Ásta nie etwas beigebracht, außer vielleicht, für sich selbst zu sorgen. Deshalb zog Ásta auch sofort bei ihr aus, als sie alt genug war und selbst Geld verdiente.

Aber sie hegte keinen Groll gegen ihre Tante, und noch weniger gegen ihre Eltern, die ihr nicht wirklich fehlten. Eigentlich empfand sie ihnen gegenüber gar nichts, nicht einmal Bitterkeit wegen der wenigen Chancen, die sie im Leben gehabt hatte.

Trotzdem war sie fest entschlossen, heute Abend etwas zur Sprache zu bringen. Es gab keinen Grund, länger damit zu warten.

Thóra brachte zum Lammbraten auch eine Flasche Rotwein mit, wobei sie betonte – fast, als wäre es ihr aufgetragen worden –, dass er aus Reynirs Weinkeller stammte.

»Es ist ein wirklich guter Wein«, sagte Reynir. »Ein guter Wein für einen willkommenen Gast.« Das Lächeln, mit dem er Ásta bedachte, wirkte aufgesetzt.

»Wie lebt es sich denn so in Reykjavík?«, fragte Arnór höflich, als Thóra Ásta einschenkte.

»Nicht schlecht«, antwortete sie und überlegte, ob sie nicht besser auf Wein verzichten sollte.

»Du vermisst die Ruhe und den Frieden des Landlebens nicht?« Reynir schien erstaunt.

Sie lächelte. Diese Frage konnte sie problemlos beantworten. »Nein, kein bisschen«, erwiderte sie und trank ihren ersten Schluck Wein.

5. Kapitel

Spät am Abend bekam Ásta Besuch von einem unerwarteten Gast. Sie war bereits in ihrem Dachzimmer und wusste zunächst nicht, was sie davon halten sollte, doch dann war sie froh über die Gesellschaft. Sie hätte sowieso nicht schlafen können, denn schon den ganzen Abend wirbelten ihr tausend Gedanken durch den Kopf, und ihr Herz raste.

Eine Weile unterhielten sich Ásta und ihr Gast in dem schmalen Flur vor ihrem Zimmer. Je näher er ihr kam, umso mehr wehte ihr der dezente Duft seines Aftershaves in die Nase, und schließlich küsste er sie – anfangs zurückhaltend, beinahe kühl, doch dann mit wachsender Leidenschaft. Als er sie an sich drückte, schlug ihr Herz heftig, doch sie versuchte, trotz ihres vom Wein umnebelten Verstandes klar zu denken.

War das wirklich eine gute Idee? Sie kannte den Mann doch kaum. Trotzdem schaffte sie es nicht, sich ihm zu entziehen – jedenfalls noch nicht. Sie fühlte sich wohl mit ihm, mit dieser Erscheinung aus ihrer lange zurückliegenden Vergangenheit. Und die Erregung, die ihren Körper erfasst hatte, war zu stark, zu drängend. Jetzt zog er den Reißverschluss ihrer Hose auf, schob seine Hand hinein. Sie erwiderte die Gunst und knöpfte seine Hose auf.

Kurz darauf lagen all ihre Kleidungsstücke über den Boden verstreut, er nahm sie bei der Hand und zog sie ins Schlafzimmer. Erst als sie nackt vor ihrem Bett standen, schob sie ihn ein Stück von sich.

»Das geht hier nicht«, sagte sie, sein Ohrläppchen liebkosend. »Das alte Bett kracht zusammen und macht furchtbare Geräusche.«

»Okay, kein Problem«, sagte er. »Das muss uns nicht aufhalten.«

Er hob sie hoch und drückte sie an die kalte Wand. Die plötzliche Kälte traktierte ihren wehrlosen Körper wie tausend Nadeln, und doch lächelte sie.

Denn der Schmerz erinnerte sie daran, dass sie noch lebte.

Und das war ein herrliches Gefühl.

ZWEITER TEIL

LÜGEN

1. Kapitel

»Guten Morgen, mein Junge«, tönte die heitere, warme Bassstimme von Tómas am anderen Ende der Leitung. Er begrüßte Ari Þór in vertrauter Manier, als würde er eine Unterhaltung fortsetzen, die sie erst am Vortag gehabt hatten.

Dabei hatte Ari Þór schon länger nichts mehr von seinem ehemaligen Chef gehört. Vor anderthalb Jahren hatte Tómas, damals noch Ari Þórs Vorgesetzter in der Polizeiwache von Siglufjörður, den Dienst quittiert und sein Haus verkauft. Er war in den Süden des Landes nach Reykjavík gezogen, um seine Ehe zu retten, solange es noch etwas zu retten gab. Glücklicherweise hatte das geklappt. Sogar beruflich war er die Leiter hochgeklettert und arbeitete jetzt im Dezernat für Schwerverbrechen bei der Polizei in Reykjavík.

Nachdem Tómas sein eigenes Leben wieder im Griff hatte, drängte er Ari Þór, sich für die Stelle des Polizeihauptkommissars in Siglufjörður zu bewerben, die durch seinen Weggang frei geworden war. Er empfahl ihn sogar wärmstens den maßgeblichen Entscheidungsträgern, wofür Ari Þór seinem ehemaligen Kollegen durchaus dankbar gewesen war. Allerdings hatte er zunächst gezögert, sich für die Stelle tatsächlich ins Zeug zu legen. Wollte er wirklich längerfristig in Siglufjörður bleiben, oder sollte er die Gelegenheit nutzen und selbst auch nach

Reykjavík ziehen? Denn auch nach mehreren Jahren im Norden haderte er doch manchmal mit dem Leben im Schatten der hohen Berge und den endlosen, bedrückend dunklen Wintermonaten. Als dann aber seine Freundin Kristín einen guten Job im Krankenhaus von Akureyri bekam – seit der Öffnung des neuen Tunnels konnte man zwischen Akureyri und Siglufjörður gut pendeln –, beschloss er schließlich, sich auf die Stelle zu bewerben. Oder besser gesagt, Kristín und er entschieden es gemeinsam. Für einen so jungen Mann wie ihn war die Position eines Polizeihauptkommissars ein bedeutender Schritt auf der Karriereleiter, auch wenn er nur ein kleines Team mit bestenfalls zwei Mitarbeitern unter sich haben würde.

Nachdem Ari Þór die Bewerbung eingereicht hatte, war er in seiner Arglosigkeit fest davon überzeugt, allerbeste Chancen für die Stelle zu haben, was sich dann jedoch als Fehleinschätzung erwies – sie wurde mit Herjólfur Herjólfsson besetzt. Herjólfur war – bis auf zwölf Monate, in denen er sich vom Dienst hatte freistellen lassen – lange Jahre bei der Polizei in Reykjavík gewesen. Ari Þór hatte ihn nie gefragt, was der Grund dafür gewesen war, und Herjólfur hatte auch nie von sich aus darüber gesprochen. Aber wie immer die Erklärung lautete, seine größere Erfahrung, seine längere Dienstzeit und die guten Verbindungen in der Hauptstadt hatten dazu geführt, dass die Entscheidung zu seinen Gunsten ausfiel. Ari Þór war tief enttäuscht und erwog sogar, seinen Dienst zu quittieren. Doch Kristín hatte ihn überredet, es nicht zu tun und die Gelegenheit zu nutzen, mehr Erfahrung zu sammeln. Zumal man in einer Zeit, in der die Polizei gerade Stellen strich, einen sicheren Job nicht aufgeben sollte.

Jetzt saß er an seinem Schreibtisch in der Wache von Siglufjörður und fragte sich, warum in aller Welt Tómas anrief – zwei Tage vor Weihnachten?

»Hallo«, begrüßte er seinen ehemaligen Chef. »Ich hab schon eine Weile nichts mehr von dir gehört.« Er sah hinüber zu Herjólfur, der nicht einmal aufgeschaut hatte, als das Telefon klingelte.

»Hast du ein paar Minuten Zeit?«, fragte Tómas, der offensichtlich vom Auto aus anrief.

»Ja …« Ari Þór zögerte, dann entschied er, das Gespräch lieber draußen fortzusetzen. Er stand auf und zog seine Jacke über. In den vergangenen Tagen hatte es stark geschneit, und ganz Siglufjörður war in eine weiße, weiche Schneedecke gehüllt. Normalerweise konnte man in dieser nördlichsten Stadt Islands, die so nahe am nördlichen Polarkreis lag, dass die Sonne sich im tiefen Winter hinter den Bergen verbarg, dem Schnee nicht entkommen. Aber da es bislang keine heftigen Schneestürme gegeben hatte und die Bewohner diesen unvermeidlichen Teil des Winters wie immer stoisch akzeptierten, herrschte eine angenehme vorweihnachtliche Stille in der Stadt.

Auch der Weihnachtszeit konnte man nicht entfliehen. Alle Fenster waren geschmückt, Lichterketten zierten Häuser und Bäume und hingen sogar zwischen Schornsteinen und Straßenlampen. Und wie jedes Jahr stand mitten auf dem Rathausplatz ein prächtiger Baum. Die Menschen in Siglufjörður bereiteten sich geruhsam auf den Festtag vor, der in Island am Heiligabend gefeiert wurde. Er begann mit der Abendmesse in der alten Kirche, dann speiste man zu Abend, packte Geschenke aus und – das war für Ari Þór die wichtigste Weihnachtstradition – las einander bis spät in die Nacht aus einem Buch vor.

Ari Þór stand auf dem schneebedeckten Gehsteig, hörte, was Tómas zu sagen hatte, und sog die frische Luft des Nordens ein.

»Ich bin mit deinem Versetzungsgesuch endlich einen Schritt weitergekommen«, sagte Tómas.

Nach Herjólfurs Ernennung hatte Tómas ihn gedrängt, sich um eine zeitweilige Versetzung nach Reykjavík zu bewerben, allerdings ohne große Hoffnung, dass das die Wunderwaffe war, um seine Enttäuschung zu überwinden. Dennoch konnte Ari Þór sich einer gewissen Erwartung nicht erwehren.

»Ich hatte dir damals ja gesagt, deine Bewerbung auf die Stelle des Polizeihauptkommissars sei bloß eine Formalität … Ich fühle mich noch immer ein wenig schuldig, dass du sie nicht gekriegt hast …«

»Das ist Blödsinn«, sagte Ari Þór mit größerer Bestimmtheit, als er es sich während ihrer Zusammenarbeit je getraut hätte. »Du bist nicht verantwortlich für meine Zukunft.«

»Trotzdem …«, erwiderte Tómas. »Wir haben einigen Spielraum zum Manövrieren.« Er schwieg, und Ari Þór hörte einen Automotor brummen.

Tómas sah die Straße entlang zu den schneebedeckten Berghängen und hatte das Gefühl, ein Postkartenpanorama vor Augen zu haben.

»Nahe Skagaströnd, auf der Landzunge Kálfshamarsvík, ist plötzlich jemand gestorben. Kennst du den Ort?«

Ari Þór dachte kurz nach. »Nein, ich glaube nicht«, sagte er schließlich.

»Okay, aber das sollte kein Problem sein. Behalt es trotzdem für dich. Ich musste ein bisschen was erzählen, um dich mit ins Boot zu holen, und hab behauptet, du kennst die Gegend.«

»Mit ins Boot holen?«, wiederholte Ari Þór überrascht, gleichzeitig erregt und nervös. »Wann?«, fragte er schließlich.

»Jetzt. Sofort. Ich bin auf dem Weg in den Norden. Und mach dir keine Gedanken, ich rede mit Herjólfur.«

»Sofort?«, fragte Ari Þór. »Aber es ist kurz vor Weihnachten«, fügte er, ohne nachzudenken, hinzu.

»Ist mir klar. Die Ermittlungen könnten mehrere Tage dauern, jedwede Weihnachtsfeierlichkeiten werden also eher bescheiden ausfallen. Deshalb ist es auch so schwer, jemanden für den Job zu finden.«

»Warum übernimmt die Polizei in Akureyri den Fall nicht?«

»Bei denen läuft gerade eine Rauschgiftrazzia; scheint eine größere Sache zu sein, deshalb können sie niemanden für die Ermittlungen zur Verfügung stellen. Ich hätte einen anderen Officer, ohne Familie, in den Norden mitnehmen können. Aber mit dem komme ich nicht so gut klar. Deshalb hab ich dich ins Spiel gebracht – einen jungen Polizisten mit einiger Erfahrung, einem guten Riecher für die Wahrheit, und darüber hinaus ist er schon im Norden …«

»Wir liegen nicht einmal im gleichen Verwaltungsbezirk wie dieses … dieses –«

»Kálfshamarsvík«, vollendete Tómas den Satz für ihn.

»Richtig.«

»Das ist unwichtig«, sagte Tómas, und Ari Þór hatte sein freundliches Grinsen vor Augen. »Jedenfalls hat es geklappt, und du kommst mit mir.«

Sofort schossen Ari Þór verschiedene Gedanken durch den Kopf. Eins nach dem anderen, gemahnte er sich. Eins nach dem anderen.

»Wer ist der Tote?«

»Eine junge Frau«, erwiderte Tómas.

»Und was heißt das, ›plötzlich gestorben‹? Ein Unfall? Selbstmord?« Aber Ari Þór kannte die Antwort schon, denn für keinen der beiden Fälle hätte man die Abteilung von Tómas mit der Untersuchung beauftragt.

»Zunächst sah es nach Selbstmord aus, und das wurde bis jetzt auch nicht völlig ausgeschlossen. Sie ist schon am Zwanzigsten gestorben, aber die örtliche Polizei hat drei Tage gebraucht, um uns zu informieren, weil sie von Selbstmord ausgegangen ist«, erklärte Tómas. »Aber bei der Obduktion wurden Spuren gefunden, die Fragen aufgeworfen haben …« Er hielt kurz inne, ließ den Satz unvollendet, bevor er mit ungewohnt ernster Stimme weitersprach. »Das Ganze hat etwas echt Unheimliches.«

»Unheimlich in Bezug auf die Verletzungen?«, fragte Ari Þór, da Tómas sich für seinen Geschmack zu vage ausdrückte.

Wieder zögerte Tómas mit der Antwort. »Das habe ich nicht gemeint«, sagte er schließlich. »Es sind eher die Umstände, die Hintergrundgeschichte. Die schlimmen Dinge, die der Mutter und ihren Töchtern passiert sind.«

»Der Mutter und den Töchtern?«

»Ich erzähle dir die ganze Geschichte, wenn wir uns sehen«, sagte Tómas mit Bestimmtheit.

»Okay. Aber ich muss zuerst mit Kristín reden«, sagte Ari Þór, »bevor ich eine Entscheidung treffe.«

Vor vier Jahren hatte er die Stelle auf der Polizeiwache in Siglufjörður angenommen, ohne sich zuvor mit Kristín abzusprechen. Mit der Folge, dass dann wirklich alles schieflief – sie hatten sich sogar getrennt. Und jetzt, wo sie wieder zusammen waren, wollte er den gleichen Fehler nicht noch einmal machen und ihre Beziehung gefährden. Kristín verbrachte so viel Zeit wie möglich in seinem Haus in Siglufjörður, und er war, sooft es ging, in ihrer kleinen Wohnung in Akureyri. Ari Þór würde nichts tun, was ihr gemeinsames Leben aufs Spiel setzte.

»Das ist eine Gelegenheit, die du dir sicher nicht entgehen lassen willst«, sagte Tómas.

»Siehst du eine Möglichkeit, am Weihnachtsabend nach Siglufjörður zu fahren?«

»Ja – was natürlich vom Wetter und den Umständen abhängt«, sagte Tómas hart, wieder ganz der Vorgesetzte in seiner ehemaligen Rolle. »Aber ich bin sicher, sie kriegt das auch ohne dich hin.«

»Natürlich tut sie das. Aber ich ziehe es vor, kein Risiko einzugehen. Nach den vielen Vorbereitungen wäre es wirklich ein Jammer, das Weihnachtsfest zu ruinieren«, sagte Ari Þór. Sofort wurde ihm klar, dass Tómas diese Begründung niemals akzeptieren würde, und er entschied, mit der Wahrheit herauszurücken – seinem alten Freund zu sagen, was ihn wirklich umtrieb. »Dann ist da auch noch … Kristín … Sie ist schwanger.«

»Schwanger?« Tómas war hörbar überrascht. »Das sind ja wunderbare Neuigkeiten. Herzlichen Glückwunsch!«

»Danke«, murmelte Ari Þór.

»Ich hatte ja keine Ahnung«, sagte Tómas mit leicht vorwurfsvoller Stimme, weil Ari ihm so eine bedeutsame Nachricht vorenthalten hatte.

»Es ist lange her, dass wir das letzte Mal gesprochen haben«, sagte Ari, den unausgesprochenen Rüffel akzeptierend. »Ich hatte vor, dich anzurufen, aber du weißt ja selbst, wie schnell die Zeit vergeht. Bei unserem letzten Telefonat hatten wir gerade erst erfahren, dass sie schwanger ist, und wollten es noch niemandem erzählen.«

»Kein Problem. Wie weit ist sie denn?«

»Achter Monat«, sagte Ari stolz.

»Oh, dann dauert es ja nicht mehr lange, bis Siglufjörður einen neuen Mitbürger hat«, bemerkte Tómas heiter.

Ari entschied, die Aussage unkommentiert zu lassen. Es stimmte, er fühlte sich jetzt mehr zu Hause in Siglufjörður, genoss die Abgeschiedenheit, Ruhe und die Nähe zur Natur. Er mochte sogar die Kleinstadt-Atmosphäre. Und doch verspürte er auch eine Ruhelosigkeit in sich, gelegentlich sogar eine gewisse Verzweiflung.

»Dann verstehst du also, dass ich Kristín ungern allein lasse«, sagte er, und dann, weil es ihm gerade einfiel: »Könnte ich sie mitnehmen?«

»Sie mitnehmen?«, fragte Tómas, von der Frage sichtlich überrascht. Einen Moment lang sagte er nichts. »Warum nicht, wenn du sicher bist, dass sie sich nicht furchtbar langweilen wird? Wir wohnen im Hotel in Blönduós, ich überlasse euch auch das große Zimmer. Könnt ihr mit dem Auto herkommen?«, fragte er. »So schnell wie möglich?«

Sobald das Gespräch beendet war, wusste Ari, dass er Kristín nur schwer davon überzeugen konnte, die Nacht und vielleicht sogar das ganze Weihnachtsfest in Blönduós zu verbringen.

Sie hatten sich auf ihre erste gemeinsame Weihnacht im eigenen Heim gefreut. Im vergangenen Jahr, als ihre Beziehung gerade wieder aufgelebt war, hatte Kristín über Weihnachten Dienst im Krankenhaus in Akureyri gehabt, und Ari hatte sich deshalb bereit erklärt, freiwillig Dienst in der Polizeiwache zu schieben. So war ihr Weihnachtsfest mehr oder weniger ins

Wasser gefallen. Dieses Jahr wollten sie das unbedingt wiedergutmachen. Am letzten Wochenende waren sie in das Waldgebiet am Rande der Stadt gefahren und hatten einen Baum ausgesucht. Sie hatten sich viel Zeit genommen, um den schönsten oder größten Baum zu finden, liefen im Wald umher und sogen den Duft der Kiefern um sich herum ein. Sie hatten das Zusammensein genossen und das Beste aus den wenigen Stunden gemacht, in denen es um diese Jahreszeit Tageslicht gab, und sogar über die Kälte gelacht, die an ihren Wangen zwickte. Als sie dann mit dem recht schlichten Baum, den sie ausgesucht, gefällt und vom Schnee befreit hatten, nach Hause kamen, hatten sie diskutiert, wo der beste Platz dafür wäre. Schon unterwegs dachte Ari, dass es der erste Weihnachtsbaum war, den er selbst besorgt hatte; und nicht nur das, es würde seit vielen Jahren die erste Weihnacht mit einem echten Weihnachtsbaum sein. Auch seine Eltern hatten immer einen richtigen Tannenbaum gehabt, keinen aus Plastik. Jedes Jahr waren sie zu dem freundlichen Verkäufer gegangen, der seine Weihnachtsbäume immer an der gleichen Stelle verkaufte. Als Aris Eltern starben, wurde er von seiner Großmutter väterlicherseits großgezogen, bei der er bis zu ihrem Tod lebte. In ihrem Haus hatte es immer nur einen Plastikbaum gegeben.

Er hoffte inständig, dass Kristín Verständnis für diesen Trip aufbringen würde. Tómas hatte recht – diese Gelegenheit sollte er sich nicht entgehen lassen. Allerdings erschöpfte die Schwangerschaft Kristín manchmal emotional und körperlich so sehr, dass sie nichts von irgendwelchen Unternehmungen hören wollte.

Während er überlegte, wie er das Thema am besten vorbringen sollte, dachte er an einen weiteren Effekt, den die Schwangerschaft bei ihr hatte. In letzter Zeit interessierte sie sich nämlich besonders für seinen verstorbenen Vater. Sie wollte wissen, was ihr gemeinsames Kind an Erbgut mit ins Leben bringen würde. Erst vor kurzem hatte sie ihn gefragt, wie gut er sich an ihn erinnerte. Ari wäre es lieber gewesen, das Thema erst einmal auszusparen, wollte sie aber nicht vor den Kopf stoßen und erzählte ihr einige Erinnerungen. Eine davon war der Besuch eines Spielplatzes, als Ari vier Jahre alt war. Erst hinterher wurde ihm bewusst, dass sein Vater – und Namensgeber – zu der Zeit achtundzwanzig Jahre alt gewesen war, also genauso alt wie Ari jetzt. Es war, als spiele ihm die Zeit einen Streich, indem sie ihn an ein anscheinend unwichtiges Ereignis denken und es wie einen Meilenstein aussehen ließ.

Und es war genau diese ganze verdammte Zeit, die ihm immer wieder durch den Kopf ging, sosehr er sich auch dagegen wehrte. Denn sie zwang ihm die Frage auf, was er mit seinen achtundzwanzig Jahren erreicht hatte. Wäre sein Vater stolz auf ihn? Oder seine Mutter? Sein Vater war mit siebenunddreißig Jahren gestorben. Ari glaubte zwar nicht, dass ihm das gleiche Schicksal drohte, hatte aber einige Mühe, nicht in diese Richtung zu denken. In Aris jetzigem Alter hatte sein Vater kaum noch zehn Jahre zu leben.

Nutzte er seine Zeit so gut wie möglich?

2. Kapitel

Thóra lächelte in sich hinein. Der Esstisch im Souterrain könnte nicht sauberer sein, und doch wienerte sie ihn heftig, als wäre er schmutzig. Denn obwohl sie sehr müde war, musste sie sich beschäftigen. Einfach tatenlos herumsitzen, aus dem Fenster starren und an die tote Frau denken war keine Option.

Zumal selbst der Blick aus dem Fenster sinnlos geworden war, denn seitdem Reynir sie aufgefordert hatte, ins Kellergeschoss zu ziehen, konnte von Aussicht keine Rede mehr sein.

Sie hatten mit keinem Wort dagegen protestiert und es einfach wortlos akzeptiert.

Óskar gab immer nach. Der Mann hatte nicht das geringste Rückgrat.

Sie hätte sich ja selbst beschwert, doch ihre Zuneigung zu Reynir war stärker als der Wunsch, ihm die Stirn zu bieten.

Obwohl er natürlich wusste, wie erniedrigend der Umzug für sie war; und wie unfair, dass sie nach all den Jahren, in denen sie ihm treu gedient hatten, ihren Lebensabend hier unten verbringen mussten. Aber es war nun einmal sein Haus und nicht ihres.

Der pure Zufall hatte es gewollt, dass sie die ganzen Jahre oben in der Wohnung leben konnten. Die Hausbesitzer residierten im ersten Stock, sie und Óskar wohnten im Erdgeschoss. Ganz am Anfang hatte man sie in der Dachwohnung untergebracht, aber da mussten sie ausziehen, als Ástas Vater, Kári, die Stelle als Leuchtturmwärter antrat und mit seiner Frau, Sæunn, und den kleinen Töchtern einzog. Da war nur noch das untere Apartment geblieben, das sie und Óskar sich mit Reynirs Vater teilten, während Reynir, zu der Zeit noch ein Teenager, ins Souterrain zog.

Wie schnell doch die Zeit verging. Schon seit längerem war sie so müde, und diese elende Krankheit machte es wirklich nicht besser. Sie versuchte, nicht daran zu denken, doch es fiel ihr schwer.

Und natürlich konnte jetzt von Weihnachtsstimmung, die zuvor im Haus geherrscht hatte, nicht mehr die Rede sein. Normalerweise war es hier um diese Jahreszeit immer sehr festlich; die alten Weihnachtsbaumkugeln wurde vom Dachboden geholt, alte Schallplatten mit Weihnachtsliedern wurden im Wohnzimmer gespielt, es gab viel Schokolade, und der Duft des *Laufabrauð*, des typisch isländischen Fladenbrots, erfüllte das ganze Haus. Und am Weihnachtsabend, der heiligsten Nacht überhaupt, still und wunderschön, gab es ein köstliches Abendessen, gefolgt von ein paar Geschenken.

Aber dieses Jahr würde alles anders sein. Die Frau war tot und die Polizei aus Reykjavík auf dem Weg hierher, um »in aller Ruhe mit ihnen zu reden«, wie sie es ausgedrückt hatten.

Sie lehnte sich zurück und versuchte zu entspannen.

Alles im Souterrain war bereit für das Weihnachtsfest: Sie hatten den Plastikbaum aus dem Pappkarton geholt, die alte Lichterkette und die schon etwas lädierten Weihnachtsbaumkugeln ihrer Mutter drangehängt. Óskar hatte wie immer den Baum geschmückt, das war Tradition und würde sich nie ändern. Beide hielten sie an ihren alten Erinnerungen fest – an das wohlige Gefühl ihrer Kindheitsweihnachten, als alles genauso war, wie es sein sollte. Damals hatte sie noch große Erwartungen an die Zukunft. Bis dann all ihre Träume platzten.

Óskar war vom Leben nie enttäuscht worden, zumindest hatte sie ihm nie etwas angemerkt. Er war leicht zufriedenzustellen und ohne jeden Ehrgeiz. Wut schien er nicht zu kennen; jedenfalls hatte er es nach außen hin nie zu erkennen gegeben.

Weil sie so unterschiedlich waren, hegte sie manchmal den Verdacht, in Wirklichkeit nur Halbgeschwister zu sein. Óskar, der zwei Jahre älter war als sie, wurde während des Krieges geboren, sie kurz nach Kriegsende.

Man hatte Thóra erzählt, dass ihr Vater, der im Krieg für die US-Armee gekämpft hatte, nach Amerika gegangen war und Frau und Kinder zurückgelassen hatte. Zu der Zeit war Thóra erst ein Jahr alt gewesen, so dass die einzigen Erinnerungen an ihn Fotos waren. Da er sich so kurz nach ihrer Geburt verdrückt hatte, konnte es da sein, dass er zwar Óskars Vater war, aber nicht ihrer? Sie und Óskar hatten nie darüber gesprochen, obwohl es ihm sicher auch in den Sinn gekommen sein musste. Aber er war ja so vertrauensselig und gutmütig.

Sie hatte sich größere Ziele im Leben gesetzt als er und war prompt dafür bestraft worden. Nachdem sie die Schule mit sehr guten Noten abgeschlossen hatte, boten wohlwollende Menschen ihre Unterstützung an, damit sie aufs College gehen konnte. Doch es war, als hätte das Schicksal beschlossen, bis hierher und nicht weiter. Alles wendete sich zum Schlechten, und sie musste nach Kálfshamarsvík zurückkehren, wo sie für alle Zeiten festsitzen sollte.

Festsitzen: Das Wort traf es genau. Anders konnte man es nicht ausdrücken. Das Leben hatte sich gegen sie verschworen, indem sie hier auf Kálfshamarsvík, weit draußen auf einer Landspitze, festsaß.

Anfang des zwanzigsten Jahrhunderts hatte hier noch ein kleines Dorf gestanden, das die Bewohner jedoch in den 1940er Jahren verließen. Zehn Jahre später fand ein nobler Herr aus Reykjavík, dass genau hier der richtige Ort für ein prächtiges Haus war. Und an diesem Ort lebte sie, abgesehen von einer kurzen Unterbrechung, schon fast sechzig Jahre lang. *Sechzig Jahre.*

Kurz nach der Fertigstellung des Hauses war ihre Mutter als Haushälterin eingestellt worden. Sie hatte ihr ganzes Leben von einem geringen Einkommen gelebt, mit dem sie zwei Kinder und sich selbst durchbrachte, so dass Óskar und Thóra nach ihrem Tod kaum etwas erbten. Da waren sie beide in ihren Zwanzigern. Da bot ihnen Áki, Reynirs Vater, eine Festanstellung an, die Bruder und Schwester akzeptierten. Óskar kümmerte sich sowieso schon um Ákis Pferde und zeigte keinerlei Interesse, sein Glück irgendwo anders zu versuchen. Und Thóra willigte ein, weil sie schon einmal versucht hatte, von hier wegzukommen, und gescheitert war. Sie schämte sich deswegen und ging allen Bewohnern des Hauses so gut wie möglich aus dem Weg.

Und dann – sie wusste nicht mehr, wie es so weit hatte kommen können – war es eines Tages zu spät, um zu gehen. Vermutlich hatte sie doch Wurzeln geschlagen, nach und nach und ohne es zu merken. Sie fühlte sich zunehmend wohl hier, außerdem war es ein friedlicher Ort – jedenfalls am Anfang.

Das Unglück zog mit Kári und Sæunn ein und würde mit Ástas Tod hoffentlich einen Schlusspunkt setzen – und den Kreis endgültig schließen.

Sie lächelte bitter, denn das würde nicht passieren. Lügen und Sünden der Vergangenheit verschwanden nicht einfach so. Überall um sie herum war Schuld.

Óskar war hier immer glücklicher gewesen als sie. Er liebte das Meer, die herrlichen Felssäulen – gefährlich, aber ein atemberaubender Anblick – und natürlich den Leuchtturm. Und obwohl Thóra nicht leugnete, dass die Basaltformationen etwas Faszinierendes hatten, war sie nicht für ein raues Landleben geschaffen. Sie hätte lieber in der Stadt gewohnt, doch musste sie schon früh erkennen, dass das für immer ein Traum bleiben würde.

Óskar hatte zurückhaltend auf Ástas Tod reagiert, was durchaus seinem Naturell entsprach, denn er sagte nie viel. Aber früher waren die zwei einmal gute Freunde gewesen, trotz des großen Altersunterschieds – sie noch ein Kind und er um die vierzig. Damals hieß es hinter vorgehaltener Hand, sein Interesse an dem Mädchen wäre etwas … also … verdächtig. Thóra hatte die Gerüchte als unsinnig abgetan, ohne sich jedoch sicher zu sein, ob sie damit richtiglag …

Ihr Bruder war schon immer etwas sonderbar gewesen. So hatte er in diesem Winter die eigenartige Gewohnheit entwickelt, sich jeden Werktag um die gleiche Zeit in seinem Zimmer einzuschließen, das ihm sowohl als Schlaf- als auch Arbeitszimmer diente. Außerdem befanden sich ihr gemeinsamer Fernseher, das Radio, eine kleine Bibliothek und das Telefon darin. Heutzutage wollten die Leute alle den Fernseher im Wohnzimmer haben, was Thóra jedoch strikt ablehnte. Im

Wohnzimmer wurden Gäste empfangen. So war es früher, und so würde es bleiben, solange sie in diesem Haus noch irgendetwas zu sagen hatte.

Warum Óskar sich auf einmal jeden Tag zur gleichen Zeit einschloss, war Thóra ein Rätsel. Die schwere Tür war zwar ausgesprochen solide, doch trotzdem konnte sie Gemurmel dahinter hören, so dass sie wusste, dass er nicht einfach nur schweigend dasaß. Sie hätte zu gern erfahren, was er tat, und war auch etwas besorgt.

Doch fragen wollte sie ihn nicht. Sie ließen sich gegenseitig ihren Freiraum, so wie alle alten Paare.

Sie hatte nie die Chance gehabt, eine eigene Familie zu gründen. Hätte ihr Studium in Reykjavík nicht so katastrophal geendet, wäre sie vielleicht eine glückliche Ehefrau und Mutter geworden. Und schuld daran war ein einziger widerlicher Mann. Der Mistkerl war schon lange tot, aber sie hatte die Nachrufe in den Zeitungen aufbewahrt, mit denen sie ihren Hass auf ihn lebendig hielt.

Vielleicht hätte sie ihm nach all der Zeit vergeben sollen – aber Vergeben war schwer.

3. Kapitel

»An Weihnachten arbeiten zu müssen kann jeden treffen, besonders Leute in unseren Berufen«, sagte Kristín verständnisvoll.

Das war das Gegenteil von dem, was Ari Þór erwartet hatte. Weder Vorwürfe noch Enttäuschung, zumindest nicht nach außen hin. Vielleicht kannte er Kristín doch nicht so gut, wie er dachte. Allerdings hatte er ihr das Ganze auch als Vorschlag unterbreitet und nicht als bereits beschlossene Sache, was vielleicht den Ausschlag gegeben hatte.

»Natürlich können wir am Weihnachtsabend für ein paar Stunden nach Hause kommen«, hatte Ari Þór gesagt. Wobei zu Hause jetzt ein Synonym für Siglufjörður war, was er sich vor seinem Umzug in den Norden nie hätte vorstellen können. »Wir können Weihnachten trotzdem hier feiern.«

»Wir?«, fragte Kristín verwundert.

»Du kommst doch mit mir, oder?«

»Dort ist Platz für mich?«, fragte sie. »Ich wollte es mir mit Schokolade und einem Buch hier gemütlich machen.«

»Tómas meinte, du kannst gerne mitkommen und mit uns im Hotel in Blönduós wohnen. Zu dem Haus, wo der Mord passiert ist, können wir dich natürlich nicht mitnehmen … wenn es denn überhaupt ein Mord war«, fügte er hinzu, da er noch immer kaum etwas über den Fall wusste.

Sie schien ihre Zweifel zu haben. »Na ja, ist vielleicht eine Überlegung wert.«

»Tómas hat mehr oder weniger versprochen, dass ich am Weihnachtsabend nach Hause fahren kann. Aber falls irgendetwas dazwischenkommt, ist es vielleicht besser, wenn wir zusammen sind, wenn auch nur in einem Hotel. Weil ... du bist ja schwanger ...«

»Und du bist ja sooo romantisch«, sagte sie lächelnd.

Ari Þór fiel ein Stein vom Herz. Sie nahm es gut auf.

»Aber wir müssen sofort los. Bist du in zehn Minuten bereit?«

»In zehn Minuten? Bist du verrückt?«

»Es kann sein, dass die Straßen schlecht sind, trotz des guten Wetters. Besser ich fahre«, sagte Ari Þór, obwohl es Kristíns Auto war. Er wollte nicht, dass sie sich in ihrem Zustand überanstrengte.

»Sei nicht so altmodisch«, erwiderte sie, ließ ihm aber seinen Willen unter der Bedingung, dass sie beim Co-op anhielten. »Ich esse für zwei«, erinnerte sie ihn.

Da es auf den Straßen von Siglufjörður immer wieder Stellen mit Glatteis gab, fuhr Ari Þór ungewöhnlich langsam; mit der schwangeren Freundin auf dem Beifahrersitz hatte er keine Lust, ein Risiko einzugehen. Auf den Berghängen glitzerte der Schnee in der Sonne, und Ari Þór dachte kaum an den Mord, obwohl der ja der Grund für diesen Trip war. Sie hatten im Co-op ein *Laufabrauð* gekauft und aßen es unterwegs, während sie den anheimelnden Klängen und den Weihnachtsgrüßen lauschten, die im Radio laut vorgelesen wurden. Denn jedes Jahr sendete das National Radio of Iceland am 23. Dezember den ganzen Tag lang nur Weihnachtsgrüße, die ihnen von Menschen aus dem ganzen Land geschickt worden waren. Selbst im Zeitalter der sozialen Medien hatte diese Tradition, in der ganz altmodisch Grüße durch den Äther übermittelt wurden, etwas sehr Herzerwärmendes und schien gefestigter denn je.

Die Sonne stand tief am Himmel, durchbrach bisweilen die Wolken. Die Berge waren bis auf den gelegentlichen Farbklecks in Form eines knallroten Traktors, einiger Schafe und verstreuter Häuser, fast vollkommen weiß; selbst ein alter Schneepflug wirkte eher dekorativ als nützlich in dieser perfekten Szenerie. Die Reise würde sie in etwa eineinhalb Stunden von Siglufjörður entlang des großen Fjords von Skagafjörður führen bis hinunter zu der Stadt Sauðárkrókur, von wo aus es noch fünfundvierzig Minuten bis Blönduós waren.

Nach einer Stunde Fahrt stellte Kristín plötzlich das Radio leise. »Können wir in Sauðárkrókur anhalten?«

»Warum?«

»Wo wir schon mal hier sind, würde ich gern kurz einen alten Mann besuchen.«

»Einen alten Mann?«, fragte Ari Þór überrascht.

»Ja … ich hab ein bisschen Ahnenforschung betrieben …«

Ari Þór seufzte. Manchmal hatte Kristín wirklich seltsame Hobbys. Je weiter ihre Schwangerschaft fortschritt, desto tiefer grub sie in der Vergangenheit. Es war ihr schon immer schwergefallen, nichts zu tun, und momentan hatte sie einfach viel zu viel Zeit. Sie hatte ihre Arbeitsstunden reduziert, und anstelle ihres täglichen Workout nahm sie jetzt nur noch zwei Stunden in der Woche an Yoga für Schwangere teil.

»Es dauert wirklich nicht lange?«, fragte er.

»Nein …«, sagte sie langsam. »Ich brauche eine Stunde. Ich will etwas herausfinden, über das mein Urgroßvater in seinen Tagebüchern geschrieben hat. Er hat nicht weit von Blönduós gewohnt.«

»Dafür haben wir jetzt nur keine Zeit, Liebes«, sagte er, fügte aber, um Interesse zu demonstrieren, hinzu: »Von Tagebüchern hast du nie etwas erzählt.«

»Mein Urgroßvater hat eins geführt«, erzählte sie freudig. »Er hat über die Familie geschrieben, das Wetter, die Farm und die ganzen Probleme, die sie zu bewältigen hatten. Trockenheit und Überschwemmungen, Schnee und Blizzards … Preise im Schlachthaus, die Preise von importierter Ware …«

»Manche Dinge ändern sich nie«, bemerkte Ari Þór.

»Ich les dir mal was daraus vor«, sagte Kristín, nahm ihren Beutel aus dem Fußraum des Wagens und zog ein zerfleddertes Buch heraus. Sie hielt es ihm kurz hin, um Ari Þór die kaum lesbare, verblichene Handschrift zu zeigen, dann begann sie:

»Im Ausland hat es schlimme Unruhen gegeben. Es fing im August an und hat den ganzen Handel durcheinandergebracht. Schiffe wagen es nicht auszulaufen, und die Preise sind in die Höhe geschossen. Durch den plötzlichen Mangel an Waren in den Städten sind alle in Mitleidenschaft gezogen. Am Zehnten hat es angefangen zu regnen und den ganzen Monat nicht aufgehört. Ich konnte sechzig Pferde einfangen, aber sie waren in schlechtem Zustand, und bis zum Pferdemarkt kann ich keine mehr holen. Die Heuernte ist dürftig ausgefallen, ich hab sie erst in der vierundzwanzigsten Woche des Sommers einfahren können. Aber der Handel läuft gut, jedenfalls für uns. Für Fleisch gibt es

27–28 Aurar, für Schaffelle 45 Aurar und für Wolle 80 Aurar. Ausländische Ware ist wegen des Kriegs teuer und knapp. Die Ernte war schlecht, und in manchen Ländern ist sie aufgrund des Kriegs ganz ausgefallen. Die Bauern haben wegen der Heuknappheit viele ihrer Tiere geschlachtet, so dass es weniger Schafe gibt. Schwere Zeiten für viele Menschen. Ich habe 90 Schafe geschlachtet.«

»›Unruhen im Ausland‹. Damit meint er den Ersten Weltkrieg, oder?«, fragte Ari Þór.

»Richtig«, sagte sie. »Und in Blönduós war es die ganze Zeit kalt, einfach immer nur kalt, mit Stürmen, viel Schnee und Blizzards. Manchmal schreibt er sogar von Meereis in der Bucht – das hat es für die Menschen noch schwerer gemacht …«

»Hat er irgendetwas über Weihnachten geschrieben?«, fragte Ari Þór, inspiriert von den Grüßen im Radio.

»Hm … eher nicht. Er und seine Frau gehen in die Kirche, aber nicht sehr oft. Und von Weihnachten schreibt er eigentlich nur, wie das Wetter ist. Alles dreht sich ums Wetter«, sagte sie, im Buch blätternd. »Weihnachten 1915: schneefreier Boden bis Weihnachten, dann Eisregen und Bodenfrost, Eisschollen. Und dann kommt der Winter 1918 …«

»Der große Frostwinter?«, sagte Ari Þór. »Der war das doch, oder?« In allen Geschichtsbüchern Islands wurde über den Winter von 1918 geschrieben, mit dem kältesten Januar des ganzen Jahrhunderts. Der Rest des Jahres ging ebenfalls in die Geschichtsbücher ein, denn später raffte die Spanische Grippe Hunderte von Menschen dahin.

Ari Þór blickte aus dem Seitenfenster. Auf dem gefrorenen Boden standen ein paar Pferde, erinnerten ihn an ein Jón-

Stefánsson-Gemälde, das im Haus seiner Großmutter hing, als er nach dem Tod seiner Eltern bei ihr gewohnt hatte.

»Stimmt«, sagte Kristín und begann wieder laut vorzulesen.

»In der dreizehnten Nacht kam aus dem Norden ein Blizzard mit eisiger Kälte, und es herrschten viele Tage 26 Grad unter null, auch an zwei Weihnachtstagen. Das ging so bis in den zweiten Wintermonat und wurde sogar noch schlimmer, bis 30 Grad unter null. Die kälteste Temperatur im Land waren minus 38 Grad, und alle Schiffe im Hafen waren festgefroren, und die Bucht von Húnaflói war voller Eis. Im Norden war das auch so. Nahe Skagaströnd wurde ein Polarbär gesichtet und erschossen, und zwei gestrandete Wale wurden vom Eis aus erschossen. Im Februar wurde es milder, es fing an zu tauen, aber dann gab es Blizzards mit viel Schnee und bitterer Kälte. Die Aussichten sind schlecht und trostlos.«

»Also dieses Kálfshamarsvík ist nahe Skagaströnd, jedenfalls laut Tómas. Mit ein bisschen Glück sehen wir endlich mal einen Polarbären«, sagte Ari Þór.

»Außerdem gibt es noch ein Mysterium«, sagte Kristín, als hätte sie ihn nicht gehört. »Der letzte Eintrag im Tagebuch stammt von 1918, wo er schreibt, dass sich nach einer Reise nach Sauðárkrókur alles geändert hat. Ich hab ein bisschen recherchiert – während er unterwegs war, wurde seine Frau krank und starb. Ich weiß, dass seine Tochter ihm immer die Schuld dafür gegeben hat und ihm nie verzieh, dass er nicht da war. Ich will wissen, warum er nach Sauðárkrókur gereist ist, und hab den alten Mann dort ausfindig gemacht, von dem ich dir eben erzählt habe. Offenbar weiß er etwas darüber. Das

Ganze hat mich jedenfalls neugierig gemacht, zumal es da auch irgendein Geheimnis zu geben scheint. Außerdem will doch jeder über seine Wurzeln Bescheid wissen, oder?«

»Vermutlich«, erwiderte Ari Þór. Kurz nachdem er Kristín kennengelernt hatte, war er selbst auf die Suche nach einer Erklärung gegangen, warum sein Vater spurlos verschwand, als Ari Þór noch ein Kind war. Er hatte es zwar herausgefunden, dabei waren aber auch Dinge ans Tageslicht gekommen, die besser im Dunkeln geblieben wären.

»Manchmal ist es besser, die Wahrheit nicht zu kennen«, sagte er unbedacht.

4. Kapitel

Als sie in Blönduós eintrafen, nahm Tómas im Hotelrestaurant, wo er der einzige Gast war, gerade ein spätes Mittagessen in Form einer Suppe ein. Das farbenfroh gestaltete Restaurant war rund um die Bar mit dunklen Holzpaneelen verkleidet, auf dem Parkettboden lagen blaue und weinrote Teppiche, und über einem runden Tisch hing ein altmodischer Kronleuchter. Der Geruch nach Rochen war überwältigend. Ari Þór hatte den Fisch auch schon probiert und – nachdem er sich mit dem durchdringenden Geruch arrangiert hatte – sogar Geschmack daran gefunden.

»Wir werden den ganzen Tag nach Rochen riechen«, ließ er Tómas bei der Begrüßung wissen.

»Herzlich willkommen, mein Junge«, erwiderte Tómas. »Heute Mittag gab es ein vorweihnachtliches Rochenessen.« Es war eine isländische Tradition, den Tag vor Weihnachten fermentierten Rochen zu essen, trotz seines scharfen Geruchs.

»Und du sitzt hier bei Wasser, Brot und Suppe?«, fragte Ari Þór grinsend.

»Der Rochen war schon alle. Aber das hier ist keine gewöhnliche Suppe – das ist eine richtige isländische Fleischsuppe der besten Art, mit leckeren Lammstücken drin. Setzt euch zu mir«, sagte er und sah Kristín an. »Hallo, Kristín, schön, dass du mitgekommen bist«, sagte er, klang dabei aber nicht ganz aufrichtig. Tómas und Kristín kannten sich kaum, und die paar Male, wo sie sich begegnet waren, schienen sie nicht auf der gleichen Wellenlänge zu liegen.

»Hallo, Tómas«, sagte sie und ließ sich zusammen mit Ari Þór an Tómas' Tisch nieder.

»Suppe?« Tómas winkte dem Kellner und bestellte zwei weitere Teller Suppe, Wasser und Brot. »Die ist echt gut«, fügte er hinzu und fischte sichtlich beglückt ein Stück Lamm aus seiner Schale. Ari Þór hatte den Eindruck, als hätte er ein paar Kilo zugelegt.

»Du hast da eine schöne Kugel«, sagte Tómas mit Blick auf Kristín.

Ari Þór verkniff sich die Bemerkung, dass man das über seinen Bauch auch sagen konnte.

»Ja, es ist bald so weit«, erwiderte sie.

»Junge oder Mädchen?«

»Das wissen wir nicht«, sagte Kristín. »Ich will es erst bei der Geburt erfahren.«

»Verstehe ich gut«, sagte Tómas. »So haben wir das auch gemacht.«

»Wie läuft's denn so unten im Süden?«, fragte Ari Þór, bevor ihm bewusst wurde, dass das auch als unangebrachte Frage in Bezug auf Tómas' Privatleben verstanden werden konnte. »Ich meine mit dem neuen Job«, fügte er schnell hinzu.

»Ziemlich gut«, antwortete Tómas nach kurzem Zögern. »Ziemlich gut.«

»Detective Superintendent. Das ist nicht schlecht«, sagte Ari Þór.

»Na ja, vielleicht auch zu gut.«

»Wieso denn das?«, fragte Ari Þór überrascht.

»Nicht alle waren erfreut, wenn du verstehst, was ich meine.«

»Über deine Ernennung?«

»Ich war nicht der einzige Bewerber. Und einige hatten wesentlich mehr Erfahrung.«

»Aber wohl kaum mehr *Polizei*erfahrung, oder?«, sagte Ari Þór.

»Stimmt, aber genau das wurde berücksichtigt. Ach, es ist eine blöde Situation …« Tómas klang ungewöhnlich pessimistisch. »Zwei der Mitbewerber arbeiten jetzt für mich, ich hab das Gefühl, als müsste ich mich jeden Tag neu beweisen, auch wenn das lächerlich klingt.«

»Und der Fall jetzt? Die Tote?«, fragte Ari Þór und vermutete, dass Tómas ihm bei weitem noch nicht alle Informationen darüber gegeben hatte.

»Um ehrlich zu sein, ein gutes Ergebnis wäre wünschenswert, und am besten in Eigenregie«, sagte Tómas mit einem verlegenen Lächeln.

»Du hast aber offensichtlich nicht lange gebraucht, um den dortigen Klüngel zu durchschauen«, sagte Ari Þór grinsend. »Jetzt verstehe ich auch, warum du mich angerufen und nicht jemanden aus deiner Abteilung aus dem Urlaub geholt hast … Hab ich recht?«

Da Tómas die Frage offensichtlich nicht beantworten wollte, beharrte Ari Þór auch nicht darauf und wechselte das Thema. »Haben wir denn Zeit für die Suppe? Werden wir nicht erwartet?«

»Die arme Frau ist doch schon tot«, sagte Tómas ruhig und stippte Brot in seinen letzten Rest Suppe. »Der Fall läuft uns nicht weg. Ich erzähle dir das Wichtigste, während du isst.«

Anscheinend machte es ihm nichts aus, in Kristíns Gegenwart darüber zu reden. »Jedenfalls ist das Ganze ziemlich merkwürdig«, fügte er hinzu.

Der Kellner kam mit zwei Schalen Suppe, Wassergläsern und einem Korb mit Brot. Als er dann weit genug weg war, senkte Tómas die Stimme und fuhr fort.

»Sie hieß Ásta Káradóttir, war dreiunddreißig Jahre alt und Vollwaise.«

Aris Herz fing heftig an zu schlagen. Vollwaise. Würde man ihn auch so beschreiben, wenn er tot wäre?

Der Verstorbene wurde als Ari Þór Arason identifiziert, achtundzwanzig Jahre alt, Vollwaise.

»Damit meine ich«, fuhr Tómas fort, »dass sie früh ihre Eltern verloren hat, die Mutter mit fünf und den Vater vor ihrem zwanzigsten Lebensjahr.«

Das könnte ein weiterer Grund sein, dachte Ari Þór, warum Tómas ihn bei den Ermittlungen dabeihaben wollte – weil er sich gut in die Lage des Opfers versetzen konnte. Doch er verbot sich den Gedanken, denn seine Phantasie ging mal wieder mit ihm durch.

»Sie hat in Reykjavík gewohnt, in einer Souterrainwohnung in der Ránargata. Wir haben die Wohnung schon durchsucht, aber nichts Relevantes gefunden.«

Ari Þór brauchte einen Moment, um die Information zu verdauen. »Ránargata?«, fragte er leise, doch ungewöhnlich scharf.

»Richtig«, bestätigte Tómas, doch sah ihn stirnrunzelnd an. »Sagt dir das etwas?«

»Nein«, erwiderte Ari Þór und versuchte, seine Überraschung zu verbergen, obwohl ihn diese Information verstörte. »Nein, überhaupt nicht.«

In Wahrheit irritierte ihn diese Koinzidenz: Erstens hatte das Opfer in jungen Jahren seine Eltern verloren, und zweitens hatte sie in einer Souterrainwohnung am Westrand von Reykjavík gewohnt. Ari Þór hatte vor seinem Umzug in den Norden eine Wohnung in der Öldugata gehabt, nur einen Steinwurf entfernt von der Ránargata. War er dieser Ásta vielleicht sogar begegnet? Hatte er sie auf der Straße gesehen oder im Eckladen? Alles nur Zufall, sagte er sich, sonst nichts. Trotzdem war die Vorstellung beunruhigend, fast, als wäre er in ihren Fußspuren gelaufen.

Jetzt wollte er mehr über sie wissen, woher sie kam und warum sie ihr Leben verloren hatte.

»Hatte sie Brüder oder Schwestern?«, fragte er und zuckte zusammen, als Tómas beides verneinte. Wieder schien Ástas Vorgeschichte seine zu spiegeln.

»Jedenfalls keine lebenden«, ergänzte Tómas zu Aris Erleichterung, obwohl der Rest des Satzes ihn betroffen machte: »Ihre Schwester …«

»… ist gestorben?«, vollendete Ari Þór den Satz für ihn.

»Die Einzelheiten erzähle ich dir später. Ich hab ja am Telefon schon gesagt, dass die Sache ziemlich merkwürdig ist. Und wir müssen uns ausgerechnet an Weihnachten damit rumschlagen. Wie findest du das denn?«

Sein Gesichtsausdruck machte klar, dass er keine Antwort erwartete.

»Finanziell ging es der Frau nicht gut«, fuhr Tómas fort. »Die Wohnung in Reykjavík war nur gemietet, und sie schuldete einiges an Miete. Und weil sie arbeitslos war, hat sie am Anfang des Monats immer im Supermarkt ausgeholfen.«

»Was hat sie denn hier im Norden gewollt?«

»Sie ist hier oben aufgewachsen, war aber lange nicht mehr hier gewesen – ungefähr fünfundzwanzig Jahre, wenn ich das richtig verstanden habe. Aber wundern tut mich das kaum …« Er verfiel in Schweigen, aß seine Suppe auf und leerte das Glas Wasser, bevor er weitersprach. »Ihre Eltern sind 1983 hergezogen, da war sie vier. Den Leuten hier hat sie erzählt, sie würde an der Universität Sprache und Literatur studieren und wäre zurückgekommen, um eine Arbeit über ihren Vater zu Ende zu schreiben.«

»Dann war sie Studentin?«, fragte Ari Þór.

»Nein«, sagte Tómas und zog die Augenbrauen hoch. »Wir haben herausgefunden, dass sie nur einen Schulabschluss hat, sonst nichts. Sie war nie auf einem College, schon gar nicht auf der Universität. Das war alles gelogen. Wir haben also nicht die leiseste Ahnung, warum sie den ganzen Weg hier hoch in den Norden gekommen ist. Aber was immer der Grund war, für sie hat die Reise ein böses Ende genommen.«

»Geldprobleme, arbeitslos …«, sagte Kristín. »Wurde ein Selbstmord ausgeschlossen?«

»Ausgeschlossen?« Tómas sah sie nachdenklich an. »Nicht direkt. Aber wir müssen unvoreingenommen an die Sache rangehen«, sagte er in Richtung Ari Þór.

»Natürlich«, erwiderte der kurz.

»Aber ich muss etwas gestehen«, fügte Tómas hinzu. »Ich hab bei der Sache kein gutes Gefühl und befürchte, dass ich am Ende bedauere, den Fall übernommen zu haben.«

»Sind es nicht genau solche Fälle, in die Polizisten sich gern reinknien?«, fragte Kristín.

»Stimmt«, erwiderte Tómas, lächelte schief. »Also gut, hier sind die Fakten: Sie – oder vielmehr ihre Leiche – wurde am

Fuß eines Kliffs gefunden, das an der Spitze der Landzunge Kálfshamarsvík steil zur Bucht abfällt. Eine gefährliche Ecke, wenn man nicht vorsichtig ist. Vielleicht ist sie gestolpert, oder sie ist im Dunkeln zu nah an den Rand gekommen, was mir aber ziemlich fraglich erscheint. Sie ist hier aufgewachsen und sich der Gefahren bestimmt bewusst gewesen.« Er runzelte die Stirn, einen todernsten Ausdruck im Gesicht. »Sie hat in dem einzigen Haus draußen an der Landspitze übernachtet. Die örtliche Polizei hat alle Bewohner befragt und auch mit einem jungen Mann gesprochen, der in der Nähe wohnt. Einer von ihnen hat die Leiche gefunden. Der Polizei haben sie erzählt, sie hätte Selbstmord begangen, was durchaus eine naheliegende Erklärung ist.«

»Wer sind diese Zeugen?«

»Zwei Geschwister, Bruder und Schwester, Mitte sechzig, wohnen seit langer Zeit dort, aber das Haus gehört jemandem, den du sicher aus den Nachrichten kennst: Reynir Ákason.«

»Interessant«, sagte Ari Þór. »Er schwimmt in Geld, oder?«

»Soviel ich weiß, ja. Zumindest war sein Vater ein reicher Mann, der Junge wird ordentlich was geerbt haben. Er hat das Haus übernommen und verbringt viel Zeit dort.« Tómas hielt kurz inne, bevor er fortfuhr. »Und jetzt kommt's: Heute Morgen kam das vorläufige Ergebnis der Obduktion. Ich hab ja schon gesagt, dass einige der Verletzungen an der Leiche nicht in die Selbstmord-Theorie passen. Es gibt Blutergüsse am Hals, als hätte ihr jemand die Kehle zugedrückt. Aber das war nicht die Todesursache. Wahrscheinlich ist sie an ihren Kopfverletzungen gestorben. Im Moment haben wir die Theorie, dass sie einen tödlichen Schlag auf den Hinterkopf bekommen hat und dass die anderen Verletzungen post mortem entstanden sind, beim Aufprall auf die Felsen. Der Pathologe wollte sich nicht gleich darauf festlegen lassen, aber es reicht, um misstrauisch zu sein.«

»Sehe ich auch so«, sagte Ari Þór.

»Zwei Forensiker aus Reykjavík sind heute Morgen schon vor mir losgefahren und bereits an den Klippen. Sie suchen nach der exakten Stelle, wo sie ermordet wurde – vorausgesetzt, dass es wirklich Mord war.« Tómas hielt erneut inne, sprach dann langsamer weiter als zuvor. »Es gibt noch ein paar andere interessante Aspekte. Offensichtlich hatte sie kurz vor ihrem Tod Sex.«

»Irgendwelche Vermutungen, mit wem sie geschlafen haben könnte?«, fragte Ari Þór.

»Nein, und es wird eine Weile dauern, bis die Gewebeproben analysiert sind. Momentan weist nichts darauf hin, dass es noch andere Besucher gegeben hat. Wir müssen also von der Annahme ausgehen, dass es entweder Reynir war oder Arnór, der junge Mann, der in der Nähe wohnt. Sie haben alle gemeinsam am Abend vor ihrem Tod zu Abend gegessen.«

»Hast du nicht auch von einem Bruder und einer Schwester gesprochen, die dort wohnen?«, fragte Kristín.

»Ja, stimmt. Aber den Bruder – Óskar – halte ich erst einmal für wenig verdächtig«, erwiderte Tómas. »Er ist achtundsechzig und braucht einen Gehstock. Aber ganz ausschließen können wir ihn natürlich nicht.«

Kristín sah aus, als wollte sie etwas dazu sagen, doch entschied sich dagegen.

»Jetzt verstehe ich auch, warum es ein ungewöhnlicher Fall ist«, sagte Ari Þór. »Die arme Frau muss einen schlimmen Tod gehabt haben.«

»Nein, davon habe ich nicht gesprochen«, sagte Tómas und sah Ari Þór an. »Ich habe etwas ganz anderes gemeint.«

Ein finsteres, bedrückendes Schweigen folgte, und Ari Þór verspürte ein wachsendes Unbehagen. Den Grund konnte er nicht benennen, doch er hatte das Gefühl, von Tómas gleich etwas Gruseliges zu hören.

»Ásta hatte eine Schwester namens Tinna«, begann Tómas, den Blick gesenkt. »Sie starb 1986, also vor –«

»Sechsundzwanzig Jahren«, sagte Kristín, ohne groß nachdenken zu müssen.

»Richtig. Vor sechsundzwanzig Jahren.«

»Dann war sie bei ihrem Tod noch ein Kind?«, fragte Ari Þór zögernd.

»Ja, sie war sieben Jahre alt.«

»Und wie … wie ist sie gestorben?«, fragte er, obwohl er die Antwort gar nicht hören wollte.

»Sie ist von demselben Kliff abgestürzt«, sagte Tómas knapp, mit ausdrucksloser Stimme, als fände er es geschmacklos, eine so tragische Enthüllung zu sehr zu dramatisieren. Seine Worte hingen wie Eisbrocken in der Luft, bedeutsam und schmerzlich.

»Demselben Kliff?«, wiederholte Ari Þór. »Siebenundzwanzig Jahre nach dem Tod ihrer Schwester ereilt Ásta das gleiche Schicksal. Das ist unglaublich und beinahe zu abwegig.«

»Jedenfalls macht es einen doch sehr nachdenklich«, sagte Tómas.

»Als hätte jemand oder etwas – vielleicht das Schicksal – beschlossen, sie auf die gleiche Weise sterben zu lassen.«

Tómas sagte nichts dazu, wollte seine Geschichte wohl nicht groß unterbrechen.

»Zwei Jahre zuvor verloren die beiden Schwestern ihre Mutter«, fuhr er fort. »Zu dem Zeitpunkt wohnte die Familie noch nicht lange auf Kálfshamarsvík.«

»Die Mutter zu verlieren ist für zwei kleine Mädchen sicher schlimm«, bemerkte Kristín.

»Wie ist sie gestorben?«, wollte Ari Þór wissen, doch noch während er fragte, sah er in Tómas' Gesicht die Antwort. Und es lief ihm eiskalt den Rücken hinunter.

»Sie ist vom selben Kliff gestürzt«, sagte Tómas leise, ausdruckslos.

Ari Þór dachte, er wäre auf diese Enthüllung vorbereitet gewesen, doch das stimmte nicht. Einen Moment lang sagte er nichts, rang um Fassung.

»Alle drei … sie alle sind vom selben Kliff gestürzt?«, murmelte er schließlich. »Alle drei?«, sagte er wieder, jetzt mehr zu sich selbst als zu den beiden anderen.

»Richtig. Und das alles in einem Zeitraum von achtundzwanzig Jahren. Ich habe dir doch gesagt, es ist ein ungewöhnlicher Fall.« Tómas lächelte müde, und jetzt wusste Ari Þór auch, warum es vielleicht besser gewesen wäre, den Fall nicht zu übernehmen – dass er seine Entscheidung womöglich bedauern könnte.

»Wo ist der Vater der Mädchen?«, durchbrach Kristín das Schweigen.

»Er ist auch tot. Er hat Tinnas Tod nie verwunden, und nach längerem Krankenhausaufenthalt – genau genommen war er in der Psychiatrie – ist er gestorben. Da war er noch immer ein junger Mann. So wie ich das sehe, hat er seinen Lebenswillen Stück für Stück verloren. Nach Tinnas Tod hat er noch ein Jahr als Leuchtturmwärter gearbeitet, aber er war nie mehr der Alte.

Bevor er sich völlig aufgab, fand er noch unten in Reykjavík eine Bleibe für Ásta, seine ältere Tochter. Zu der Zeit war sie erst sieben Jahre alt. Ich werde das Gefühl nicht los …« Er seufzte, setzte noch einmal an. »Ich kann mich des Verdachts nicht erwehren, dass er sie vor etwas – oder jemandem – beschützen wollte. Vielleicht haben beide Selbstmord begangen, die Mutter und die Tochter. Gut möglich, dass er Angst hatte, Ásta würde es auch tun.«

»Dann war das also ihr erster Besuch seit damals in dem Haus auf der Landzunge?«, fragte Kristín.

»Davon gehen wir aus. Soviel ich weiß, ist sie zuvor nie an den Ort ihrer Kindheit zurückgekehrt. Verdammt – hier stimmt doch etwas nicht«, brummte Tómas und schlug mit der Hand auf den Tisch. »Wie zum Teufel sollen wir herausfinden, warum sich aus einer Familie drei Frauen von demselben Kliff gestürzt haben? Und wollen wir das wirklich wissen?«

»Das ist ausgesprochen verstörend«, sagte Kristín, und Ari Þór machte sich Vorwürfe, seine hochschwangere Freundin in eine so düstere Angelegenheit mit reingezogen zu haben. Normalerweise war sie wirklich tough, aber in jüngster Zeit setzten ihr auch triviale Dinge zu.

»Du hast gerade gesagt, dass sie sich selbst hinabgestürzt haben«, bemerkte Ari Þór. »Und wenn alle drei ermordet wurden? Oder einfach runtergefallen sind?«

»Um das herauszufinden, sind wir hier«, sagte Tómas mit einem selbstgefälligen Unterton.

»Was ist mit den anderen, die du erwähnt hast und die jetzt hier leben?«, wollte Kristín wissen. »Reynir Ákason, der Bruder und die Schwester und der junge Mann, der ganz in der Nähe wohnt. Hat einer von ihnen schon hier gewohnt, als Ástas Schwester und Mutter gestorben sind?«

Ari Þór sah Tómas erwartungsvoll an. Die Atmosphäre war angespannt. Tómas senkte den Blick, sah wieder auf.

»Ja. Soviel wir wissen, alle vier«, sagte er nur.

5. Kapitel

Vor dem Hotel in Blönduós verabschiedete sich Ari Þór von Kristín mit der eindringlichen Bitte, sie möge sich schonen. Und obwohl es ihm ernst damit war, wusste er doch, dass sein Wunsch auf taube Ohren stieß. Schwanger oder nicht, Kristín machte schon immer, was sie wollte.

Sie war eine willensstarke Frau, und er akzeptierte das, doch bald mussten sie einige Entscheidungen treffen, die die nächsten Jahre ihres Lebens bestimmen würden. Bevor sie schwanger wurde, hatte sie davon gesprochen, ins Ausland zu gehen, um eine Fachausbildung zu machen. Doch das klang eher halbherzig, denn in Wirklichkeit schien sie nicht sehr zufrieden mit ihrem Arztberuf. Andererseits machte es wenig Sinn, ihre durch ein langes Studium erworbene Qualifikation einfach in die Tonne zu treten, um irgendetwas anderes anzufangen. Und wo lagen eigentlich ihre Interessen? Er überlegte angestrengt. Sie hatte kaum Hobbys, und als sie sich kennenlernten, war sie bis über die Ohren in ihre Studien vertieft, so dass kaum Zeit für anderes blieb. Und als sie dann ihren Beruf ausübte, übernahm sie im Krankenhaus die langen und anspruchsvollsten Schichten. Er war sich nicht einmal sicher, ob sie sich wirklich freute, Mutter zu werden. Vielleicht hatte er sie zu sehr gedrängt, als sie darüber sprachen, eine Familie zu gründen.

Nicht zum ersten Mal fragte er sich, ob sie eher seine Träume verwirklichte als ihre eigenen.

Während der Fahrt, bei der Tómas wie immer hinterm Steuer saß, schwiegen sie. Die Straßen waren frei, und Ari Þór war in Gedanken an Kristín versunken. Das änderte sich schlagartig, als sie von der asphaltierten Straße abbogen und auf einem unbefestigten Weg weiterfuhren. Der erinnerte Ari Þór an die Reisen, die er vor langer Zeit mit seinen Eltern unternommen hatte, als solche Schotterstraßen voller Schlaglöcher waren und kreuz und quer durchs ganze Land führten.

Um die Stille im Auto zu durchbrechen, stellte er das Radio an, in dem noch immer nonstop Weihnachtsgrüße verlesen wurden: »Wir möchten unseren Freunden und Verwandten in nah und fern die herzlichsten Weihnachtsgrüße schicken«, sagte gerade eine sanfte Stimme.

Wozu sollte das gut sein, dachte Ari Þór. Er hatte keinen Grund, solche Grüße zu verschicken. Die Verbindung zu den paar Freunden von früher, sogar den guten, war durch seinen Umzug in den Norden abgebrochen. Und zu den wenigen Verwandten, die er hatte, war nach dem Tod seiner Eltern der Kontakt nach und nach im Sande verlaufen. Die Schwester seiner Mutter hatte sich noch gelegentlich bei ihm gemeldet und ihn zum Essen bei ihrer Familie eingeladen, doch er war nie hingegangen, und nach einer Weile hatte sie aufgegeben.

»Können wir das nicht ausmachen?«, fragte Tómas, den Blick auf die Straße geheftet. Die spätnachmittägliche Dämmerung hatte bereits eingesetzt, umhüllte den Wagen. Der kürzeste Tag des Jahres lag gerade erst hinter ihnen.

Für Ari Þór war die Dunkelheit in der Mitte des Winters schon immer eine Last gewesen. Sie umhüllte seine Gedanken wie Schatten, was noch schlimmer wurde, nachdem er in den Norden nach Siglufjörður gezogen war. Er hatte gehofft, dass die Stille und der Glanz des Weihnachtsfestes seine Stimmung heben würden.

»So so, wir haben also den alten Scrooge im Auto sitzen«, sagte Ari Þór mit einem verschmitzten Lächeln in Anlehnung an Charles Dickens.

Tómas' Bitte, das Radio auszustellen und sich nicht die Weihnachtswünsche anzuhören, überraschte Ari Þór. Er selbst war viel zu realistisch, um von dem ganzen Weihnachtstamtam berührt zu werden, und hatte wohl schon als Kleinkind nicht einmal an den Weihnachtsmann geglaubt.

»Wirf doch mal einen Blick in die Fallakte«, sagte Tómas, ohne auf Aris Kommentar einzugehen. »Sie liegt auf dem Rücksitz. Wir müssen noch heute mit den Leuten dort reden und versuchen, so viel wie möglich aus ihnen herauszubekommen. Es sind nur vier, das sollte zu schaffen sein, meinst du nicht?«

»Sicher.«

Ari Þór griff hinter sich, nahm die Akte, schlug sie auf und holte ein Bündel Unterlagen heraus. Die steckten zwar alle in Plastikhüllen, waren aber ungeordnet, so dass er manche nur quer und umgedreht lesen konnte. Er blätterte sie durch. In den Berichten der Polizisten, die als Erste am Unglücksort waren, wurden Selbstmord oder ein tragischer Unfall als wahrscheinlichster Grund für den Tod des Opfers angeführt. Auch Fotos von der Umgebung lagen bei sowie kurze Beschreibungen von vier Personen: Arnór Heidarsson, Reynir Ákason, Thóra Óskarsdóttir und Óskar Óskarsson.

Die wenigen Fotos dieser Leute, die man offensichtlich aus dem Internet runtergeladen und ausgedruckt hatte, sah Ari Þór sich genauer an. Dann nahm er eins in die Hand, das ihm den Atem verschlug.

Die Schwarzweißaufnahme zeigte eine junge Frau mit dunklen, über die Schultern fallenden Haaren, ausgeprägten Wangenknochen und halb geschlossenen Augen. Sie schien ihn auf eine Weise anzusehen, als wolle sie ihn anmachen – ein sexy, verführerischer und gleichzeitig distanzierter Blick. Auch ihr Mund war auf faszinierende Weise rätselhaft – ernst und gleichzeitig von einem Lächeln umspielt. Plötzlich schlug sein Herz schneller.

Das Foto war nicht einmal besonders scharf, schien aber eine beunruhigend starke Wirkung auf ihn auszuüben.

»Wer ist das?«, fragte er und hielt die Aufnahme hoch, fürchtete, die Antwort schon zu kennen.

Tómas warf einen Blick darauf. »Sie natürlich.«

Unbehagliches Schweigen trat ein. Dann sagte Tómas, den Blick wieder auf die Straße geheftet: »Die Frau, die gestorben ist, Ásta.«

Ari Þór schlug die Akte zu. »Natürlich. Sie war … sehr schön.«

Als in der Ferne das Licht des Leuchtturms im Dämmerlicht auftauchte, drosselte Tómas das Tempo und bog von der Straße in einen Weg ein, der nach Kálfshamarsvík führte.

»Ich kenne die Gegend nur von Fotos«, sagte Tómas, als sie sich dem Ort näherten. »Sie ist wirklich wunderschön, nicht wahr?«

Sie fuhren weiter hinaus zur Landzunge, wo auf dem Weg noch eine dünne Schneeschicht lag. Es war herrliches Winterwetter; Ari Þór konnte die Kälte beinahe sehen, die diesen Ort umhüllte, spürte fast, wie sie langsam ins Auto eindrang.

»Es ist wirklich ein toller Anblick«, sagte Ari Þór mit Blick auf die Bucht, das ruhige Meer und den Leuchtturm.

Nachdem Tómas die letzte Biegung zu dem Haus am Meer genommen hatte, wurden die Schlaglöcher so tief, dass sie nur noch sehr langsam fahren konnten. Es war, als würden sie nicht nur ans Ende der Straße kommen, sondern ans Ende der Welt.

»Kann man so sagen«, murmelte Tómas, den Blick auf das geheftet, was wohl als Straße durchgehen sollte.

»Außer zwei Gebäuden gibt es hier draußen nichts.«

»Früher waren es mehr. Die ganze Geschichte kenne ich zwar nicht, aber irgendwann hat es hier wohl ein Dorf gegeben.«

»Ein Dorf?« Ari Þór sah Tómas überrascht an. »Hier draußen auf der Landzunge? Wo sind denn dann die ganzen Häuser geblieben?«

»So ziemlich alle verschwunden. Anscheinend sind noch einige Ruinen übrig, aber wie gesagt, ich bin das erste Mal hier.«

Als der Weg nicht mehr weiterführte, parkte Tómas den Wagen, und sie stiegen aus. Ein weiteres Auto, ein schickes Allradfahrzeug, stand neben dem Stacheldrahtzaun, der die Landspitze begrenzte.

»Sieh mal, mein Junge«, sagte Tómas und zeigte zur Bucht. »Säulenbasalt. Ist doch ein phantastischer Anblick, fast magisch, findest du nicht? Als wären die Säulen von Trollen gemacht worden, die mit der Natur ihr Spielchen treiben.«

Ari Þór nickte, sagte aber nichts und versank noch tiefer in seine Jacke, um sich vor der eisigen Kälte zu schützen.

Aus dem Haus kam ein Mann schnellen Schritts auf sie zugelaufen. Ari Þór eilte zum Tor und wartete, bis auch er es erreichte.

»Hallo zusammen«, sagte er schnaufend. Ari Þór wusste sofort, dass er Reynir Ákason vor sich hatte – er kannte sein Gesicht von den zahlreichen Zeitungsberichten, die er über die Jahre gelesen hatte. Allerdings sah er in natura wesentlich älter aus.

»Ich heiße Reynir«, sagte der Mann, öffnete das Tor und bat sie mit einer ausladenden Handbewegung herein, als wäre die ganze Landzunge sein Privatbesitz.

»Es ist wunderschön bei dir hier draußen«, sagte Ari Þór, konnte der Versuchung nicht widerstehen. »Das Haus und der Leuchtturm …«, fügte er schnell hinzu.

Reynir lachte etwas gezwungen. »Mir gehört nur das Haus, aber wir waren immer für die Instandhaltung des Leuchtturms verantwortlich«, sagte er, wobei der eisige Wind seine Worte hinwegzufegen drohte. »Früher war hier mal ein ganzes Dorf«, fuhr er fort, als das eingetretene Schweigen unangenehm wurde.

»Davon habe ich schon gehört«, erwiderte Ari Þór.

Reynir führte sie zum Haus, und sobald sie drinnen der klirrenden Kälte entkommen waren, hörte Ari Þór das vertraute Klimpern eines Klaviers. Reynir ging ihnen ins Wohnzimmer voraus, und da saß auch wirklich ein älterer Mann an einem altehrwürdigen Klavier. Kein Konzertpianist, dachte Ari Þór, aber trotzdem gar nicht schlecht. Das Wohnzimmer selbst konnte sich durchaus sehen lassen, doch es schien irgendwie ungemütlich. Das Mobiliar war nicht mehr neu – wobei die Anschaffung sicher einiges gekostet hatte –, und insgesamt wirkte der Raum kalt, mit einer drückenden Atmosphäre und düsterem Licht, als wäre das Haus selbst vollkommen seelenlos.

»Schubert«, sagte Ari Þór. Die Feststellung war eigentlich für Tómas bestimmt, doch sie bewirkte, dass der Mann mitten im Takt aufhörte zu spielen. *Ave*, aber nicht *Maria*. Er sah zu Ari Þór herüber und nickte. Dieses Musikstück kannte Ari Þór gut, denn als Mitglied des Iceland Symphony Orchestra hatte seine Mutter es an Weihnachten oft auf der Geige gespielt.

»Der alte Junge spielt dasselbe Lied immer und immer wieder, die ganze Adventszeit hindurch«, sagte Reynir verächtlich.

Ari Þór vermutete, dass der »alte Junge« der achtundsechzig Jahre alte Óskar war. Am Tisch saß eine ungefähr gleichaltrige Frau – wahrscheinlich die Schwester.

»Eure Kollegen sind oben«, sagte Reynir zu Tómas, und Ari Þór folgerte, dass er die Forensiker meinte.

»Danke. Was befindet sich denn da oben?«, fragte Tómas.

»Ástas Zimmer. Dort hat sie als kleines Mädchen gewohnt«, antwortete Reynir, jetzt eine leicht verlegene Höflichkeit in der Stimme.

Tómas nickte. Alle drei – Tómas, Ari Þór und Reynir – standen nun schweigend mitten im Zimmer, während die Schwester und der Bruder stocksteif dasaßen, als erwarteten sie den Richterspruch.

»Es tut mir leid, euch so kurz vor Weihnachten stören zu müssen«, sagte Tómas, die Stimme laut und formell. »Aber ihr versteht sicher, wie wichtig es ist, der ganzen Sache so schnell wie möglich auf den Grund zu gehen.«

»Ist sie denn nicht einfach ins Meer gesprungen?«, fragte die Frau langsam. »Ich habe immer das Gefühl gehabt, dass diese Mutter und ihre Töchter irgendwie verflucht sind.«

»Du bist Thóra?«, fragte Tómas und musterte sie eingehend. »Thóra Óskarsdóttir?«

»Das ist korrekt.« Ihr arroganter Gesichtsausdruck ließ darauf schließen, dass sie nicht gewillt war, sich von Tómas einschüchtern zu lassen.

»Wir müssen die Zeit sinnvoll nutzen«, fuhr Tómas fort. »Wir wollen noch vor Weihnachten nach Hause fahren, und ihr wollt uns sicher vor Heiligabend auch los sein. Was bedeutet, dass wir heute bis spätabends hier sein und euch alle befragen werden«, sagte er. »Mit Arnór Heidarsson müssen wir auch reden, ist er in der Nähe?«

»Vermutlich zu Hause, das ist nicht weit von hier«, sagte Thóra.

»Dann statten wir ihm heute Abend auf dem Rückweg einen Besuch ab«, sagte Tómas und warf Ari Þór einen Blick zu.

»Du hast Thóras Frage gar nicht beantwortet«, bemerkte Reynir. »Sollen wir das so verstehen, dass es kein Selbstmord war?«

Tómas sah ihn an. »Wir müssen alle Möglichkeiten in Betracht ziehen«, antwortete er, nicht gewillt, viel preiszugeben. »Können wir irgendwo hingehen, wo wir ungestört sind – gibt es ein Arbeitszimmer oder einen anderen Raum?«

»Sicher. Ihr könnt das Wohnzimmer hier benutzen oder mein Büro«, sagte Reynir und zeigte zum Korridor. »Es ist da drüben.«

»Gut, dann nehmen wir das Büro. Dürfen wir auch den Internetzugang nutzen?«

»Tut mir leid«, erwiderte Reynir schnell, »aber ich habe hier keinen Computer.«

Ari Þór bemerkte, dass Óskar etwas sagen wollte, es sich jedoch anders überlegte.

»Wir haben einen Computer dabei«, sagte Ari Þór. »Aber es wäre gut, wenn wir Zugang zu deinem Internet bekommen.«

»Oh, natürlich«, sagte Reynir. »Ich kümmere mich gleich darum.«

»Ich möchte lieber erst einmal mit dir reden«, sagte Tómas. Seine Stimme ließ keinen Zweifel daran, dass es keine höfliche Bitte war. »Aber zuallererst sehen wir uns an, wie weit unsere Kollegen sind. Kannst du uns den Weg nach oben zeigen?«

6. Kapitel

Tómas und Ari Þór stiegen die alte Wendeltreppe hinauf ins Dachgeschoss, wo sie eine junge Forensikerin und ihren älteren Kollegen antrafen. Sie hieß Hanna und leitete offenbar die Untersuchung, denn sie übernahm das Reden. Ari Þór fand, dass sie wie eine bekannte Sängerin aussah, deren Name ihm aber gerade nicht einfiel.

»Da hat die Verstorbene geschlafen«, sagte Hanna und zeigte auf ein kleines Zimmer, das für ein Kind groß genug war, aber sicher nicht für eine erwachsene Frau. Unter dem Dachfenster stand ein schmales Bett, wahrscheinlich das letzte, in dem Ásta je geschlafen hatte.

»Auf dem Fußboden nahe der Wand haben wir Samenspuren gefunden«, sagte Hanna, kam gleich zur Sache. »Wir werden sie untersuchen, aber gewöhnlich dauert es seine Zeit, bis wir eine hundertprozentige Übereinstimmung finden.«

»Das passt zu dem, was wir bereits wissen: Sie hat kurz vor ihrem Tod mit jemandem geschlafen«, sagte Tómas.

»In dem Zimmer sammeln wir so viele Fingerabdrücke wie möglich, von den Leuten im Haus haben wir bereits welche genommen und auch DNA-Proben.«

»Und was ist mit dem Mann, der hier in der Nähe wohnt, Arnór?«, fragte Ari Þór.

»Mummi war gerade bei ihm und hat Fingerabdrücke und Proben genommen«, erwiderte sie, mit dem Kopf auf ihren Kollegen weisend.

»Gibt es irgendwelche Anzeichen, dass sie hier oben ermordet wurde?«, fragte Ari Þór.

»Bis jetzt nicht. Wir haben weder Blut noch Hinweise auf einen Kampf gefunden, aber wir suchen weiter. Auch die Wendeltreppe weist keine Spuren einer gewaltsamen Auseinandersetzung auf.«

»Könnt ihr euch kurz Reynirs Büro im Erdgeschoss ansehen? Wir werden es bis heute Abend benutzen und müssen sicherstellen, dass wir keine Spuren vernichten.«

»Mummi und ich haben schon vor eurem Eintreffen die ganze Erdgeschosswohnung unter die Lupe genommen. Nicht so gründlich wie hier oben, aber wenn ich recht informiert bin, gibt es keinen Anhaltspunkt dafür, dass da unten etwas Verdächtiges passiert ist.«

Tómas nickte. »Und die Souterrainwohnung?«

»Die steht als Nächstes auf unserer Liste.« Sie lächelte wie die Sängerin, deren Name Ari Þór noch immer nicht einfiel. Er wusste nur, dass er ihre Musik nicht ausstehen konnte.

Trotz der offensichtlichen Mühe, Reynirs Büro gemütlich einzurichten, war es ein unbehaglicher Raum, obwohl man keinerlei Kosten gescheut hatte: ein antiker dunkelbrauner Schreibtisch, ein eleganter lederner Chefsessel und dahinter eine Wand mit Regalen voller kunstvoll gebundener alter Bücher, die sicher seit Generationen weitervererbt wurden. An den Fenstern hingen schwere Vorhänge, und in einer Ecke standen ein Ledersofa und ein moderner Glascouchtisch.

Tómas setzte sich hinter den Schreibtisch in den großen Ledersessel. Ari Þór holte zwei Stühle aus dem Wohnzimmer, ließ sich auf einem nieder und bedeutete Reynir, auf dem anderen Platz zu nehmen.

»Danke, dass wir dein Büro benutzen dürfen«, begann Tómas liebenswürdig. »Seit wann wohnst du hier?«

»Solange ich zurückdenken kann, bin ich ab und zu hergekommen, hauptsächlich im Sommer. Aber gelebt habe ich immer in Reykjavík. Seit ein paar Jahren verbringe ich mehr Zeit hier, vermutlich bin ich im Herzen doch ein halber Landjunge …«, sagte Reynir verlegen lächelnd. »Mein Großvater hat das Haus 1951 gebaut. Vorher stand hier ein richtiges Dorf, das habe ich ja schon erwähnt, aber zu der Zeit waren bereits alle Bewohner weggezogen.«

»Was ist passiert?«, fragte Ari Þór.

»Da fragst du am besten den alten Óskar, er kennt unsere Geschichte so gut wie kein anderer. Mein Interesse an der Vergangenheit ist nicht sehr groß.« Er schwieg, rutschte sichtlich unwohl auf seinem Stuhl umher. »Aber eine andere Geschichte aus dieser Gegend kenne ich gut. Nördlich von hier gibt es eine Farm, die dafür berühmt ist, dass sie von Geistern heimgesucht wird. Sie gilt als eines der besten Beispiele für paranormale Aktivitäten in jüngerer Zeit.«

»Wann hat das angefangen?«, fragte Ari Þór, der davon noch nie gehört hatte.

»Neunzehnhundertvierundsechzig, in dem Jahr, als ich geboren wurde. Sogar im selben Monat, im März. Zu der Zeit waren meine Eltern hier bei meinem Großvater auf Besuch, um eine Weile auszuspannen. Meine Mutter ging davon aus, dass ich Anfang Mai geboren würde, aber ich bin dann viel zu früh gekommen, Ende März schon. Vielleicht hat all das Gerede über Geister dafür gesorgt.« Er lächelte verlegen. »Damals waren die Zeitungen voll davon. Tische und Stühle bewegten sich von alleine hin und her, Geschirr zerbrach, ein Schrank kippte vornüber, zumindest, wenn man den Zeitungen glauben will. Ich finde solche Dinge faszinierend. Jedenfalls kamen Reporter her, um darüber zu berichten.«

»Es war nicht einfach ein Erdbeben?«, fragte Ari Þór.

»Nein. Ein Geologe wurde hergeschickt, um der Sache auf den Grund zu gehen. Da es aber immer nur einzelne Gegenstände waren, die sich bewegten, wurde das ausgeschlossen. Die Geschichte hat es sogar bis in die internationale Presse geschafft: Die *New York Times* veröffentlichte einen Bericht darüber.«

»Hast du selbst dergleichen jemals hier erlebt?« Ari Þór sah Tómas an, dessen Gesichtsausdruck deutlich zu verstehen gab, dass er genug von dem Gerede hatte.

»Eigentlich nicht … aber ich finde das Schicksal der drei Frauen ausgesprochen … unheimlich«, sagte er ernst.

»Bist du Single?«, fragte Tómas.

»Ja. Aber ich verstehe nicht, warum das eine Rolle spielt«, sagte er mit schneidender Stimme, offensichtlich irritiert von der Frage.

»Wie war deine Beziehung zu Ásta?«

»Beziehung?« Seine Stimme wurde lauter. »Es gab keine Beziehung. Sie hat gefragt, ob sie hier wohnen kann, und ich hab ja gesagt. Warum sollte ich ihr diese Bitte abschlagen? Ich hatte sie seit fünfundzwanzig Jahren nicht mehr gesehen, seit sie weggezogen ist.«

»Habt ihr miteinander geschlafen?«, fragte Tómas, als wäre es die normalste Frage der Welt.

Ari Þór beobachtete Reynirs Reaktion genau; die Vorstellung schien ihn zu erstaunen. »Wie bitte? Natürlich nicht.«

»Ist das so abwegig?«

»Wie kommst du darauf, dass ich mit ihr geschlafen habe?«, wollte Reynir wissen, sichtlich verärgert.

»Wenn ja, solltest du es besser gleich sagen«, erwiderte Tómas ruhig. »Früher oder später finden wir es doch heraus.«

»Ich habe nicht mit ihr geschlafen!« Reynir schrie fast die Worte. »Wurde sie ermordet? Vergewaltigt? Du hast uns überhaupt nichts gesagt.«

»Und du, was glaubst du?«

»Ich glaube, sie ist von dem verdammten Kliff gesprungen, genau wie ihre Schwester und ihre Mutter.«

»Erzähl uns, was passiert ist, als sie gestorben sind«, sagte Tómas vollkommen entspannt. Ari Þór war klar, dass Tómas bemüht war, Reynir nicht allzu sehr in Rage zu bringen.

»Also …«, Reynir hustete. »Ich fange am besten am Anfang an: Meine Familie ist seit vielen Jahren für die Instandhaltung des Leuchtturms verantwortlich, aber weder mein Großvater noch mein Vater haben das selbst gemacht – beide hatten mehr als genug zu tun. Sie waren die meiste Zeit unten im Süden in Reykjavík und viel im Ausland. Vor ungefähr dreißig Jahren haben sie Kári als Leuchtturmwärter eingestellt, der dann mit seiner Frau und Ásta und ihrer Schwester herzog. Zu der Zeit kannten wir den Hauptgrund für seinen Umzug noch nicht, nämlich dass seine Frau Depressionen hatte und einen Ortswechsel wollte. Das hat Kári uns erst nach ihrem Tod gesagt.« Reynir beugte sich vor, dann richtete er sich wieder auf und schlug die Beine übereinander. »Sie ist vom Kliff gesprungen, genau wie Ásta.«

»Warst du hier, als es passierte?«, fragte Ari Þór beiläufig, als wäre die Frage unwichtig.

Reynir sah ihn misstrauisch an. »Ja, das war ich. Nach dem College hab ich bei meinem Großvater gewohnt und bin erst im darauffolgenden Jahr auf die Universität gegangen. Sæunn, Káris Frau, starb Ende Juni. Ich weiß noch, dass es in der Nacht ziemlich gestürmt hat. Die Klippen sind hinter dem Haus, nicht weit entfernt. Sie ist mitten in der Nacht gesprungen.«

»Hat das jemand gesehen? Oder hat jemand etwas gehört?«, fragte Tómas.

»Soviel ich weiß, nein. Thóra meinte, sie hätte einen Schrei gehört, jedenfalls hab ich das so in Erinnerung, aber sie hat es ignoriert, weil es ja auch der Wind gewesen sein konnte.«

»Wer war damals noch hier?«, fragte Tómas.

»Thóra und Óskar natürlich. Sie sind mehr oder weniger mit meinem Vater aufgewachsen und waren immer Teil des Haushalts. Zu der Zeit war Thóras Mutter schon gestorben, und Thóra hat deren Job als Haushälterin übernommen, was selbstverständlich schien. Sie hat zwar in Reykjavík studiert, aber irgendetwas ist da schiefgelaufen. Sie ist blitzgescheit, auch wenn sie ziemlich feindselig wirkt. Ich glaube, sie ist ein wenig verbittert über ihr Leben.« Er seufzte. »Aber zu mir war sie immer gut. Meine Mutter ist früh gestorben, und Thóra wurde eine Art Ersatzmutter, wenn ich zu Besuch kam. Sie ist zwar nicht gerade die Herzlichkeit in Person, aber ich war vielleicht der Sohn, den sie nie hatte.« Reynir hielt kurz inne, dann fuhr er fort. »Wir haben nie Landwirtschaft betrieben, wie es hier üblich ist. Mein Vater war ein Pferdenarr und hervorragender Reiter, und ich habe mehr Pferde geerbt, als ich zählen kann. Eine Zeitlang hat Óskar sich um die Tiere gekümmert, jetzt macht das Arnór, und Óskar ist nur noch eine Art Hausmeister. Zugegeben, er ist ein seltsamer Mensch – eigenbrötlerisch, ruhig und wortkarg. Aber er ist ein guter Arbeiter und stark wie ein Ochse. Ich bezahle den beiden so gut wie nichts für ihre Arbeit, dafür wohnen sie hier schon ihr ganzes Leben praktisch umsonst. Als ich jünger war, hatte ich die Souterrainwohnung für mich ganz allein. Kári und Sæunn wohnten mit ihren Töchtern Ásta und Tinna im Dachgeschoss. Das war damals die Aufteilung …«

»War dein Vater hier, als Sæunn starb?« »Nein.«

»Und Arnór?«

»Ich glaube, ja. Er hat ganz in der Nähe auf der Farm seiner Eltern gewohnt, aber irgendwie war er immer auch bei uns. Als Sæunn starb, war er noch ein Junge …« Er dachte kurz nach. »Ungefähr acht Jahre, würde ich sagen.«

»Und dann starb Ástas Schwester? Etwa zwei Jahre später?«, fragte Tómas.

»Ja … sie starb«, erwiderte Reynir. »Das war ein Riesenschock.«

»Erinnerst du dich noch daran?«, wollte Ari Þór wissen, obwohl er Reynir einfach hätte fragen können, ob er hier war, als es passierte.

»Ja, das war auch im Sommer, ein herrlicher Sommerabend. Die Schwestern haben nach dem Essen zusammen gespielt. Ásta war ein cleveres Mädchen und ziemlich eigensinnig. Ihr Vater hat sich darauf verlassen, dass sie auf ihre Schwester aufpasst. Natürlich hätte er nach dem Tod seiner Frau wegziehen sollen, aber er war hier vertraglich an die Arbeit gebunden. Er kam wohl auch aus keiner wohlhabenden Familie, die ihn unterstützt hätte. Vermutlich wusste er gar nicht, wo er hingehen sollte, und wollte keinesfalls riskieren, mit seinen zwei kleinen Töchtern arbeitslos zu sein. Er hatte den Mädchen immer wieder eingebläut, nicht so nahe an der Steilküste zu spielen. An dem Abend hatten sie Verstecken gespielt, Ásta war ins Haus gegangen, und ihre Schwester hatte sich versteckt.«

»Wie alt war Tinna da?«, fragte Ari Þór.

»Ungefähr fünf, glaube ich. Sie waren zwei Jahre auseinander.«

»Und sie ist auch von der Klippe gefallen?«, fragte Ari Þór, obwohl er die Antwort bereits kannte.

»Richtig. Irgendetwas ist an dem Kliff, das alle drei angezogen hat«, sagte Reynir, und Ari Þór überlief es kalt. »Ásta kam weinend zu mir in die Souterrainwohnung und erzählte, sie hätten Verstecken gespielt und sie könne ihre Schwester nicht finden.«

»Dann hat niemand gesehen, wie es passiert ist?«, hakte Ari Þór nach, übernahm die Rolle des Fragenstellers, da Tómas Reynir anscheinend nicht unterbrechen wollte.

»Ja. Außer Tinna war niemand hinterm Haus. Na ja, bis auf Óskar, aber der schwamm gerade im Meer und hat nichts mitbekommen. Und vom Haus aus kann man lediglich aus Ástas Dachfenster über die Klippen hinaussehen. Ich war unten im Souterrain. Ihr Vater war irgendwo vor dem Haus und ging davon aus, dass die beiden hinten spielen. Er hatte nicht mitbekommen, dass Ásta durch die Hintertür reingegangen war – die mit der Wendeltreppe. Außerdem war Kári seit dem Tod seiner Frau depressiv. Er schaffte zwar seine Arbeit als Leuchtturmwärter, aber alles in allem war er ziemlich auf Autopilot geschaltet. Er machte nur das Nötigste, verbrachte kaum Zeit mit seinen Töchtern, schlief viel und saß Abend für Abend vor dem Fernseher, ohne wirklich etwas mitzukriegen. Als dann Tinna auch starb, rüttelte ihn das wach, und er zog Kraft aus dem Entschluss, Ásta vor dem gleichen Schicksal bewahren zu müssen. Er schien zu glauben, dass sie … dass sie auf die gleiche Weise umkommen würde.« Reynir ließ den Kopf hängen, was in Aris Augen aufgesetzt wirkte. »Am Ende hat er für Ásta dann ein Zuhause bei seiner Schwester in Reykjavík gefunden.«

Ari Þór verspürte plötzlich großes Mitleid mit Ásta, und nicht nur wegen ihres schlimmen Endes, sondern weil sie so viele Tragödien erlebt hatte – die in kurzer Zeit ihre ganze Familie wegrafften. Wobei er gleichzeitig auch ein wenig Mitgefühl für sich selbst empfand.

»Aber das war wohl für keinen der Beteiligten eine gute Entscheidung«, fuhr Reynir fort. »Ihre Tante hatte offensichtlich kaum Zeit für sie …«

»Woher weißt du das?«, unterbrach Ari Þór ihn. »Hast du nicht gerade erst erzählt, du hättest Ásta viele Jahre nicht gesehen?«

Einen Moment lang sah es so aus, als würde Reynir sich um die Antwort drücken, aber dann sagte er: »Wir haben uns unterhalten … vor ihrem Tod …«

»Unter vier Augen?«, fragte Ari Þór.

»Ja. Ein einziges Mal«, erwiderte Reynir ruhig.

»Wann war das?«

»Am zweiten Tag nach ihrer Ankunft haben wir alle gemeinsam zu Abend gegessen – am Abend vor ihrem Tod, meine ich. Nachdem sich die Tafel schon aufgelöst hatte, kam sie noch einmal herunter, sie hatte etwas vergessen, und wir haben uns eine Weile unterhalten. Natürlich habe ich sie gefragt, was sie all die

Jahre gemacht hat, seit sie von hier weg ist. Nach dem, was sie mir dann kurz erzählt hat, war ihr Leben kein Zuckerschlecken.«

»War das spätabends?«, fragte Ari Þór.

»Also …«, erwiderte Reynir bedächtig, »ich weiß nicht mehr, wie viel Uhr es war. Aber hinterher ist sie hoch in ihr Zimmer gegangen.«

Ari Þór fing Tómas' Blick auf. Laut Obduktion verstarb Ásta an jenem Tag spätabends, allerdings wollte der Pathologe sich auf keinen genauen Zeitraum festlegen.

»Sie traf am achtzehnten Dezember hier ein«, fasste Tómas zusammen. »Am neunzehnten habt ihr alle gemeinsam zu Abend gegessen, und am nächsten Morgen wurde sie tot aufgefunden, korrekt?«

»Das ist korrekt.«

»Und wann hatte sie dich kontaktiert?«

»Ein paar Tage vorher. Sie hat mir eine E-Mail geschrieben, oder genauer gesagt, meiner Firma. Sie fragte, ob sie ein paar Tage hier wohnen kann. Es ging um irgendeine Arbeit, an der sie gerade schreibt.«

»Wir brauchen eine Kopie der Mail.«

»Ich kümmere mich darum«, sagte Reynir, ohne zu zögern.

»Wie ist denn das Leben hier so?«, fragte Ari Þór. Er wusste sowohl aus eigener Erfahrung als auch von anderen, was Abgeschiedenheit mit Menschen machen kann.

»Es ist ein wunderschönes Fleckchen Erde hier«, sagte Reynir. »Ab und zu kommen Touristen, um sich den Leuchtturm und die Basaltformationen anzusehen. Es gibt nirgendwo schöneren Säulenbasalt als hier.«

»Aber ist es nicht eher schwer, hier zu leben? Einsam?«

»Nein, eigentlich nicht. Skagaströnd ist nicht weit entfernt, und die Farmen rund herum sind bewohnt. Aber es stimmt schon, wir sind hier ziemlich abgeschieden. Wenn das Haus mal brennen würde, würde der Löschzug aus Skagaströnd erst anrücken, wenn nichts mehr davon übrig wäre, eine eigene Feuerwehr haben wir nämlich nicht.« Er lächelte. »Und im Winter liegt der Schnee manchmal meterhoch, dafür ist das Meer ganz nahe.«

»Der Ruf des Meeres?«, sagte Tómas.

»Ja …« Er schien nach den richtigen Worten zu suchen. »Es bringt eine gewisse Freiheit mit sich.«

7. Kapitel

Während Tómas weg war, um Thóra zu holen, öffnete Ari Þór das kleine Bürofenster. Als Tómas dann mit ihr zurückkam, blies frische, kalte Meeresluft ins Zimmer.

»In den zwei Tagen, bevor das arme Kind starb, haben wir uns nicht viel unterhalten«, sagte die alte Dame.

In Thóras schroffer Art, auf die Reynir sie schon hingewiesen hatte, sah Ari Þór eher eine Gewohnheit als den Versuch, ihnen etwas Bestimmtes zu vermitteln.

Tómas lehnte sich auf dem Chefsessel zurück und beobachtete Thóra, sagte aber kein Wort, so dass wieder Ari Þór die Befragung durchführen musste. Es sah ganz so aus, als wäre er nicht nur als bloßer Beobachter aus Siglufjörður an diesen entlegenen Ort zitiert worden.

»Habt ihr euch früher nahegestanden?«, fragte er.

»Nahegestanden?« Sie zuckte mit den Schultern. »Nein, das kann man nicht sagen. Mit Óskar hat sie sich besser verstanden, um ehrlich zu sein. Er konnte schon immer gut mit Kindern umgehen.«

Das kurze Zögern in ihren letzten Worten war nicht zu überhören.

»Hat es dich nicht überrascht, dass sie nach all den Jahren zurückgekommen ist …?«

Wieder zuckte sie mit den Schultern. »Ja, schon. Sie schreibt an irgendeiner Arbeit, hat sie erzählt, aber das kam mir komisch vor. An ihrer Stelle hätte ich diesen Ort gemieden wie die Pest. Er hat ihrer Familie wirklich kein Glück gebracht«, sagte sie.

»Offensichtlich nicht«, sagte Ari Þór freundlich. »Hast du irgendeine Erklärung für dieses … Pech? Wenn man es denn so nennen kann.«

»Ich habe keine Erklärung«, sagte sie, ohne zu zögern. »Vielleicht sind sie alle in Trance von dem Kliff gesprungen. Keine Ahnung. Aber ich bin überzeugt, dass hier nichts … Übernatürliches … vor sich geht.«

»Und wieso bist du dir da so sicher?«, fragte Ari Þór, mehr um das Gespräch in Gang zu halten, als um sich weitere Geistergeschichten anzuhören.

»Ich bin Realistin und glaube nicht an so was.«

»Reynir hat erzählt, dass es hier in der Nähe eine Farm gibt, die für Schlagzeilen gesorgt hat, weil es dort spukt.«

»Das hat er erzählt?« Sie lächelte. »Das überrascht mich wirklich. Wenn irgendjemand noch skeptischer ist als ich, dann Reynir. Hier ist kein böser Geist am Werk, sondern einfach nur menschliches Versagen.«

»Wie meinst du das?« Ari Þór sah ihr fest in die Augen, aber sie ließ sich weder von seinem durchdringenden Blick noch von seinem Ton aus der Ruhe bringen. »Was ist denn deiner Meinung nach passiert?«

»Es gibt dafür keine Erklärung. Ich hab sie jedenfalls nicht gestoßen«, sagte sie bissig. »Aber ich hab mir natürlich Gedanken über das alles gemacht, als das kleine Mädchen von dem Kliff stürzte.« Sie bekreuzigte sich. »Möge sie in Frieden ruhen.«

Ari Þór wartete geduldig, wusste, dass noch mehr kommen würde.

»Ich glaube, Ásta hat etwas gesehen«, fuhr Thóra schließlich fort. »Vielleicht wurde sie deshalb so weit weg in den Süden nach Reykjavík geschickt.«

»Sie hat etwas gesehen?«

»Richtig. Ihr Dachzimmer hat das einzige Fenster im Haus, von dem aus man die Klippen sehen kann. Und sie war im Zimmer. Die beiden hatten Verstecken gespielt, und Ásta hatte ihre Schwester draußen zurückgelassen. Vermutlich ist sie hoch in ihr Zimmer gegangen, um von dort aus das Versteck ihrer Schwester auszuspähen. Und dann hat sie etwas gesehen, was sie nicht hätte sehen dürfen.«

»Warum glaubst du das?«, fragte Ari Þór. »Stützt sich deine Vermutung auf irgendetwas Konkretes?«

Thóra schwieg, wohl unsicher, wie viele Informationen sie ihm geben sollte. »Sie hat so etwas angedeutet«, sagte sie schließlich.

»Ásta?«

»Ja. Vor vielen Jahren, kurz bevor sie von hier weggegangen ist. Sie war wütend, als es aus ihr rausplatzte … dass sie wegmüsse, weil sie etwas gesehen hatte. Ich wusste nicht, was sie damit meinte. ›Als du *oben in deinem Dachzimmer* warst?‹, hab ich sie gefragt, und mir war sofort klar, was sie meinte. Sie nickte, sagte aber kein Wort mehr.«

»Und was hat sie deiner Meinung nach gesehen?«, fragte Ari Þór.

»Etwas Schlimmes«, erwiderte Thóra zögernd und mit schwerer Stimme, die darauf schließen ließ, dass sie sich die Worte gründlich überlegt hatte.

»Was zum Beispiel? Wie jemand das kleine Mädchen das Kliff hinuntergestoßen hat?«

»Richtig.«

»Wer in aller Welt sollte so etwas tun?«

Thóra sah ihn an, sagte aber nichts. Sie schien ihre eigene Theorie zu haben und zu überlegen, ob sie die Polizei darüber informieren sollte.

»Ist ja eigentlich auch egal«, sagte sie schließlich. »Jetzt wo sie alle tot sind. Ich vermute, der Vater war es.«

»Ihr Vater?« Ari Þór traute seinen Ohren kaum. Er dachte sofort an Kristín und das Kind, das sie im Bauch hatte. Thóras Verdacht war für ihn nicht nachvollziehbar. »Wieso glaubst du, dass er es getan hat?«

»Weil er es war, der Ásta von hier weggeschickt hat, damit sie es vergisst. Oder er wollte, dass sie in Reykjavík ein neues Leben beginnt, ohne ihn um sich zu haben. Wer weiß? Nachdem sie weg war, zog er sich immer mehr in sich zurück. Am Ende mussten wir ihn in ein Krankenhaus einliefern. Er war nicht mehr ganz klar im Kopf.« Sie wies auf ihren Kopf, um ihre Worte zu unterstreichen.

»Wie genau erinnerst du dich denn noch an den Tag … als Tinna starb?«, fragte Ari Þór. Er bezweifelte, dass diese lange zurückliegenden Ereignisse irgendetwas mit dem Tod der Frau zu tun hatten, den Tómas und er gerade untersuchten. Aber ausschließen konnte er es natürlich auch nicht. Die ganze Sache war seltsam und auf bizarre Weise geheimnisumwoben.

»Sehr genau«, sagte sie leise. »Ich hab gerade in der Küche die Sachen vom Abendessen weggeräumt, als ich Reynir Tinnas Namen rufen hörte. Ásta war zu ihm gelaufen, weil sie Tinna nicht finden konnte.«

»Die Küche hier oben im Apartment, oder die unten im Souterrain?«

»Nein, nicht die unten. Zu der Zeit hatten Óskar und ich unsere eigenen Zimmer in der Erdgeschosswohnung. Wir waren ja das ganze Jahr über hier, und Reynirs Vater wollte gern eine Haushälterin vor Ort haben. Er war ein Gentleman der alten Schule, musst du wissen.«

Ari Þór nickte.

»Und jetzt musstet ihr ins Souterrain ziehen?«, fragte Ari Þór verwundert, auf eine Erklärung hoffend.

»So ist das Leben«, sagte sie nur, und zum ersten Mal nahm er so etwas wie Emotionen in ihrer Stimme wahr. Sie hustete, dann sprach sie weiter. »Reynir wollte ein paar Dinge ändern«, sagte sie matt lächelnd. »Also jedenfalls … eine Suche nach dem kleinen Mädchen wurde organisiert, und es dauerte nicht lange, bis ihre Leiche auf den Felsen unten am Fuße des Kliffs gefunden wurde. Es war ein grauenhafter Anblick … einfach grauenhaft.«

»Wie lange lebst du schon mit deinem Bruder hier?«

»Um die sechzig Jahre. Óskar länger als ich. Ich habe aufgehört zu zählen«, sagte sie mit versteinerter Miene.

»Das ist eine lange Zeit.« Ari Þór dachte an sich selbst, er war achtundzwanzig. Sechzig Jahre war praktisch ein Leben lang, und manchmal auch länger als das. »Warum ist Óskar schon länger hier als du?«

»Ich habe eine Weile in Reykjavík gewohnt und dort studiert. Die Landzunge hier und die Bucht, die sind Óskars Revier. Er kennt sie wie seine Westentasche und könnte nirgendwo anders leben. Aber ich … na ja … man gewöhnt sich an alles.« Sie klang so resigniert, dass Ari Þór vor lauter Betroffenheit seine nächste Frage vergaß. Er blickte hilfesuchend zu Tómas, doch der saß wortlos und offensichtlich hochkonzentriert da, machte keine Anstalten, ihm einen Rettungsanker zuzuwerfen.

Schließlich brach Thóra selbst das Schweigen. »Tut mir leid. Vielleicht war ich ein bisschen zu direkt. Wenn man nicht mehr lange zu leben hat, macht es wenig Sinn, die Fakten zu verschleiern.«

Nicht mehr lange zu leben? Ari Þór konnte nicht sagen, wie alt sie genau war – ein oder zwei Jahre jünger als Óskar, also vermutlich fünfundsechzig oder sechsundsechzig. In dem Alter würden nicht viele Menschen so sprechen.

»Du bist also sechzig Jahre hier. Dann hast du Reynir aufwachsen sehen«, sagte Ari Þór. Eigentlich wollte er sie fragen, ob sie eine Ersatzmutter für ihn gewesen war, ließ es aber lieber bleiben.

»Ja, seit seiner Kindheit. Zwar mit vielen Unterbrechungen, aber er verbrachte eine Menge Zeit hier. Als sein Großvater noch lebte, ist er im Sommer oft mit seinen Eltern hergekommen. Und nachdem seine Mutter gestorben war, hat Óskar sich viel um ihn gekümmert, weil Áki, also sein Vater, das so wollte. Sie waren sehr unterschiedlich, Vater und Sohn. Áki hatte keinen Schimmer, wie man ein Kind großzieht, und auch kaum Zeit für den Jungen«, sagte sie. Ihre Zuneigung zu Reynir war nicht zu überhören.

Ari Þór beschloss, die Unterhaltung in eine völlig andere Richtung zu lenken. »Reynir hat erzählt, du hättest in der Nacht, als die Mutter der beiden Mädchen ihr Leben verlor, einen Schrei gehört«, sagte er unvermittelt, gespannt auf Thóras Reaktion.

»Das stimmt«, antwortete sie. »Ich habe sie schreien hören. Ganz sicher. Aber keiner hat mir geglaubt.« Sie zögerte. »Keiner hatte Interesse daran, mir zu glauben. Denn wenn sie wirklich geschrien hat, dann weil sie gestoßen wurde. Und diese Möglichkeit wäre für alle sehr unangenehm gewesen, oder?«

»Und wenn sie gestoßen wurde, dann …?« Ari Þór hoffte, Thóra würde den Satz vollenden, doch sie schwieg.

»Ásta hat bei ihrem Besuch jetzt in ihrem alten Zimmer geschlafen, nicht wahr?«, fragte Tómas, beendete unerwartet sein Schweigen.

»Ja. Oben im Dachgeschoss.«

»War das nicht schwer für sie?«

»Nein, glaube ich nicht. Reynir hatte es vorgeschlagen, er fand das logisch. Óskar und ich sollten das Zimmer für sie herrichten. Wir hatten es als Abstellraum benutzt, und Óskar musste Dutzende Kisten in ein anderes Zimmer räumen.« Sie senkte die Stimme. »Er hat alles in Tinnas Zimmer im Flur gegenüber gebracht … Ich hab ewig gebraucht, um Ástas Zimmer sauber zu kriegen. Es war ja nicht mehr bewohnbar, so viel Dreck hatte sich angesammelt.«

»Was für ein Mädchen war Ásta?«, fragte Tómas.

»Ich hatte sie ja lange nicht gesehen und –«

»Aber vor vielen Jahren hast du sie gekannt, oder?«, unterbrach Tómas sie.

»Natürlich.« Thóra hielt inne. »Ásta war willensstark, leidenschaftlich und stur. Man durfte sich ihr gegenüber nichts erlauben. Tinna war umgänglicher – lieb und gehorsam. Sie waren sehr unterschiedlich, aber man sah sofort, dass sie Geschwister waren. Ásta und Óskar sind gut miteinander ausgekommen, wie ich schon sagte«, schloss sie, erwähnte die Tatsache auch diesmal zögerlich. »Ásta und Reynir waren damals auch gute Freunde, trotz des großen Altersunterschieds. Ásta war sieben, als sie wegzog, und Reynir um die zwanzig. Beide liebten das Meer. Damals war Reynir ein begeisterter Segler.« Sie lächelte versonnen bei ihrer Reise in die Vergangenheit. »Er hat einen ganzen Sommer damit verbracht, sich ein Boot zu bauen ... Oder besser gesagt, er hat Arnórs Vater dazu gebracht, die meiste Arbeit zu machen. Reynir war nie ein guter Handwerker gewesen. Ásta hat von nichts anderem als dem Boot gesprochen und dass sie und Reynir jeden Morgen segeln gehen würden, wenn es fertig wäre.« Jetzt schien das Lächeln in Thóras Gesicht aufrichtig. »Das Mädchen liebte das Wasser.«

Gerade als Ari Þór das Gespräch auf Ástas Tod bringen wollte, klopfte es an der Tür. Es war Hanna. Sie und Mummi wollten den Leuchtturm untersuchen, doch er sei abgeschlossen.

»Habt ihr einen Schlüssel?«, fragte sie.

Tómas schüttelte den Kopf und sah Thóra fragend an.

»Ich habe keinen«, antwortete sie. »Nur Óskar und Arnór haben einen.«

Ari Þór stand auf und ging durch den Flur hinüber ins Wohnzimmer, wo Óskar und Reynir schweigend am jeweils anderen Ende der Couch saßen – sicher schon die ganze Zeit. In der Zimmerecke stand verloren ein ungeschmückter Weihnachtsbaum. Dabei war morgen schon Heiligabend. So hatte sich Ari Þór den Tag vor dem Fest wirklich nicht vorgestellt.

»Ich brauche den Schlüssel zum Leuchtturm«, sagte er bestimmt.

»Es gibt zwei«, erwiderte Reynir sofort. »Arnór hat einen und Óskar auch.«

Ari Þór sah Óskar an, der sich vorbeugte, seinen Stock nahm und sich auf die Füße hievte. Dann humpelte er in die Eingangshalle und zog einen Schlüssel aus der Tasche seines Mantels.

»Bitte schön«, sagte er und überreichte ihn Ari Þór.

»Ist das erst kürzlich passiert?«, fragte Ari Þór und zeigte auf Óskars Stock.

»Vor sechs Monaten«, murmelte Óskar. »Mein Knie.«

Ari Þór nickte und befand – wie schon Tómas –, dass ein älterer Mann, der beim Gehen einen Stock brauchte, wohl kaum so leicht einen Mord begehen konnte.

Er übergab Hanna, die an der Hintertür wartete, den Schlüssel und ging zurück ins Büro, wo sich Tómas während seiner kurzen Abwesenheit offenbar weiter mit Thóra unterhalten hatte.

»... überhaupt nicht«, hörte Ari Þór sie sagen. Bei seinem Anblick verstummte sie jedoch.

»Wir haben über die Nacht gesprochen, in der Ásta ums Leben kam. Thóra hat fest geschlafen und nichts gehört«, sagte Tómas, was Thóra mit einem Nicken bestätigte.

»Óskar hat ihre Leiche gefunden«, sagte sie. »Am Morgen.«

»Hat er Ásta gesucht?«, fragte Ari Þór.

»Nein. Wir haben angenommen, dass sie noch schläft. Er macht morgens und abends immer einen langen Spaziergang.«

»Mit seinem verletzten Knie?«, fragte Ari Þór, ohne allzu viel Misstrauen in die Frage zu legen.

»So schlimm ist sein Knie gar nicht, er muss es vor allen Dingen schonen«, sagte sie. »Er steigt gern über die Felsen und geht immer unten am Ufer entlang, um nahe am Wasser zu sein. Wahrscheinlich sollte ich besser sagen, früher hat er das gern gemacht, denn im Frühjahr hat er sich genau dabei verletzt. Eines Tages wird er sich noch viel schlimmer verletzen. Es ist gut, dass ich vor ihm sterbe, dann muss ich das wenigstens nicht mehr miterleben.«

Ari Þór traute sich nicht, sie um eine Erklärung zu bitten, und sie machte auch keine Anstalten, von sich aus eine zu geben. Deshalb beließ er es dabei, denn früher oder später würden sie darauf zurückkommen.

»Du hast vorhin gesagt, du könntest dir Ástas Tod nicht erklären«, sagte Tómas.

»Das ist richtig«, erwiderte sie, konnte ihr Zögern diesmal jedoch nicht so gut verbergen.

»Du hast auch nichts Ungewöhnliches bemerkt? Nichts Verdächtiges?«, fragte Tómas fast gelangweilt. Doch Ari Þór wusste, dass Tómas' Fragen gerade dann besonders hintergründig waren, wenn er diesen Ton anschlug.

»Nichts«, sagte Thóra und blickte aus dem Fenster, als würde sie gern gehen.

»Danke«, sagte Tómas. »Das reicht fürs Erste.«

»Sie verheimlicht etwas«, sagte Tómas, sobald sie allein im Zimmer waren. »Das ist mir in dem Moment klargeworden, als du draußen warst und ich mit ihr über Ástas Tod gesprochen habe. Ich habe ihr noch einmal die gleichen Fragen gestellt, und du hast ja ihre Reaktion gesehen.«

»Das sehe ich genauso«, stimmte Ari Þór ihm zu. »Etwas an ihrem Verhalten ist offensichtlich merkwürdig. Wir sollten morgen noch einmal mit ihr reden. Sie weiß definitiv mehr, als sie uns sagt.«

8. Kapitel

Óskars wettergegerbtes Gesicht sah müde aus, aber seine Augen wirkten überraschend jung, und der Blick darin war kühl. Er saß bekümmert auf seinem Stuhl und schien trotz des dicken blauen Rollkragenpullovers zu zittern – nicht stark, aber Ari Þór bemerkte es trotzdem. Wobei es wohl für jedermann unangenehm wäre, von zwei Polizisten in einer Mordermittlung befragt zu werden. Allerdings hatte Óskar sich offensichtlich vorgenommen, nichts Unbedachtes zu sagen, denn er beantwortete ihre Fragen grundsätzlich einsilbig.

Um seine Gesprächsbereitschaft zu fördern, beschloss Ari Þór, über das zu reden, was Óskar am besten kannte: seinen Lebensraum. »Ich habe gehört, du kennst dich rund um Kálfshamarsvík besser aus als jeder andere«, sagte er lächelnd.

Óskar nickte, und zum ersten Mal blickte er Ari Þór in die Augen.

»Stimmt es, dass hier früher mal ein ganzes Dorf gestanden hat?«, fragte er. »Das ist schwer zu glauben.«

»O doch, das stimmt«, antwortete Óskar. »Um 1900 gab es auf der Landzunge und auch rundum mehrere Häuser. Die Leute kamen wegen der Bucht, sie waren ja alle Fischer. Die Häuser waren aus Torf, Holz und Stein, aber die sind inzwischen verfallen. Du solltest morgen bei Tageslicht mal einen

Spaziergang über die Landzunge machen, dann kannst du die Überreste noch sehen. Bei den wichtigsten sind für die Touristen Schilder aufgestellt.«

Jetzt war Óskar hellwach, Aris Strategie hatte funktioniert. »Was ist passiert? Haben die Bewohner sie einfach so verlassen?«, fragte er deshalb in der Richtung weiter.

»Nein, nach der Jahrhundertwende wurden sogar noch mehr Häuser gebaut, und es gab eine Schule, in der sich die Erwachsenen auch abends zum Tanzen trafen. Aber das Leben hier war in jenen Jahren kein Zuckerschlecken, und die Leute waren sehr arm. Einige hatten auch kleine Höfe. 1930 gab es vierzehn Häuser hier – auf der Landzunge und in der näheren Umgebung –, mit etwa siebzig Einwohnern, wenn ich mich recht erinnere.«

»Siebzig Einwohner?«, fragte Ari Þór überrascht.

»So in der Richtung«, bestätigte Óskar. »Laut der Volkszählung ein paar Jahrzehnte zuvor waren es sogar noch mehr. Die Gegend hier bietet seit jeher einen natürlichen Hafen, aber die Bedingungen waren schon immer hart. Es gibt kein frisches Wasser hier draußen auf der Landzunge, und zum Heizen wurde Torf verbrannt. Das Wasser und der Torf mussten den ganzen Weg hierhergebracht werden.« Er schwieg einen Moment. »Jedenfalls verfiel der Ort mehr und mehr, und nach 1940 lebte keine Menschenseele mehr hier.«

»Gab es einen Grund dafür?«

»Die Leute haben die Wirtschaftskrise und die deswegen niedrigen Fischpreise dafür verantwortlich gemacht, und der Fischfang war auch nicht mehr so üppig wie früher. Mehrere Umstände kamen zusammen … auch neue Fischfangmethoden. Viele Bewohner zogen nach Skagaströnd. Das war schon immer so, Siedlungen passen sich an das an, was die Natur zu bieten hat. Wir hier sind Fischer, und so sollte es auch sein. Aber jetzt ist das Land den Bach runtergegangen«, fügte er hinzu. »Und ich weiß auch, wer schuld daran ist!« Er schüttelte den Kopf. Der Ausdruck in seinen Augen, zuvor noch geistesabwesend, war jetzt leidenschaftlich, nur seine Stimme klang immer noch gedämpft.

Ari Þór wusste nicht, wie – oder ob überhaupt – er darauf reagieren sollte.

»Habt ihr – ich meine du und deine Schwester – Vorfahren in dieser Gegend?«, fragte Tómas freundlich. »Du kennst die Geschichte dieses Ortes wirklich sehr gut.«

»Nein, wir haben keinerlei Vorfahren hier. Meine Mutter kam zum Arbeiten her, als wir noch sehr klein waren. Unser Vater ist bald nach Thóras Geburt ins Ausland gegangen. Ich bin zwei Jahre älter als sie.«

»Und als ihr dann älter wart, habt ihr entschieden hierzubleiben?«

»Ganz so einfach ist es nicht«, sagte Óskar und betrachtete seine Handflächen.

»Wie das?«, fragte Tómas.

»Thóra ist vor langer Zeit nach Reykjavík gezogen und dort aufs College gegangen – sie ist die Gescheite von uns beiden. Aber es ist nicht gut für sie gelaufen. Als sie nach Hause kam, war sie krank und nur noch ein Schatten ihrer selbst. Sie hat Jahre gebraucht, um darüber hinwegzukommen.« Óskar stieß einen Seufzer aus.

»Krank?«, fragte Ari Þór. »Was hatte sie denn?«

»Na ja …«, begann Óskar und warf Ari Þór einen Blick zu, der besagte: *Bitte frag mich nicht.* Doch Ari Þór wartete geduldig, und so sagte Óskar, weil er das erwartungsvolle Schweigen nicht länger aushielt: »Es ist eine sensible Angelegenheit, und ich möchte wirklich nicht darüber sprechen. Am besten, ihr fragt Thóra selbst. Aber warum ist das jetzt von Bedeutung?«

»Das hier ist möglicherweise eine Mordermittlung«, antwortete Tómas. »Alles kann von Belang sein.«

Óskar zögerte kurz. »Sie war drogensüchtig«, sagte er dann.

Von allen möglichen Antworten hatte Ari Þór diese am wenigsten erwartet. »Sie hat Rauschgift genommen?«, fragte er, konnte sein Entsetzen kaum verbergen.

»Das würde ich so nicht sagen«, murmelte Óskar kaum verständlich. »Es war der Arzt. Er hat ihr Medikamente verschrieben, weil sie Probleme hatte, sich bei den Prüfungen zu konzentrieren.«

»Was für Medikamente?«

»Amphetamine.«

Ari Þór war skeptisch.

»Damals waren die Leute weniger strikt mit solchen Sachen«, erklärte Óskar. »Es war wirklich tragisch. Thóra hatte einfach Pech, dass sie bei diesem Arzt landete. Er war schon alt und hat seinen Patienten noch bis in die späten sechziger Jahre Amphetamine verschrieben, bestimmt auch jahrelang. Jedenfalls war sie dem Ganzen nicht gewachsen und ist nach Hause gekommen. Die Entzugserscheinungen, die sie hatte, waren schlimm.« Er schüttelte den Kopf.

»Sie hat sich wieder völlig erholt?«, fragte Ari Þór.

»Ja, aber sie traute sich nicht mehr, zurück nach Reykjavík zu gehen und ihr Studium fortzusetzen. Ich glaube, sie ist über diese Enttäuschung nie hinweggekommen. Man könnte fast sagen, das hat sie zerstört«, sagte er leise.

»Sie zerstört?«, fragte Tómas.

»Seitdem misstraut sie Ärzten, und das ist noch gelinde ausgedrückt«, sagte Óskar. Er wirkte aufgewühlt, doch seine Stimme blieb leise. »Es grenzt schon an Hass, und sie weigert sich kategorisch, einen Arzt aufzusuchen. Dabei beschwert sie sich seit Jahren über Schmerzen, hat aber nie etwas dagegen unternommen. Als ich sie dann endlich überredet hatte, sich helfen zu lassen, konnten sie nichts mehr machen. Sie hat irgendeinen verdammten Krebs in sich und nicht mehr lange zu leben – vielleicht noch ein paar Monate, mit viel Glück ein Jahr. Sie verweigert jede Behandlung.«

Ari Þór war schockiert. Er kannte die Frau zwar kaum, trotzdem traf ihn diese Mitteilung. Jetzt sah er das Gespräch mit ihr in einem neuen Licht.

»Sagt ihr bitte nicht, dass ich euch das erzählt habe«, bat Óskar mit gequältem Gesichtsausdruck.

»Dass sie todkrank ist?«, fragte Tómas.

»Nein, die Sache mit den Amphetaminen. Das ist eine Art Familiengeheimnis. Was ihre Krankheit angeht, unsere Freunde hier in der Gegend wissen, dass sie nicht mehr lange zu leben hat, obwohl wir kaum darüber reden. So ist das Leben eben.«

Dann stellte Tómas die Frage, bei der Ari Þór gerade noch gezögert hatte.

»Wie heißt der Arzt, der das alles zu verantworten hat?«

»Du liebe Zeit, das weiß ich nicht mehr«, sagte Óskar. »Ich hab ein furchtbar schlechtes Namensgedächtnis und weiß nur, dass er vor Jahren gestorben ist. Unsere Mutter hatte damals eine offizielle Beschwerde gegen ihn eingereicht und einen richtigen Aufstand gemacht, aber weit ist sie damit nicht gekommen. Wir erfuhren lediglich, dass Thóra nicht die einzige Betroffene war.«

Dann schwiegen sie, und Ari Þór sah den Zeitpunkt gekommen, das Gespräch wieder auf Ásta zu bringen.

»Glaubst du, Ástas Tod war ein Unfall?«

»Ehrlich gesagt, ich weiß es nicht. Vielleicht ja … vielleicht ist sie aber auch absichtlich gesprungen.«

»Das kann natürlich auch sein«, sagte Ari Þór.

Falls das zutraf, was war ihr dann auf dem Sturz nach unten durch den Kopf gegangen? Er hatte das Foto vor Augen, ihren verführerischen Blick und das mysteriöse Lächeln. Etwas an Ásta brachte ihn definitiv aus dem Gleichgewicht.

»Und Sæunn und Tinna?«, fragte Ari Þór, er wollte jetzt doch lieber nicht weiter über Ásta sprechen. »Glaubst du, sie haben auch Selbstmord begangen?«

»Vielleicht Sæunn«, sagte er. »Du weißt doch, was der Name bedeutet, oder? Jemand, der sich zum Meer hingezogen fühlt.«

Da weder er noch Tómas etwas dazu sagten, fuhr er fort. »Mir macht es Spaß, die Bedeutung von Namen herauszufinden. Tómas bedeutet Zwilling«, sagte er mit Blick auf Tómas. »Und Ari Þór? Was glaubst du, bedeutet dein Name? Hier auf der Landzunge gibt es sogar einen See, den Lake Ari.«

»Ari ist ein Adler«, erwiderte Ari Þór, fühlte sich wie bei einer Prüfung. »Das stimmt doch, oder?«

»Ja. Es ist ein schöner Name. Sei aber vorsichtig, dass du nicht zu hoch hinausfliegst«, sagte Óskar.

»Oder zu tief«, erwiderte Ari Þór. »Und was bedeutet Óskar?«

Es dauerte einen Moment, bevor er antwortete. »Der Feind«, sagte er und grinste plötzlich, was Ari Þór kurz frösteln ließ.

»Was ist mit deinem Knie passiert?«, fragte Ari Þór.

»Das hab ich den Felsen zu verdanken«, sagte Óskar. »Ich war im Meer schwimmen und wollte hinterher zur Landspitze hochklettern.«

»An derselben Stelle, wo alle gestorben sind?«

»Ganz in der Nähe. Man darf nicht zu abergläubisch sein.«

»Schwimmst du oft im Meer?«, fragte Tómas.

»Ja. Es ist wie ein Energieschub. Im Moment ist es beschwerlich wegen der Verletzung, doch das wird sich hoffentlich bald bessern. Eine Garantie gibt's aber nicht, ich bin ja nicht mehr der Jüngste. Aber ganz lassen tu ich's nicht, ich bleibe halt nahe am Ufer.«

»Warst du auch an dem Abend schwimmen, als Ástas Schwester Tinna starb?«, fragte Tómas.

»Ja, war ich«, erwiderte Óskar, von der Frage offensichtlich überrascht.

»Und, hast du was gesehen?«

»Nein.«

Bei der einsilbigen Antwort konnte man schwer sagen, ob Óskar log oder nicht. Wenn er etwas zu verbergen hatte, dann tat er das seit fünfundzwanzig Jahren mit Erfolg.

»Ich glaube nicht, dass bei den Todesfällen irgendwelche übernatürlichen Kräfte im Spiel waren«, fügte er hinzu.

»Reynir hat uns von einem Haus ganz in der Nähe erzählt, in dem es 1964 gespukt haben soll. Möbel haben sich wie von Geisterhand bewegt, und Geschirr ist zerbrochen«, sagte Tómas.

»Pah, ich glaube kein Wort von diesen Geistergeschichten. Aber Geschirr ist hier durchaus schon mal durch die Luft geflogen.« Er lachte.

»Wie das?«, fragte Tómas und starrte ihn an.

»1963 hat es im Winter ein schweres Erdbeben gegeben. Ich erinnere mich daran, als wäre es gestern gewesen. Das ganze Haus hat gewackelt, Bilder fielen runter, die Sachen purzelten aus den Regalen, und die Wände hatten sogar Risse. Mutter und ich waren allein hier, Thóra hat damals noch in Reykjavík studiert. Es passierte kurz vor Mitternacht, und wir schliefen fest. Von dem Krach sind wir aufgewacht und aus dem Haus gelaufen. Ich weiß noch, dass wir uns erst wieder reingetraut haben, als es schon beinahe Morgen war.« Óskar schien in seinem Element zu sein, sobald es um Geschichten aus der Vergangenheit ging.

»Ich hab von dem Erdbeben in Siglufjörður und den Auswirkungen dort gehört«, sagte Ari Þór, stolz, etwas über die Geschichte seines eigenen Wohnorts zu wissen. »Die Kirchenglocken fingen an zu läuten, und der Strom fiel aus.«

»Deine Schwester meinte, dass Ásta …«, begann Tómas, hielt dann aber kurz inne »… also, dass Ásta sehr an dir gehangen hat, wenn man es so nennen kann. Dass ihr gute Freunde wart.«

»O ja, das kann man so sagen«, murmelte Óskar. »Insoweit es eine Freundschaft zwischen einem Kind und einem Erwachsenen geben kann. Sie war sieben, als sie wegzog, und ich um die vierzig … zweiundvierzig, um genau zu sein.«

»Seid ihr beiden auch zusammen gesegelt?«, fragte Ari Þór.

»Was? Gesegelt?« Óskar sah ihn erstaunt an, brauchte einen Moment, um den Sinn der Frage zu verstehen. »Ach so, du meinst so, wie Reynir mit Ásta segeln war?«

Ari Þór nickte.

»Nein, überhaupt nicht. Das war das Hobby der beiden –

hauptsächlich Reynirs. Aber Ásta war oft bei ihm und freute sich darauf, mit ihm segeln zu gehen, sobald sein eigenes Boot fertig sein würde.«

»Und haben sie das auch gemacht?«

»Nein. Reynir hatte das Boot erst Ende des Sommers fertig, und da war sie schon weg. Sie ist bald nach Tinnas Tod fortgezogen.«

»Was für eine Freundschaft war das zwischen dir und ihr?«, fragte Tómas.

Óskar dachte kurz nach. »Sie konnte jeden um den Finger wickeln«, sagte er schließlich. »Nur beim Essen war sie mäkelig und rührte kaum etwas von dem an, was Thóra auf den Tisch stellte – und Thóra ist eine gute Köchin! Deshalb brachte ich ihr häufig heimlich etwas auf ihr Zimmer, wenn sie im Bett lag.« Er lächelte schuldbewusst.

Plötzlich klopfte es so heftig an der Tür, dass Ari Þór zusammenzuckte. Hanna steckte den Kopf herein.

»Kann ich kurz stören?« Ihr Gesichtsausdruck machte unmissverständlich klar, dass sie etwas Wichtiges zu sagen hatte.

»Danke, Óskar, das reicht fürs Erste.«

Óskar erhob sich und humpelte am Stock hinaus. Wie Ari Þór so hinter ihm hersah, hatte er das untrügliche Gefühl, eine bestimmte Frage nicht gestellt zu haben, aber sie fiel ihm partout nicht mehr ein.

9. Kapitel

Hanna berichtete, sie habe auf den ersten Blick gesehen, dass im Leuchtturm ein Kampf stattgefunden hatte. Drinnen waren Blutspuren an der Tür nahe der Treppe, die jemand offensichtlich zu entfernen versucht hatte.

»Wenn das Ástas Blut ist«, sagte Hanna, »kann es gut sein, dass sie gestoßen wurde – und mit dem Kopf an die Wand geschlagen ist. Es war nicht viel Blut, aber so ein Schlag könnte sie durchaus bewusstlos gemacht haben oder sogar tödlich gewesen sein.«

Tómas sprach die Worte aus, die Ari Þór durch den Kopf gingen: »Und wenn sie tot oder bewusstlos war, konnte man sie leicht das Kliff hinunterwerfen. An der gleichen Stelle, wo ihre Mutter und ihre Schwester umgekommen sind.«

Reynirs gute Wegbeschreibung führte Tómas und Ari Þór problemlos zu Arnórs Farm. Das Farmhaus selbst hatte zwei Stockwerke, war mit Wellblech verkleidet und schon ziemlich alt. Und der schäbige Pick-up davor konnte dem schicken SUV am Haus auf der Landspitze auch nicht das Wasser reichen.

Sie wurden zuerst von einem ungestümen Hund empfangen, dann trat Arnór langsamen Schritts aus dem Haus, um sie zu begrüßen.

»Ich habe euch schon erwartet«, sagte er. »Arnór Heidarsson.«

Sie stellten sich vor und folgten ihm ins Wohnzimmer, wo die Stimmung wesentlich weihnachtlicher war als in Reynirs Haus. Neben dem Fernseher stand ein kleiner, schön gewachsener Weihnachtsbaum, geschmackvoll geschmückt und mit roten und blauen Lichtern bestückt. Ein paar Päckchen lagen schon darunter, aber da es nur wenige waren, schloss Ari Þór, dass in diesem Haus keine Kinder lebten.

Er selbst hatte schlichte Ohrringe und ein Buch für Kristín gekauft. Sie hatten beschlossen, nicht zu viel Geld für Geschenke auszugeben, sondern es lieber für die Dinge zu sparen, die sie fürs Kind benötigen würden.

Der Fernseher war an, der Ton aber leise gestellt. Eine Frau, etwa so alt wie Arnór, vielleicht auch etwas jünger, saß an einem altmodischen Esstisch.

»Meine Frau, Thórhalla«, stellte Arnór sie vor.

Sie stand auf und schüttelte ihnen die Hand, einen müden, besorgten Ausdruck im Gesicht.

»Ich fürchte, wir müssen deinen Mann unter vier Augen sprechen«, sagte Tómas bemüht heiter, konnte aber die Ernsthaftigkeit der Situation nicht verbergen.

»Das habe ich mir schon gedacht«, sagte sie mit einem gezwungenen Lächeln. »Ich gehe nach oben, Schatz«, sagte sie, an Arnór gewandt. In ihrer Stimme lag wenig Wärme.

Arnór wies auf die Stühle am Tisch.

Als sie saßen, bedeutete Tómas Ari Þór mit einem Blick, dass er mit der Befragung beginnen sollte.

»Hast du einen Schlüssel zum Leuchtturm?«, kam er ohne Umschweife zur Sache.

Die Frage schien Arnór zu überraschen und machte ihn sichtlich nervös. »Ja, Óskar und ich haben Schlüssel«, sagte er nach kurzem Zögern. »Was glaubt ihr, ist mit Ásta passiert? Wurde sie … umgebracht?«

Ari Þór hatte nicht die Absicht, auf seine Frage einzugehen. »Kannst du uns den Schlüssel zeigen?«

Wieder zögerte er. »Ich … ich habe ihn momentan nicht.«

Ari Þór wartete, den Blick auf den unglücklichen Mann geheftet, der anscheinend nicht genau wusste, ob er sich in Lügen verstricken sollte oder nicht.

»Ich habe ihr den Schlüssel geliehen«, sagte er schließlich mit einem Seufzer.

»Ihr?«

»Ásta.«

»Wann?«

Wieder zögerte er.

»Kurz vor dem Dinner, an ihrem letzten Tag – am Abend vor ihrem Tod, meine ich«, brach es verblüffend schnell aus ihm heraus. »Sie stand am Leuchtturm und wollte hinein, aber die Tür war natürlich verschlossen. Da hat sie mich gefragt, ob ich ihr den Schlüssel borgen kann, und das hab ich gemacht. Sie wollte einen Blick hineinwerfen … nach all den Jahren.«

»Warum hast du das nicht der örtlichen Polizei gesagt, die als Erste hier war, nachdem sie aufgefunden wurde?«

Schweißperlen traten auf Arnórs Stirn.

Und wir fangen gerade erst an, dachte Ari Þór.

»Ich hielt es nicht für wichtig.«

»Alles ist wichtig«, sagte Ari Þór. Das waren auch immer Tómas' Worte. Er hatte von seinem ehemaligen Chef wohl einiges gelernt.

»Hat dich jemand gesehen?«

»Wie meinst du das?«, fragte er mit unsicher bebender Stimme, als hätte die Frage eine tiefere Bedeutung.

»Kann jemand bezeugen, dass es so war – dass Ásta dich nach dem Schlüssel fragte und du ihn ihr gegeben hast?«

»Was? Oh, ich verstehe. Nein, niemand ... außer Ásta«, sagte er. »Ist das wichtig?«

Ari Þór lächelte. An diesem Punkt war es ein Leichtes, den Mann vollkommen aus dem Gleichgewicht zu bringen. Sein Lächeln würde da schon reichen.

»Hatte sie den Schlüssel denn nicht bei sich?«, fragte Arnór offensichtlich verzweifelt.

Ari Þór fing Tómas' Blick auf und sagte: »Soviel wir wissen, hatte sie wohl Schlüssel dabei. Wir sind davon ausgegangen, dass es die für ihre Wohnung in Reykjavík sind. Sie hatte eine Jacke an, da waren Autoschlüssel und andere in der Tasche.«

»Dann müsst ihr das überprüfen«, stieß Arnór hervor.

»Und wann hast du mit ihr geschlafen?«, fragte Ari Þór. Er befürchtete, dass er mit dieser Frage zu weit ging, was ein Blick in Tómas' Gesicht bestätigte.

Arnór war sichtlich ratlos. »Was meinst du? Wann ...?«

Es war an der Zeit, dass Tómas sich einschaltete. »Wir entschuldigen uns für diese persönliche Frage«, sagte er zu Aris Verdruss. »Aber wir müssen wissen, ob du und Ásta ... miteinander geschlafen habt. Was sowieso herauskommt, wenn die Spermaanalyse vorliegt.«

Arnór starrte Tómas mit ernster Miene an, wie bei einem Pokerspiel, bei dem es um Leben oder Tod ging und er herausfinden musste, ob er gerade über den Tisch gezogen wurde.

»Nein. Ich bin ein verheirateter Mann. Ich schlafe nicht mit anderen Frauen.«

»Du bist regelmäßig draußen auf Kálfshamarsvík?«, fragte Ari Þór.

»Kann man so sagen. Reynir hat kaum Zeit, sich um Reparaturen und Wartung zu kümmern. Er ist zu sehr damit beschäftigt, Geld zu verdienen. Und der arme alte Óskar geht auf die siebzig zu und hat sich im Frühjahr auch noch verletzt. Ich helfe ihm mit dem Leuchtturm, obwohl eigentlich er der Leuchtturmwärter ist. Heutzutage funktioniert bei Leuchttürmen praktisch alles automatisch, es ist also keine große Sache.«

»Und du wirst für das alles bezahlt?«

»Natürlich. Reynir kann es sich leisten, er hat genug Geld. Ich wohne schon mein ganzes Leben lang hier, und wir haben uns immer gegenseitig geholfen. Unsere Grundstücke liegen ja nicht weit auseinander.« Er atmete tief ein, als müsse er den Schock überwinden, den die Befragung ausgelöst hatte. »Ich war Einzelkind und froh, dass es noch andere Kinder auf der Landzunge gab. Reynir ist zwar einige Jahre älter als ich, aber ich habe mich bei ihnen immer willkommen gefühlt. Und dann kam Ásta …« Er lächelte, war sich dessen aber wohl nicht bewusst. »Sie war drei Jahre jünger als ich. Es war einsam hier draußen, als sie wegzog, aber manchmal waren den Sommer über Kinder drüben bei ihnen.«

»Hast du lange mit Ásta gesprochen?«, fragte Tómas.

»Was?«, fragte Arnór, verstand wohl die Frage nicht.

»Am Leuchtturm, als du ihr den Schlüssel gegeben hast.«

»Nein«, erwiderte er. »Wir haben nur kurz dort gesessen und hauptsächlich über die Vergangenheit gesprochen«, fügte er beinahe bedauernd hinzu.

»Wo warst du in der Nacht, als Ásta gestorben ist?«, fragte Ari Þór, nahm den Faden wieder auf.

»Hier, zu Hause. Was für eine Frage ist das denn?«, sagte Arnór, die Stimme um einiges lauter.

»Du bist nach dem Essen nach Hause gegangen?«

»Richtig. Nach Hause und ins Bett.«

»Ich nehme an, deine Frau …«, Ari Þór wühlte in seinem Gedächtnis nach ihrem Namen, »Thórhalla kann das bestätigen?«

»Natürlich«, sagte er nach kurzem Zögern.

»Erinnerst du dich an den Tag, als Ástas Schwester starb? Warst du da auch draußen auf der Landspitze?«

Diesmal kam die Antwort schnell. »Natürlich erinnere ich mich daran. Wie soll man denn so etwas je vergessen? Aber ich war nicht einmal in der Nähe.«

»Wie ist das deiner Meinung nach passiert?«

»Ich weiß es nicht. Damals war ich zehn Jahre alt und hab nicht viel mitgekriegt, außer natürlich, dass sie umgekommen ist. Mein Vater war damals oft bei ihnen drüben, aber er hat dafür gesorgt, dass ich von dem Unfall kaum etwas mitbekam. Vermutlich wollte er nicht, dass ich Albträume kriege …«, fügte er müde lächelnd hinzu.

»Unfall? Du glaubst, es war ein Unfall?«, fragte Ari Þór.

»Natürlich war es ein Unfall. Was denn sonst? Du glaubst doch nicht etwa im Ernst, dass ein Kind sich bewusst entschließt, von einem Kliff zu springen?« Er schüttelte den Kopf.

»Wohl kaum«, sagte Ari Þór, behielt seinen Verdacht im Moment noch für sich. »Dann warst du acht, als ihre Mutter starb.«

»Klingt richtig.«

»Wo warst du in jener Nacht?«

»Was zum Teufel sollen diese Fragen?«, fuhr Arnór ihn an. »Willst du etwa andeuten, dass ich im Alter von acht Jahren eine Frau umgebracht habe, bald danach ihre kleine Tochter und dann ein Vierteljahrhundert später auch noch ihre zweite Tochter? Du glaubst, ich habe sie alle das Kliff hinuntergestoßen? Das muss ich mir wirklich nicht anhören!«, sagte er und sprang auf.

»Beruhig dich«, sagte Tómas gelassen. »Wir deuten hier gar nichts an. Ásta scheint auf die gleiche Weise wie ihre Mutter und ihre Schwester ums Leben gekommen zu sein, und wir sind hier, um die Wahrheit herauszufinden. Vielleicht gibt es irgendeinen Zusammenhang, vielleicht auch nicht.«

Arnór setzte sich wieder. »Trotzdem, diese Andeutungen gefallen mir nicht.«

»Was für ein Mensch war Ásta?«, fragte Ari Þór.

Die Antwort kam schnell. »Sie war immer sehr klar. Ich kannte sie zwar nur als Kind, aber als wir uns jetzt wiedersahen, schien sie kaum verändert. Sie hielt die Menschen auf Distanz, ob bewusst oder unbewusst, kann ich nicht sagen. Vielleicht war es der unnahbare Ausdruck in ihren Augen, dass ich das glaube – als wäre sie woanders, verloren, dabei stand sie direkt vor einem und sah einen an. Verstehst du, was ich meine?«

»Ich glaube schon«, sagte Ari Þór, ihr Foto vor Augen, den schwer definierbaren Gesichtsausdruck. »Ich habe Fotos von ihr gesehen.«

Arnór nickte.

»Wie war Ásta bei dem Abendessen? Verhielt sie sich so, wie du erwartet hast?«

Arnór lächelte. »Was soll ich dazu sagen? Wie hätte sie sich verhalten sollen? Ich weiß es nicht. Das Abendessen verlief locker, sie verhielt sich völlig normal. Reynir hatte ihr ihr früheres Zimmer in der Dachwohnung gegeben. Es gibt sicher Menschen, die damit Probleme gehabt hätten, aber Ásta nahm es anscheinend locker. Ich glaube nicht, dass sie leicht aus der Fassung zu bringen war.«

»War deine Frau auch bei dem Essen dabei?«

»Thórhalla? Nein. Sie hat ihre Freunde, und ich habe meine.«

»Worüber habt ihr beim Essen gesprochen?«

»Das weiß ich nicht mehr genau. Über alles Mögliche.« Er hielt inne, dachte nach. »Ich erinnere mich, dass Ásta gesagt hat, sie würde die Ruhe und den Frieden des Landlebens nicht vermissen und dass sie hier war, um an ihrer Arbeit zu schreiben. Keine Ahnung, ob sie die Wahrheit gesagt hat, jedenfalls meinte sie, die Landschaft und das Meer hier zu genießen.«

Eine lange Pause folgte, in der er scheinbar angestrengt nachdachte, dann sah er Ari Þór unverwandt an. »Es gibt Gerüchte, nach denen sie mitbekommen haben soll, wie ihre Schwester gestorben ist – dass sie es von ihrem Dachfenster aus gesehen hat. Und wenn Tinnas Tod kein Unfall war, kann es gut sein, dass Ásta beobachtet hat, wie jemand sie vom Kliff stieß.«

»Glaubst du, sie war deshalb hier?«, fragte Ari Þór.

»Schon möglich«, erwiderte er bedächtig. »Vielleicht wollte sie eine alte Rechnung begleichen, bevor es zu spät war.«

Ari Þór überlegte, ob diese Feststellung näherer Erklärungen bedurfte, doch Tómas ergriff das Wort, bevor er zu einem Ergebnis kam.

»Kennst du die Aussicht aus dem Dachfenster? Hast du jemals von dort aus zu den Klippen gesehen?«

Jetzt überlegte Arnór sich die Antwort verdächtig lange. »Nicht, dass ich mich erinnere. Vielleicht früher einmal. Soviel ich weiß, wird das Zimmer als Abstellraum benutzt, und ich habe keinen Grund, dort reinzugehen.«

»Du bist nicht mit Ásta an dem Abend vor ihrem Tod hochgegangen?«, hakte Tómas nach. »Nach dem Essen?«

Wieder wurde Arnór wütend. »Nein! Nach dem Dinner hab ich sie nicht mehr gesehen! Ich hab nicht mit ihr geschlafen, und ich hab sie nicht umgebracht!«

Tómas stand auf, und Ari Þór folgte seinem Beispiel.

»Wir müssen kurz mit deiner Frau sprechen«, sagte Tómas.

Arnór murmelte etwas, dann rief er ihren Namen. Sie erschien sofort, als wäre sie ganz in der Nähe gewesen und hätte dem Gespräch gelauscht.

»Ihr wollt sie doch sicher wegen meines Alibis befragen«, sagte Arnór und verzog sarkastisch den Mund. »Soll ich nach oben gehen?«

»Das wäre perfekt«, erwiderte Ari Þór, obwohl ihm klar war, dass die beiden genug Zeit hatten, um ihre Geschichte abzustimmen.

Arnór verließ das Zimmer, und Thórhalla setzte sich, ein sauertöpfisches Lächeln im Gesicht.

»Wie du weißt, untersuchen wir den Tod von Ásta Káradóttir«, begann Tómas.

Sie nickte.

»War Arnór in der Nacht zu Hause, als sie starb?«

»Ja«, antwortete sie, ohne zu zögern. »Die ganze Nacht. Nach dem Abendessen dort an der Landspitze ist er nach Hause gekommen.«

»Warum bist du nicht mitgegangen?«

»Ich mag solche Zusammenkünfte nicht«, sagte sie. »Ich bleibe lieber zu Hause. Sie haben es schon vor Jahren aufgegeben, mich einzuladen.«

»Er war die ganze Nacht hier, sagst du?«

»Die ganze Nacht«, wiederholte sie.

»Woher weißt du das so sicher? Warst du die ganze Nacht wach?«

»Natürlich nicht«, sagte sie, offensichtlich überrascht. »Aber ich hätte es sicher mitgekriegt, wenn er weggeschlichen wäre.«

»Und er?«, fragte Ari Þór.

»Er? Wie meinst du das?«, fragte sie.

»Würde er merken, wenn du weggingst?«

»Ich? Warum sollte ich …?«

Ari Þór fing Tómas' Blick auf und sagte: »Danke, dass du dir Zeit für uns genommen hast.«

10. Kapitel

Es war nicht die Krankheit – damit kam Thóra klar, sofern das überhaupt möglich war –, und doch fühlte sie eine tiefe Traurigkeit. Ástas grausamer und unerwarteter Tod hing wie eine dunkle Wolke über ihnen. Er erinnerte sie daran, dass der Tod in all seinen Verkleidungen immer nahe war.

Oder vermisste sie einfach nur die Weihnachtsstimmung? Die hatte Ásta durch ihren Besuch hier in Kálfshamarsvík und ihren Tod gründlich kaputtgemacht.

Die Nacht vor Heiligabend sollte eine Zeit der unbeschwerten Freude sein, so wie in ihren Kindheitserinnerungen. Thóra gab sich große Mühe, sie jedes Jahr wieder aufleben zu lassen, trotz der schwierigen Lebensumstände. Am Abend des dreiundzwanzigsten Dezembers wurden stets die letzten Vorbereitungen getroffen: Der Baum wurde geschmückt, die restlichen Geschenke wurden eingewickelt und unter dem Baum verteilt, alles begleitet von den Weihnachtsgrüßen, die im Radio vorgelesen wurden. Es war auch die Nacht, in der der letzte der dreizehn isländischen Weihnachtsmänner kommen würde. Als kleines Mädchen hatte sie ihre Schuhe ans Fenster gestellt und gehofft, von jedem Weihnachtsmann ein schönes Geschenk zu bekommen. Der letzte, der am Morgen des Vierundzwanzigsten da gewesen war, wurde Kerzen-Bettler genannt, es war also immer gut, für ihn eine Kerze neben die Schuhe zu legen.

Dieses Jahr hatte Thóra sich ganz besonders auf Weihnachten gefreut. Es würde wahrscheinlich ihre letzte Weihnacht werden, denn nur ein Wunder könnte ihr eine weitere bescheren.

Óskar saß stumm am Klavier. Von Zeit zu Zeit spielte er die Melodie, die von Schubert war, wie der junge Polizist gesagt hatte. Warum hatte sie Óskar nie gefragt, von wem das Stück stammte? Sie kannte ihren Bruder so wenig. Was trieb ihn an, was ließ ihn weitermachen? Wie hatte er es geschafft, die ganze Zeit hier zu leben, ohne wegzuwollen, wo doch jedes Jahr wie das vorhergehende war. Verdammt, selbst die Tage glichen sich wie ein Ei dem anderen.

Sie hatte wenigstens versucht, etwas aus ihrem Leben zu machen, allein das gab ihm schon Sinn. Óskar hingegen hatte sein Leben verschwendet, ihm blieb gar nichts anderes übrig, als das zu akzeptieren.

Und trotzdem war er noch immer stark wie ein Ochse, während sie an der Schwelle des Todes stand. Er würde sie überleben, so viel war sicher. Wie würde er wohl seine Zeit nutzen, wenn sie tot war? Wahrscheinlich würde er wie in Trance von einem Tag in den anderen stolpern, im ersten Gang auf Autopilot geschaltet, und sein Leben weiter vergeuden.

Reynir saß auf dem Sofa, eine Flasche absurd teuren Whiskey neben sich. Sie trank den Rotwein, den er ihr angeboten hatte. Er besaß fast zwangsläufig einen teuren Geschmack, so wie er erzogen war – wenn man überhaupt von Erziehung sprechen konnte. Seine Mutter war jung gestorben, und sein Vater war ständig unterwegs. Wenn er dann seine Ferien hier verbracht hatte, war er sehr zurückhaltend gewesen.

Thóra hatte ihr Bestes getan, um Reynir großzuziehen, aber einen Dank hatte sie nie dafür bekommen. Wahrscheinlich war es ein Fehler, das zu erwarten.

Irgendwo dort draußen waren der Mann und die Frau von der Spurensicherung. Die beiden Polizisten, mit denen sie gesprochen hatte, waren bereits weggefahren und wollten morgen wiederkommen. Die zwei anderen machten sich wohl gerade im Leuchtturm zu schaffen, denn die junge Frau hatte geklopft und sie höflich wissen lassen, dass sie ihn genau unter die Lupe nehmen müssten und vermutlich bis spätabends hier sein würden. Weitere Informationen, wonach sie im Leuchtturm suchten, hatte sie ihnen nicht gegeben.

Sanfte Weihnachtsmusik erfüllte das Wohnzimmer in direkter Konkurrenz zu Óskars Klavierspiel. Thóra hatte einen Teil des Tages damit verbracht, den Weihnachtsbaum zu schmücken, wozu sie zunächst die Schachteln mit der Dekoration aus Tinnas ehemaligem Zimmer holen musste. Dort hinaufzugehen fiel Thóra noch immer schwer. Der Tod des kleinen Mädchens hatte etwas besonders Verstörendes gehabt, und es schien, als überschattete das Ereignis auch nach all den Jahren noch das Leben der Hausbewohner.

Doch das waren nicht Thóras einzige Sorgen. Sie litt auch unter den vielen Geheimnissen, die sie umgaben. Natürlich bewahrte sie über die meisten Stillschweigen, aber wem sie auf dem Gewissen lasteten, wusste sie genau. Und Óskar war ein furchtbarer Geheimniskrämer; warum musste er sich tagsüber immer zu einer bestimmten Zeit einschließen? Es war sinnlos, ihn nach dem Grund zu fragen, dafür respektierten sie ihre gegenseitige Privatsphäre zu sehr; außerdem würde er es ihr sowieso nicht verraten.

Vielleicht hatte sie zu viel von dem Rotwein getrunken – er schien einen inneren Dämon in ihr geweckt zu haben. Denn ihr war danach, jetzt, wo sie nicht mehr lange zu leben hatte, die Wahrheit zu enthüllen.

Sie stellte ihr Glas ab und schmückte noch ein wenig den Weihnachtsbaum. Als sie beinahe fertig war, klopfte es an der Haustür. Da Óskar wegen des verletzten Knies schlecht laufen konnte und Reynir keine Anstalten machte, sich zu erheben, war sie wieder einmal diejenige, die öffnete.

Doch nicht die junge Polizistin stand vor der Tür, um ihnen mitzuteilen, dass sie mit ihren Untersuchungen fertig waren, sondern Arnór.

»Hallo«, sagte er und betrat ohne Aufforderung das Haus.

»Arnór, mein lieber Junge, komm rein«, rief Reynir aus dem Wohnzimmer. »Komm und setz dich.« Und an Thóra und Óskar gewandt: »Ihr zwei auch, setzt euch zu uns. Wir trinken einen zum Gedenken an Ásta. Das hat sie verdient. Es ist furchtbar, wirklich furchtbar, aber wir müssen zusammenhalten und in die Zukunft sehen.«

Sie ließen sich im Halbkreis um den Tisch nieder, die Männer mit einem Glas Whiskey und Thóra mit ihrem Wein. Der Tod einer Frau, die keiner von ihnen gut kannte, hatte sie zusammengebracht, sinnierte Thóra, vereint in dem vergeblichen Versuch, Ástas zu gedenken. Aber sie durchschaute die Verlogenheit dieses Beisammenseins, denn jeder hier dachte sicher hauptsächlich über seine eigene Lage nach.

»Thórhalla ist schon ins Bett gegangen, aber ich konnte nicht einschlafen«, sagte Arnór, nannte ungefragt den Grund seines Besuchs. »Man wird ja auch nicht jeden Tag von der Polizei in die Mangel genommen – ich kann mich jedenfalls nicht einfach hinlegen und seelenruhig schlafen.« Er trank einen großen Schluck Whiskey.

»Geht mir genauso«, sagte Reynir. »An so was bin ich nicht gewöhnt.«

»Sie sind immer noch hier«, warf Thóra ein, gespannt auf Arnórs Reaktion.

»Was? Wer?«

»Die Polizei. Sie nehmen den Leuchtturm unter die Lupe.«

»Den Leuchtturm? Wozu das denn?«, fragte er überrascht.

Reynir kam ihr mit der Antwort zuvor. »Keine Ahnung. Sie sind mit ihren Ermittlungen in eine Sackgasse geraten, was mich nicht wundert. Die Frau ist vom Kliff gesprungen, genau wie ihre Schwester und davor ihre Mutter. Es sind die Gene, mehr ist da nicht dran«, sagte er entschieden.

»Haben sie etwas im Leuchtturm gefunden?«, fragte Arnór sichtlich beunruhigt.

»Wenn ja, halten sie damit hinterm Berg«, antwortete Thóra. »Sie sind schon eine ganze Weile draußen und suchen wahrscheinlich jeden Winkel ab. Was das bedeutet, kann sich jeder selber ausmalen.« Sie hielt inne. »War Ásta denn im Leuchtturm?«, fragte sie, doch keiner der drei Männer schien gewillt, ihr zu antworten.

Schließlich ergriff Arnór das Wort. »Ich habe ihr den Schlüssel zum Leuchtturm geliehen«, sagte er sichtlich betreten. »Sie wollte gern reingehen, und ich hab keinen Grund gesehen, es ihr zu verweigern. Ob sie letztlich drin war, weiß ich aber nicht.«

»Uns haben sie auch gefragt, ob wir einen Schlüssel für den Leuchtturm haben«, sagte Óskar. »Ich hab den Polizisten meinen gegeben.«

»Hast du deinen?«, fragte Reynir, an Arnór gewandt.

»Meinen Schlüssel? Nein, Ásta hatte ihn mir nicht zurückgegeben ... sie ...«

»Das könnte schlecht für dich sein, hoffentlich finden sie ihn bei ihr«, sagte Reynir.

»Das hoffe ich auch«, sagte Arnór. »Das Ganze ist ein Albtraum. Du hättest mal ihre Gesichter sehen sollen. Ich bin froh, dass sie mich nicht über Nacht in eine Zelle gesperrt haben.«

»Niemand wird hier eingesperrt«, versicherte Reynir ihm. »Die ganze Untersuchung ist eine Schande. Wir alle sind praktisch Geiseln, und das wegen einer Frau, die hergekommen ist, um sich umzubringen.«

»Sie haben mich auch nach Sæunn und Tinna gefragt«, sagte Thóra. »Ich habe das Gefühl, sie vermuten einen Zusammenhang zwischen den drei Todesfällen.«

»Einen Zusammenhang? Das ist Nonsens«, sagte Reynir. »Ich hab ja schon gesagt, wenn es nicht an ihren Genen lag, irgendwas im Blut, dann ist die einzige andere Erklärung, dass hier auf der Landzunge manchmal Mächte zugange sind, die wir nicht verstehen.«

»Geister?«, fragte Óskar und sah ihn ungläubig an.

»Irgendetwas Übernatürliches«, erwiderte Reynir.

Warum fängt der Junge plötzlich an, von Geistern zu reden, dachte Thóra bei sich.

»Das ist Blödsinn«, sagte Óskar. »Hier ist es wunderschön und friedlich. Dass ein Mann in deinem Alter mit Geistergeschichten anfängt, ist lächerlich. Für alles Schlechte, das hier passiert ist, waren direkt oder indirekt Menschen verantwortlich – bewusst oder unbewusst.«

»Willst du damit sagen, jemand hat Ásta von dem Kliff gestoßen?«, fragte Arnór.

»Nein, das will ich nicht«, sagte Óskar. »Ich glaube, sie ist aus freiem Willen gesprungen und dass sie vielleicht genau aus dem Grund herkam.«

Thóra seufzte, müde an Körper und Geist.

Óskar sah sie von der Seite an. »Ist alles in Ordnung, Thóra?«

»Ich bin nur müde.«

»Das alles ist anstrengend«, sagte Reynir. »Besonders für jemanden in deinem Zustand.«

»In meinem Zustand, ja«, sagte sie. »Wenn man da an alte Freunde aus vergangenen Zeiten denkt, kommen manche Dinge zurück, und sie verfolgen einen. Ich kann nicht leugnen, dass Sæunn, Kári und Ásta mir nicht aus dem Kopf gehen, besonders nach allem, was hier passiert ist. Und da ist ja auch noch Sara.« Die letzten Worte sagte sie sehr leise, warf jedoch demjenigen, für den sie bestimmt waren, einen Blick zu.

Und trotz aller Mühe konnte derjenige seine Angst nicht verbergen.

Sie lächelte und fuhr fort, sich die Last von der Seele zu reden. »Wenn wir über Sæunn sprechen, muss natürlich auch gesagt werden, dass wir in der Nacht, in der sie starb, nicht allein hier waren.«

Sie sah Óskar an, damit er wusste, worauf sie hinauswollte.

Reynir wiederum war ganz offensichtlich überrascht. »Nicht allein? Du und ich waren hier, Óskar, und natürlich Kári und die Mädchen. Wer denn sonst noch?«

Sie nickte, sagte aber nichts.

»Ich war nicht hier«, sagte Arnór, »falls du das andeuten willst. Findet man denn heute Nacht nirgendwo seine Ruhe?«

»Beruhig dich, okay?«, sagte Reynir. »Niemand will hier irgendetwas andeuten, oder?« Er sah Thóra an.

»Natürlich nicht. Ich hab nicht von dir gesprochen, Arnór«, versicherte sie ihm. »Und vielleicht sollte man einige schlafende Hund nicht wecken.« Wieder lächelte sie, genoss das Spiel. »Einige, nicht alle.«

Sie nippte an ihrem Wein, betrachtete die drei Männer eingehend und versuchte, die Gefühle, die sich in ihren Gesichtern zeigten, zu analysieren: Angst, Unsicherheit, Sorge. Ihr Blick blieb an ihrem Bruder hängen, und sie sah ihn eine Weile an.

»Ein paar merkwürdige Versteckspiele werden hier gespielt«, fuhr sie schließlich fort. »Zum Beispiel schließen sich einige Leute ohne jede Erklärung den halben Tag lang ein. Und ich verstehe sehr gut, warum die Polizisten sich für den Tod von Sæunn und Tinna interessieren. Ich frage mich, warum sie das nicht schon längst getan haben. Es ist doch klar, dass das alles sehr merkwürdig ist, aber damals war es natürlich für alle viel bequemer, zu dem Ergebnis zu kommen, dass beide Selbstmord begangen haben oder einen Unfall hatten. Bloß keinen Staub aufwirbeln, damit keiner in seinem Glück gestört wird.« Sie sah Reynir an. »Besonders dein Vater.«

Reynir gab sich Mühe, ruhig zu bleiben. »Wie meinst du das? Dad hätte keiner Fliege etwas zuleide tun können.«

»Aber dein Vater war ein mächtiger Mann, und reich. Die Leute haben sich gehütet, ihm in die Quere zu kommen. So war das früher hier in Island, mein Junge.«

»Das hat sich kaum geändert«, sagte Óskar.

»Na ja … wenigstens ist diesmal die Polizei gekommen, und offensichtlich nicht nur, um so zu tun, als ob … obwohl Reynir eine so bedeutende Persönlichkeit ist«, sagte Thóra treffsicher.

»Du bist wirklich sehr offen«, sagte Reynir gezwungen lächelnd. Dann sah er Óskar und Arnór an. »Und das werde ich jetzt auch sein. Ich frage nämlich die zwei Herren hier, wer von ihnen mit Ásta geschlafen hat?«

Óskar lächelte, ließ sich nicht aus der Fassung bringen. »Die Frage ist absolut geschmacklos«, sagte er, »und sollte besser nur Arnór gestellt werden. Ich bin ein alter Mann mit einem kaputten Knie, einem müden Körper und einem Gesicht, das schon bessere Zeiten erlebt hat.«

»Arnór?«, Reynir sah ihn durchdringend an.

»Wie kommst du darauf, dass jemand mit Ásta … geschlafen hat?«, fragte Thóra, bevor Arnór antworten konnte.

»Das haben die Polizisten angedeutet. Und da ich es nicht war, bleiben nicht viele übrig.«

Arnór sah aus, als würde er jeden Moment aufspringen. »All diese versteckten Anspielungen … Was soll das alles?«

»Tut mir leid, Arnór, aber das sind wohl kaum Anspielungen«, sagte Reynir. »Ásta war ein hübsches Ding, damals wie heute. Ihr seid etwa gleich alt, es ist also nicht ganz so abwegig …«

»Ich bin verheiratet, Reynir«, sagte er mit fester Stimme und nahm einen großen Schluck Whiskey.

»Ja, *ich* weiß das. Aber hat *sie* das auch gewusst? Zumal du deinen Ehering nicht immer trägst.«

Arnór schwitzte jetzt sichtlich. »Ich arbeite die ganze Zeit im Freien, und zwar mit meinen Händen. Dabei stört er oft, und ich möchte ihn nicht irgendwo im Gras verlieren.«

»Oder im Meer«, murmelte Óskar.

»Können wir nicht über was anderes reden als über … Ásta?«, fragte Arnór. »Wir dürfen nicht zulassen, dass das zwischen uns kommt. Wir kennen uns alle, ihr kennt mich schon mein ganzes Leben lang.« Er zwang sich zu einem Lächeln. »Wir müssen zusammenhalten.«

»Du hast völlig recht«, stimmte Reynir zu. »Außerdem kannst du heute Nacht hierbleiben. Und komm nicht auf den Gedanken, das Angebot abzulehnen. Wir gönnen uns noch ein paar Drinks und reden über alte Zeiten … die guten alten Zeiten. Vergessen wir die Frau, die hier alles aufgemischt hat. Und die leidigen Polizisten gleich mit. Wie klingt das?«

Arnór nickte. »Gut.«

11. Kapitel

Wie schon bei ihrer Ankunft waren Tómas, Ari Þór und Kristín die einzigen Gäste im Speisesaal des Hotels, der sich jetzt, kurz vor Mitternacht, in eine Bar verwandelt hatte. Hinter der Theke stand ein Mann mittleren Alters in einem rotkarierten Hemd und sah ab und zu in ihre Richtung. Er hätte sicher gern Schluss gemacht für heute, da aber zwei der Gäste Polizisten waren, wagte er es nicht, sie hinauszukomplimentieren.

Tómas hatte die bisherigen Ermittlungsergebnisse zusammengefasst, machte sich anscheinend keine Gedanken darüber, dass Kristín mit am Tisch saß. Sie hatte die meiste Zeit geschwiegen und nippte an ihrer Limonade, während Tómas und Ari Þór sich ein Bier gönnten.

»Der arme Arnór«, schloss er, »es sieht nicht gut für ihn aus. Die Frau wurde anscheinend im Leuchtturm ermordet und hatte seinen Schlüssel noch in der Tasche.«

Bevor sie Thórhallas und Arnórs Haus verließen, hatte Arnór ihnen noch eine Beschreibung des Schlüssels gegeben: ein einzelner Schlüssel an einem roten Anhänger. Auf dem Weg nach Blönduós hatte Ari Þór Hanna angerufen und gefragt, was für Schlüssel sie bei der Toten gefunden hätten, und es schien, als wäre der Leuchtturmschlüssel tatsächlich dabei gewesen.

»Wenn er sie ermordet hätte, hätte er doch sicher den Schlüssel an sich genommen«, schaltete Kristín sich unerwartet in das Gespräch ein.

Tómas nickte zustimmend und lächelte. »Stimmt, sollte man annehmen. Aber man kann nicht davon ausgehen, dass jemand, der wahrscheinlich in einem Anfall von Wut gerade eine Frau umgebracht hat, so rational denkt. Aber vielleicht sagt er auch die Wahrheit ... vielleicht hat er ihr den Schlüssel geliehen und sie danach nicht mehr gesehen.«

»Du gehst davon aus, dass sie im Leuchtturm ermordet wurde?«, fragte Kristín.

»Es sieht ganz so aus«, erwiderte Ari Þór. »Die beiden Forensiker scheinen davon auszugehen.«

»Dann hatten Ásta und ihr Lover dort ein Stelldichein?«

»Glaubst du das?« fragte Tómas. Er hatte sich angewöhnt, Fragen mit einer Gegenfrage zu beantworten, auch beim dritten Bier noch im Polizisten-Modus.

»Ja ... Blutergüsse am Hals und Geschlechtsverkehr kurz vor dem Tod. Das hattest du doch gesagt, oder?«

»Richtig«, erwiderte Tómas.

»Könnte es sich nicht um extrem heftigen Sex gehandelt haben, der außer Kontrolle geriet? Wer immer es war, hat die Leiche zum Kliff geschleppt und runtergeworfen, um die Spuren zu verwischen. Dabei konnte er natürlich auch darauf hoffen, dass das Ganze schnell als Selbstmord abgetan wird, genau wie der Tod ihrer Schwester und ihrer Mutter.«

»Ein durchaus mögliches Szenario. Nicht schlechter als irgendein anderes«, sagte Tómas lächelnd.

»Und denken wir denn nicht alle genau das?«, fragte Kristín, sein Lächeln erwidernd.

»Nicht unbedingt …«, sagte Tómas leicht verlegen.

»Sind wir Weihnachten zu Hause, wie du es versprochen hast?«, fragte Ari Þór, um ihm mit dem Themenwechsel aus der peinlichen Situation zu helfen.

»Versprochen habe ich es nicht«, sagte Tómas langsam. »Aber ich gehe davon aus, dass es klappt. Hoffentlich sehen wir Hanna und Mummi noch, bevor wir ins Bett gehen.« Er blickte auf seine Uhr. »Ich hatte sie gebeten, kurz reinzukommen, bevor sie auf ihre Zimmer gehen. Dann können wir morgen schon früh zur Landspitze rausfahren, und wenn nichts dazwischenkommt, nehmen wir den Nachmittag frei.«

Aha, dachte Ari Þór. »Wenn nichts dazwischenkommt« bedeutete bei Tómas, dass dieser Fall von einer Lösung weit entfernt war und mit Sicherheit etwas dazwischenkommen würde – das hatten seine Äußerungen soeben praktisch garantiert. Er fing Kristíns Blick auf, der ihm sagte, dass sie das Gleiche dachte. Aber er wollte die Hoffnung noch nicht aufgeben.

»Okay«, sagte er, verbarg seine Zweifel hinter einer freundlichen Fassade. »Wenn das Wetter mitspielt, fahren Kristín und ich nach Siglufjörður. Und du machst dich auf Richtung Süden?«

Tómas zögerte kurz, dann sagte er: »Ich gehe davon aus, aber sicher ist es nicht. Jemand muss vor Ort sein, falls etwas … dazwischenkommt.« Sein Lächeln war vollkommen humorlos. »Es bringt ein paar Pluspunkte bei denen da oben ein – und bei allen anderen auch –, wenn man Weihnachten in einem Hotel auf dem Land verbringt. Das ist so ungefähr das Schlimmste, was einem passieren kann.«

»Und um dem Ganzen die Krone aufzusetzen, spielen sie gerade Elvis' ›I'll be Home for Christmas‹«, konnte Ari Þór sich nicht verkneifen.

Tómas lachte. »Stimmt …«

»Wenn es irgend geht, musst du nach Hause fahren. Lass deine Frau über Weihnachten nicht allein. Ich hab das einmal gemacht, und glaub mir, es war ein schlimmer Fehler.«

Er rückte näher an Kristín heran und legte den Arm um sie. Er sah ihr in die Augen, und sie erwiderte mit unveränderter Miene seinen Blick. Sie hatten sich zwar vor langer Zeit versöhnt und erwarteten sogar ein Kind, aber offensichtlich gab es noch immer einiges, über das sie nicht lachen konnte.

»Wir werden sehen«, sagte Tómas leise. »Unser Sohn ist da, sie wird also nicht allein sein.« Wie so oft fand Ari Þór es schwierig, seinen Ton und Gesichtsausdruck zu interpretieren. »Aber mich erstaunt, dass du so bereitwillig verreist, wo das Kleine unterwegs ist«, sagte er, an Kristín gewandt.

»Bereitwillig verreist?«, wiederholte Kristín.

»Ja … hin und her im tiefsten Winter. Vielleicht wäre es das Beste, ihr verbringt Weihnachten in Blönduós.«

»Das klären wir unter uns«, sagte Ari Þór kurz angebunden. Ihm missfiel, dass Tómas sich einmischte. Er und Kristín hatten beschlossen, ihr Leben weder von der Schwangerschaft noch später vom Kind dominieren zu lassen. Bis jetzt hatte Kristín alles gut hingekriegt, abgesehen von den paarmal Übelkeit. Allerdings wurde sie schnell müde, und ihre Stimmungsschwankungen waren extremer, als Ari Þór es bei ihr gewohnt war.

Er hatte oft mit der Hand auf ihrem Bauch gefühlt, wie das Kind sich in ihr bewegte und mit voller Kraft trat. Es war ein merkwürdiges Gefühl gewesen, so als ob alles sehr klar ins Blickfeld geriet. Ari Þór war sich keineswegs sicher, seiner Rolle als Vater gewachsen zu sein, obwohl er sich darauf freute, es zu werden. Als sie beide beschlossen hatten, ein Kind zu bekommen, schien die Geburt noch Lichtjahre entfernt. Aber jetzt, wo das Baby in die Welt wollte, wurde es zur Realität.

Über den Namen des Kindes hatten sie noch nicht gesprochen. Ari Þór hatte ein paarmal versucht, das Thema anzuschneiden, aber Kristín verweigerte rigoros jedes Gespräch, solange es nicht geboren und sein Geschlecht nicht bekannt war. Dabei gab es für ihn nur einen möglichen Namen, falls das Kind ein Junge war: Ari Þór Arason. Es war sein eigener Name, aber wichtiger noch, der Name seines verstorbenen Vaters. Doch Kristín würde der Vorschlag vermutlich nicht gefallen. Wenn es ein Mädchen würde, wäre es sicherlich einfacher, denn obwohl er es dann gern nach seiner Mutter nennen würde, war er da aus irgendeinem Grund flexibler.

Er war allerdings sicher, dass es ein Junge würde. So stark, wie er das fühlte, konnte es gar nicht anders sein.

Dass Kristín mit hierhergefahren war, hatte ihn sehr erleichtert. Er genoss es, am Ende eines langen Tages über alles mit ihr zu reden. Sie war sehr klug und fand oft schneller als er eine Lösung. Dass er über eine schwierige Ermittlung mit ihr diskutieren konnte, kam allerdings nur selten vor. Seit seinem Umzug in den Norden hatte er schon einige interessante Fälle gehabt – drei wirklich große und ein lange verborgenes Geheimnis –, aber dass er sehr viel zu tun hätte, konnte man wirklich nicht behaupten. Da er bei der Beförderung zum Polizeihauptkommissar und somit zum Chef der Polizeidienststelle in Siglufjörður übergangen worden war, sollte er jetzt vielleicht die Gelegenheit ergreifen und sich für einen Posten in Tómas' Abteilung in Reykjavík bewerben. Aber konnte er

Kristín wirklich bitten, ihren guten Job im Krankenhaus in Akureyri aufzugeben und mit ihm nach Reykjavík zu ziehen? Hätte er den Chefposten bekommen, wäre es für ihn leichter gewesen hierzubleiben, aber die Personalpolitik hatte ihm einen Strich durch die Rechnung gemacht.

»Wäre es nicht vernünftiger herauszufinden, was für ein Mensch Ásta war?«, schlug Kristín vor, riss Ari Þór aus seinen Gedanken. Er lehnte sich zurück und überließ es Tómas zu antworten.

»Ich kann mir nur schwer ein Bild von ihr machen. Wir wissen, dass ihr Leben eine einzige lange Tragödie war. Zuerst hat sie ihre Mutter verloren, dann die Schwester, und danach wurde sie zu einer Tante geschickt, bei der sie wohnte. Schließlich ist dann auch noch ihr Vater gestorben, der meines Wissens zu der Zeit allerdings schon den Verstand verloren hatte. Zudem scheint es, dass sie gesehen hatte, wie jemand ihre kleine Schwester das Kliff hinunterstieß, obwohl ich mir nur schwer vorstellen kann, wie jemand das fertigbringt.«

»Wie meinst du das?«, fragte Kristín. »Dass sie gesehen hat, wie es passiert ist?«

»Ja, das hat Thóra, die alte Dame, gesagt. Ásta hatte ihr erzählt, sie hätte vom Dachfenster aus etwas gesehen und wäre deshalb zu ihrer Tante abgeschoben worden. Es ist das einzige Fenster im Haus, das in die Richtung geht und von dem aus man den Rand des Kliffs sieht.«

»Das ist ja entsetzlich«, sagte Kristín. »Absolut furchtbar.«

»Das stimmt. Vielleicht hat sie es auch deshalb im Leben nie zu etwas gebracht. Sie hatte keine gute Ausbildung und finanzielle Probleme. Hast du dir eigentlich im Auto die Fallnotizen angesehen, Ari Þór?«

Ari Þór fiel die Akte ein, die er aus dem Auto mit hereingebracht und auf den Boden neben seinen Stuhl gelegt hatte. Er wünschte sich nichts mehr, als das verdammte Ding loszuwerden und Ásta zu vergessen, ihr Foto, ihr Lächeln; wenigstens bis morgen. Es schien zu viele Gemeinsamkeiten zwischen ihnen zu geben. Er spürte ihren Schmerz und hätte sie gern kennengelernt und getröstet; er hätte ihr gern gesagt, dass man die Vergangenheit hinter sich lassen konnte – das Schicksal der Eltern – und es besser machen und länger leben konnte.

Innerlich stöhnend, hob er die Akte vom Boden auf und schob sie zu Tómas über den Tisch. »Ja, ich hab sie überflogen.«

»Um Gottes willen, ich will sie nicht zurück«, sagte Tómas. »Ich hab gestern den ganzen Tag damit verbracht, mir reicht's. Du musst sie noch heute Abend sorgfältig lesen. Du bist so klug – ich zähle auf dich.« Er schob ihm die Akte wieder hin.

In dem Moment hörte Ari Þór Schritte und Gesprächsfetzen. Er blickte zur Tür, als Hanna gerade den Speisesaal betrat, gefolgt vom offensichtlich missmutigen Mummi, der jetzt wohl überall lieber wäre als hier – und vorzugsweise in seinen eigenen vier Wänden.

»Guten Abend«, sagte Hanna forsch und setzte sich auf den Stuhl neben Tómas.

Mummi blieb notgedrungen stehen, denn es gab keinen weiteren Stuhl am Tisch.

»Hol dir einen Stuhl vom Nebentisch«, sagte Hanna. »Wir warten nicht den ganzen Abend auf dich.«

»Du bist genau rechtzeitig gekommen«, sagte Tómas. »Ich hab mein Bier fast ausgetrunken.«

Mummi zog sich einen Stuhl heran und setzte sich wortlos mit finsterer Miene.

»Und wer ist diese junge und hochschwangere Lady?«, fragte Hanna lächelnd.

»Hi, ich heiße Kristín und bin Aris Freundin.«

»Schön, dich kennenzulernen«, sagte Hanna. Und an Tómas gewandt: »Ich kann doch offen reden, trotz des Gastes? Immerhin liegt die Fallakte für jedermann sichtbar auf dem Tisch.« Tómas nickte, und sie grinste.

»Ich bestelle dir aber erst noch ein Bier«, sagte sie und blickte dann fragend Ari Þór an. Der schüttelte den Kopf und zeigte auf die halbvolle Flasche vor ihm.

Hanna versuchte erfolglos, den Barkeeper auf sich aufmerksam zu machen. Es schien derselbe Mann zu sein, der bei ihrer Ankunft am Empfang gearbeitet hatte. Genau genommen, war er überall im Hotel zugange und könnte gut und gern auch der Manager sein. Er sprach langsam und war auf altmodische Art ausgesprochen zuvorkommend.

Hanna gab den Versuch auf, höflich zu sein, und schnippte so laut mit den Fingern, dass es im ganzen Raum hallte. Der Barkeeper sah sofort auf und kam langsam an ihren Tisch, ließ sich nicht aus der Ruhe bringen.

»Was kann ich für dich tun, junge Frau?«

»Also«, sagte sie und überlegte, »ein Bier für meinen Freund hier«, sie legte Tómas die Hand auf die Schulter. »Ein Glas Wasser für meinen gesprächigen Kumpel«, fuhr sie mit Blick auf Mummi fort, »und kann ich ein Gläschen Sambuca haben?«

»Natürlich, mit Kaffeebohnen?«

»Wunderbar, du kennst dich aus, mein Freund«, sagte sie und lächelte übers ganze Gesicht. »Natürlich.«

Ari Þór sah Tómas an, dass sich der Abend ganz und gar nicht nach dessen Geschmack entwickelte. Aber er sagte nichts, was blieb ihm auch anderes übrig: Alle vier hatten sie dienstfrei, und Hanna gegenüber hatte er sowieso keine Weisungsbefugnis.

»Mir kommt das Ganze ziemlich eindeutig vor«, begann Hanna, als der Barkeeper wieder außer Hörweite war. »Oder zumindest sieht es im Moment so aus. Jedenfalls schicken wir Proben nach Reykjavík, und ich gehe davon aus, dass sich unsere Vermutung bestätigt«, fuhr sie eindeutig zufrieden fort. »Es scheint, als wäre die arme Frau im Leuchtturm angegriffen worden – jedenfalls lassen die Blutspritzer darauf schließen. Ich weiß nicht, ob sie auch dort gestorben ist, und würde keine Wetten darauf abschließen. Aber sicher ist, dass sie einen heftigen Schlag auf den Kopf bekommen hat und der Mörder seine Spuren verwischen wollte, indem er sie das Kliff hinunterwarf. Das war nicht schlecht gedacht, aber Mummi und ich lassen uns nicht so leicht hinters Licht führen. Wir haben einen Polizisten der örtlichen Wache am Leuchtturm postiert, der die ganze Nacht Wache schiebt, damit niemand sich am Tatort zu schaffen macht. Wir haben natürlich Proben genommen und Fotos gemacht, aber sicher ist sicher. Und ehrlich gesagt, mir gefällt die Vorstellung, dass der arme Kerl am Ende der Welt in der Kälte steht.«

»Haben wir es mit einer Vergewaltigung zu tun?«, fragte Tómas.

Ari Þór hätte lieber gefragt, ob an Kristíns Theorie etwas dran sein könnte – ein außer Kontrolle geratenes Sexspiel –, fand aber nicht die richtigen Worte dafür.

»Vergewaltigung? Na ja, oben im Dachzimmer haben wir Spermaspuren gefunden, was darauf schließen lässt, dass sie dort mit jemandem Sex hatte, aber nicht ermordet wurde, sondern wahrscheinlich im Leuchtturm. Die Vermutung liegt nahe, dass beide Begebenheiten irgendwie zusammenhängen; und wer immer bei ihr im Dachzimmer war, steht ganz oben auf der Liste der Verdächtigen. Kann sein, dass sie vergewaltigt wurde, vielleicht war es aber auch einvernehmlicher Sex, und sie hatte einfach Lust auf einen Quickie.« Hanna lachte.

»Also, ich muss doch bitten«, sagte Ari Þór, womit er sich selbst überraschte. Er hatte nicht beabsichtigt, Ástas Ehre zu verteidigen, und doch tat er es. »Wir haben keine Ahnung, was vorher passiert ist. Vielleicht war es jemand, mit dem sie eine Beziehung hatte und von dem wir nichts wissen. Jedenfalls scheint es jemand zu sein, dem sie vertraute, was auf alle drei Männer – Reynir, Arnór und Óskar – zutrifft, die sie von früher kannte. Außerdem sollten wir von jemandem, der gerade sein Leben verloren hat, respektvoller sprechen.« Er sah auf seine Hände, traute sich nach diesen emotionalen Ausführungen weder Tómas noch Kristín in die Augen zu sehen.

»Ari Þór hat recht«, sagte Tómas.

»Okay, auch gut. Aber bleib locker«, sagte Hanna spöttisch. »Morgen wissen wir, wer der Mann war. Es gab einige brauchbare Fingerabdrücke im Zimmer, anscheinend haben sie es im Stehen an der Wand gemacht, oder zumindest da angefangen. Das Labor hat uns versprochen, die Proben noch vor morgen Mittag zu analysieren.« Sie hielt inne. »Und dann fahre ich gen Süden nach Reykjavík. Hier oben verbringe ich meine Weihnachten ganz bestimmt nicht«, fügte sie hinzu.

»Und im Leuchtturm? Gab es da auch Fingerabdrücke?«, fragte Tómas.

»Nein, jedenfalls nichts Brauchbares. Die Wände haben eine raue Oberfläche, damit kann man schlecht arbeiten.«

Der Kellner kam zurück, auf dem Tablett Bier, Wasser und ein Glas mit drei Kaffeebohnen. Er goss aus einer Flasche eine klare Flüssigkeit darüber und zündete sie an.

»Danke, den Rest mache ich selbst«, sagte Hanna. Sie sah zu, wie die Flamme in der Dezemberdunkelheit gleich einem Weihnachtslicht flackerte, legte kurz darauf die Hand aufs Glas und löschte sie so. Dann nahm sie die Hand weg und sog den Duft tief ein.

»Prost«, sagte sie und trank das Glas in einem Zug leer.

12. Kapitel

»Hanna sprüht vor Lebenslust«, sagte Kristín, als sie auf ihrem Zimmer waren. Sie hatte es sich im Bett bequem gemacht, während Ari Þór an dem kleinen Schreibtisch hockte.

»Kann man so sagen«, erwiderte er.

»Sie erinnert mich an diese Sängerin …«

»Mich auch.« Ari Þór lächelte. »Und was hast du heute so gemacht?«

»Nicht viel, ich hab mich irgendwie schlapp gefühlt. Eigentlich wollte ich rüber nach Sauðárkrókur fahren und den alten Mann besuchen, aber das mache ich morgen.«

»Ganz allein?«

»Ja. Die Straßen sind gut, und ich muss etwas unternehmen. Um die Mittagszeit bin ich zurück. Ich mache mir keine Illusionen, dass du morgen hier fertig bist, und rechne damit, dass wir Weihnachten hier feiern. Für mich ist das okay, du bist derjenige, dem Heiligabend so wichtig ist.«

»Sei nicht albern«, sagte Ari Þór kopfschüttelnd. »Wir können morgen auf der Rückfahrt nach Siglufjörður dort anhalten. Woher kommt eigentlich das plötzliche Interesse an deiner Familiengeschichte?«

»Lass mich machen, was ich will, okay?«, entgegnete sie mit einem Mal gereizt.

Doch Ari Þór kannte Kristín Stimmungsschwankungen und hatte gelernt, damit umzugehen. In einem Moment war sie überglücklich, und im nächsten zogen dunkle Gewitterwolken über ihr Gesicht. Er schob es auf die Schwangerschaft und die damit einhergehende Müdigkeit.

»Ich finde es wichtig, etwas über meine Herkunft zu wissen«, sagte sie mürrisch, »auch wenn deine dich anscheinend nicht interessiert und du nie ein Wort über deine Eltern verlierst, geschweige denn über deinen Vater.«

Ari Þór schwieg. Sie hatte einen wunden Punkt getroffen und wusste das auch. Es war zwecklos, darüber zu streiten.

»Was für ein Mensch war er denn?«, hakte sie nach. »Und was für ein Vater? Ich weiß überhaupt nichts …«

»Er war gut zu mir«, sagte Ari Þór schnell.

»Vor ein paar Monaten habe ich im Netz nach Informationen über sein Verschwinden gesucht. Du hast erzählt, er wurde nie gefunden.« Sie hielt inne. »Glaubst du, er hat sich umgebracht?« Doch sie bereute die Frage augenblicklich.

»Ich möchte lieber nicht darüber sprechen«, erwiderte Ari Þór.

»Du willst nicht wissen, was mit ihm passiert ist …?«

»Lass uns das Thema wechseln«, sagte er trotzig. »Darüber können wir ein andermal reden. Ich bin momentan zu sehr mit der Sache auf Kálfshamarsvík beschäftigt.«

Er wollte nicht lügen, aber auch nicht die Wahrheit sagen. Kristín wusste nichts davon, doch zu Beginn ihrer Beziehung hatte er Nachforschungen über die Umstände des Verschwindens seines Vaters angestellt und kannte die Wahrheit. Seine Recherchen hatten sein generelles Interesse an Ermittlungen geweckt und sogar dazu geführt, dass er sich bei der Polizei bewarb. Sein Beruf war also etwas, was er seinem Vater zu verdanken hatte – oder woran er schuld war, je nachdem, wie man es sehen wollte.

Die Geschichte vom Verschwinden seines Vaters wollte er unbedingt für sich behalten, zumindest im Moment. Eines Tages würde er sie ihr vielleicht erzählen, aber bestimmt nicht jetzt.

»Okay … trotzdem will ich mehr über meinen Urgroßvater wissen«, sagte sie, etwas friedlicher gestimmt. »Ich finde es faszinierend, etwas über die eigene Herkunft zu erfahren, auch wenn du das nicht tust. Und morgen arbeitest du, und ich habe sonst nichts zu tun.«

Sie ließ sich nicht umstimmen, was wieder typisch Kristín war: Wenn sie sich einmal etwas in den Kopf gesetzt hatte, ließ sie sich nicht mehr davon abbringen. Doch wer im Glashaus saß, sollte nicht mit Steinen werfen … also sollte er lieber still sein. Trotzdem war sie manchmal … nun ja, ein bisschen überempfindlich.

»Warum willst du das alles überhaupt wissen? Ist das irgendwie wichtig für unsere Beziehung?«, fragte er und war sich bewusst, dass er müde und gereizt klang.

»Natürlich ist die Vergangenheit wichtig. Sie gibt Aufschluss über uns. Vielleicht hat das Kind in meinem Bauch das Interesse geweckt. Es ist ein großer Schritt, ein neues Leben in die Welt zu setzen und Verantwortung für sein Aufwachsen zu tragen. Deshalb ist es wichtig, zuerst etwas über uns selbst zu wissen.«

»Klar, okay«, murmelte Ari Þór. »Hast du dir mal Gedanken über den Namen gemacht?«

»Nein, mein Lieber. Und du weißt auch, dass ich warten will.«

»Wenn es ein Junge ist –«

Sie schnitt ihm das Wort ab: »Wir warten.«

»Okay«, gab er nach. Aber ihre Unerbittlichkeit ärgerte ihn, und er wandte sich ab, um keinen Streit aufkommen zu lassen. Manchmal wünschte er, Kristín wäre gelassener und nicht so berechenbar.

Ásta hingegen schien ihm unberechenbar, dachte er, ohne die tote Frau je kennengelernt zu haben. Etwas an ihr ließ ihn nicht los – etwas an ihrem Foto: ihre Ausstrahlung, ihre Attraktivität, ihr Gesichtsausdruck, die Andeutung eines Lächelns und die Herzlichkeit. In Verbindung mit dem Mysterium, das sie umgab, war das Foto fast so geheimnisvoll wie ihr Verhalten.

Erneut nahm er das Foto aus der Akte, starrte es sekundenlang an, legte es zurück und klappte die Akte zu.

Er stand auf, zog das Hemd aus, und während er aus der Hose stieg, wandte er sich zu Kristín um. »Wie wär's …?«

»Was? Jetzt?«, fragte sie überrascht.

»Dem Baby schadet es doch nicht, oder?«

»Nein.«

Er stieg ins Bett, zog ihr sanft die Decke weg und lächelte.

13. Kapitel

Thóra war müde, und nach zwei Gläsern Wein – oder waren es drei gewesen? – drehte sich ihr Kopf. Sie wünschte den Männern eine gute Nacht, ging die ausgetretenen Treppenstufen hinunter ins Souterrain und in ihr Zimmer.

Ihr war schwindlig. Wahrscheinlich lag es am Wein, aber vielleicht war es auch ihr Körper, der sie wissen ließ, dass er müde war.

Sie kannte ihren Körper gut, was nach all den Jahren nicht verwunderte, und wurde das Gefühl nicht los, dass es nicht mehr lange dauern würde. Die Vorstellung war nicht so schlimm, wie sie angenommen hatte.

Ein Ende, ja, in gewisser Weise. Aber es war vielleicht auch ein Neuanfang.

Wie ihre Mutter hatte auch sie ihren Glauben. Das war vielleicht das Beste – neben viel anderem Guten –, das sie von ihr gelernt hatte: in schweren Zeiten Trost im Glauben zu finden. Nur mit der Vergebung tat sie sich schwer.

Sie empfand Wut und konnte sogar hassen. Sie hasste den Arzt, der ihr die ersten Amphetamine verschrieben hatte. Selbst wenn er es mit den besten Absichten getan hatte, er hätte es besser wissen müssen.

Erst jetzt wurde ihr bewusst, dass sie ein halbvolles Glas

Wein mit hinunter in ihre Wohnung genommen hatte. Auch gut. Immerhin war es ein guter Wein.

Und jetzt stand Weihnachten vor der Tür.

Was immer passierte, sie war froh, noch einmal Weihnachten – sicher zum letzten Mal – feiern zu können, und würde sich diese Feiertage weder von Ásta noch von der Polizei kaputtmachen lassen. Sie war fest entschlossen, diesen Heiligabend zu genießen und voll auszukosten. Hoffentlich würde es über Nacht ein wenig schneien, denn was gäbe es Schöneres, als den Tag mit einem morgendlichen Spaziergang im Schnee zu beginnen.

Sie würde ein Weihnachtsgeschenk bekommen – von Óskar, und es war ganz sicher wieder ein Buch. Beide hielten sie die alte isländische Tradition aufrecht, zu Weihnachten Bücher zu verschenken. Auch sie hatte ihm ein Buch gekauft, eine Biographie, und es in Weihnachtspapier eingeschlagen und mit einer Schleife versehen. Sie und ihr Bruder pflegten schon lange ihre festen Gewohnheiten.

Vielleicht hatte auch Reynir ihnen etwas gekauft. Soviel sie wusste, wollte er Weihnachten hier verbringen. Für ihn hatte sie ebenfalls ein Buch erstanden, die Autobiographie irgendeines Business-Gurus. Hoffentlich gefiel es ihm.

Dann wanderten ihre Gedanken zu Arnór. Hätte sie ihm auch etwas kaufen sollen? Jetzt war es zu spät dafür, außerdem hatten sie sich noch nie gegenseitig beschenkt. Aber für Arnórs Vater, Heidar, hatte sie immer etwas gehabt. Bei dem Gedanken an ihn wurde ihr ganz warm ums Herz.

Sie verstaute die Geschenke für Óskar und Reynir im Schrank ihres Zimmers, wo auch die diesjährige Ausbeute an Weihnachtskarten lag.

Sie nahm die Karten heraus, stellte das Weinglas auf dem Nachttisch ab, legte sich auf ihr schneeweiß bezogenes Bett und las jede einzelne noch einmal.

Es waren insgesamt vier Karten, alle enthielten nur kurze Grüße, aber sie hegte eine tiefe Zuneigung zu den wenigen Freunden, die sie in all den Jahren nicht vergessen hatten.

Sie setzte sich im Bett auf, legte die Karten beiseite und nippte am Wein.

Dann knipste sie die Nachttischlampe aus, legte sich zurück aufs Kopfkissen und genoss die Dunkelheit, die Einsamkeit und die vorweihnachtliche Freude, fühlte, wie die Müdigkeit sie langsam übermannte.

Als sie aufwachte, wusste sie nicht, wie spät es war. Das Atmen fiel ihr schwer, und als sie die Augen öffnete, konnte sie nichts sehen. Sie rang nach Luft, wollte sich aufsetzen, doch sie war zu schwach und vor Schock wie gelähmt.

Starb sie gerade? Kam so der Tod, passierte es auf diese Weise?

Da wurde sie sich entsetzt bewusst, dass sie nicht allein war.

Jemand drückte ihr ein Kissen aufs Gesicht.

Sie wollte um Hilfe schreien, doch das Kissen erstickte jeden Ton. Verzweifelt fing sie an, sich zu wehren, schlug mit den Armen um sich, traf etwas mit der Hand. Das Weinglas.

Sie war bereit zu sterben, hatte manchmal sogar auf den Tod gewartet. Doch jetzt, wo er sich im Eiltempo näherte, hatte sie Angst. Mehr Angst als jemals zuvor. Der Tod war nahe, doch sie wollte noch einen Tag leben. Eine Stunde. Eine Minute länger atmen und das Tageslicht sehen.

Sie wehrte sich weiter. Aber tief im Inneren wusste sie, dass es keinen Zweck hatte. Sie war schwach, konnte weder gegen das Gewicht auf ihrem Gesicht noch gegen einen Menschen etwas ausrichten, der entschlossen war, ihr Leben zu beenden.

Natürlich wusste sie, wer es war. Sie hätte es kommen sehen müssen.

Der Sauerstoffmangel zeigte langsam Wirkung. Sie würde nicht mehr lange durchhalten und beschloss, einfach aufzugeben. Warum etwas schwerer machen, als es ohnehin schon war? Ihr blieb die Hoffnung, dass etwas Besseres sie erwartete.

Sie fühlte, wie das Leben aus ihr entwich, spürte eine beißende Träne und gab sich geschlagen.

DRITTER TEIL

UNSCHULD

1. Kapitel

Als Ari Þór erwachte, war es draußen noch stockfinster. Da außerdem absolute Stille herrschte, schätzte er die Zeit auf drei oder vier Uhr morgens.

In ihrem Zimmer war es ungemütlich kühl, doch deshalb war er nicht aufgewacht. Vielmehr hatte er versucht, seinem Traum zu entfliehen und den beunruhigenden Gefühlen, die damit einhergingen. Nicht zum ersten Mal war es um seinen Vater gegangen. Vielleicht kam auch seine Mutter darin vor, doch das war unwichtig. Als er jetzt dort lag und in die Dunkelheit blickte, wusste er, dass die Einsamkeit ihn geweckt hatte; die Angst vor dem Alleinsein, die er tagsüber erfolgreich bekämpfte, die sich aber nachts zu ihm gesellte. Ohne Kristín wäre er vollkommen allein, eine Tatsache, die er sich lieber nicht zu lange vor Augen führte. Seine Eltern waren tot, wie auch seine Großeltern väterlicher- und mütterlicherseits, und er war Einzelkind. Er hatte zwar einige Cousins und Cousinen, die ihm auch immer freundlich begegneten, nette Dinge sagten und ihn bei den seltenen Begegnungen umarmten. Aber es gab nichts, was ihm zeigte, dass sie eine besondere Zuneigung für ihn hegten. Niemand wäre da, wenn er Trost bräuchte, niemand würde ihn im Krankenhaus besuchen, wenn er verletzt wäre, es gab keine Familie, die ihn finanziell unterstützen würde, wenn er Geldprobleme hätte. Weit und breit war niemand, den er um Hilfe bitten konnte.

Niemand außer Kristín natürlich. Aber ihre Beziehung war ein Pulverfass, das wusste er nur zu gut. Sie kannten sich zwar schon lange, aber wenn man die Tage, Wochen und Monate zusammenzählte, die sie tatsächlich miteinander verbracht hatten, kam nicht viel zusammen. Gleichwohl kannte sie ihn besser als alle anderen, und er konnte es sich nicht leisten, sie zu verlieren.

Sie schlief tief und fest neben ihm. Er betrachtete sie. Sie war sehr schön, und die Schwangerschaft hatte sie in seinen Augen nur noch schöner gemacht.

Er musste aufstehen, sich strecken und Wasser trinken. Wenn er sich nicht bewegte, würde er nicht wieder einschlafen – und angesichts des langen Tages, der vor ihm lag, brauchte er einen guten Schlaf.

Er ging auf leisen Sohlen ins Bad, drehte den Wasserhahn auf und trank ein paar Schluck Wasser. Als er mitten in einem schneereichen Winter nach Siglufjörður gezogen und alles neu war, hatte er auch Schlafprobleme gehabt, aber seither nicht mehr. Diesmal gab es keine eindeutige Erklärung – war es das kalte, unvertraute Zimmer, der Druck der Ermittlungen oder einfach nur die Anspannung wegen der bevorstehenden Vaterschaft?

Er drehte den Wasserhahn zu, die Heizung ein wenig höher und kroch zurück ins Bett. Da er dennoch eine Weile brauchte, um einzuschlafen, fragte er sich erneut, was ihn umtrieb, doch er fand auch jetzt keine Antwort.

Ein Telefon klingelte. Zuerst glaubte Ari Þór, dass er das nur geträumt hatte, doch als Kristín sich neben ihm regte, wurde ihm klar, dass wirklich jemand anrief. Er nahm das Gespräch schnell an, wobei er die Zeit auf dem Display checkte: acht Uhr dreißig.

Dass Tómas am anderen Ende war, überraschte wenig. »Guten Morgen, mein Junge«, begrüßte er ihn. Ari Þór spürte sofort, dass etwas nicht stimmte, denn seine Stimme klang hart, und er rang hörbar um Luft.

»Es geht um Thóra«, sagte Tómas ohne Umschweife. »Sie ist tot.«

»Tot?« Ari Þór rieb sich den Schlaf aus den Augen und versuchte, die Nachricht zu verarbeiten.

»Ja, verdammt.«

»Ihre Krankheit?«

»Das hoffe ich, aber sicher ist es nicht. Ihr Bruder hat sie heute Morgen gefunden. Sie steht immer zwischen sechs und sieben Uhr auf, er hat wie gewöhnlich das Frühstück gemacht und an ihre Tür geklopft, doch sie hat nicht geantwortet.«

»Irgendwelche Flecken am Körper?«

»Soviel ich weiß, nicht. Ein Arzt ist unterwegs. Gut möglich, dass er inzwischen dort eingetroffen ist. Sie ist anscheinend in der Nacht gestorben und lag noch im Bett. Unter diesen Umständen und solange wir nichts Gegenteiliges wissen, müssen wir davon ausgehen, dass sie keines natürlichen Todes gestorben ist. Wir müssen übervorsichtig sein, das ist eine wirklich heikle Sache. Ich musste meinen Chef anrufen …« Er hielt inne, seufzte. »Jetzt wollen sie mir noch jemanden schicken – jemanden mit mehr Erfahrung als du. Ich hab gesagt, das kommt gar nicht in Frage und dass wir klarkommen. Wir stehen also unter enormem Druck, das ist ja wohl klar.«

Ari Þór murmelte Zustimmung und drehte das Duschwasser auf.

»Wir müssen der Sache schnell auf den Grund gehen. Es ist nur eine Frage der Zeit, bis die Presse uns auf die Pelle rückt – innerhalb weniger Tage zwei suspekte Todesfälle im gleichen Haus. Meine Direktive ist klar: Wir müssen jemanden verhaften.«

»Unbedingt«, stimmte Ari Þór schlaftrunken zu.

»Also leg einen Zahn zu. Wir treffen uns unten in der Lobby. Ich klingele Hanna und Mummi auch raus.«

»Fünfzehn Minuten«, sagte Ari Þór.

»Ich geb dir fünf«, erwiderte Tómas gereizt und legte auf.

Ari Þór ging zurück ins Zimmer zu Kristín. »Ich muss mich beeilen, Schatz«, sagte er.

»In Ordnung«, sagte sie und setzte sich auf. »Wir sehen uns heute Nachmittag.«

»Ich fürchte, das kann ich nicht mehr garantieren«, sagte er zögernd. »In der Nacht hat es einen neuen Todesfall gegeben: Die Frau, die im Souterrain gewohnt hat, ist im Schlaf gestorben – oder sie wurde ermordet, es …«

»Wir werden also Weihnachten hier sein.«

»Warten wir's ab. Der Plan ist immer noch, heute Abend nach Hause zu fahren, mal sehen, wie die Dinge sich entwickeln«, sagte er lächelnd.

»Ich glaube, wir beide wissen, dass die Chancen dafür gering sind. Ich fahre nachher nach Sauðárkrókur, und dann gucken wir mal, ob der Hotelmanager uns für heute Abend ein Weihnachtsessen zaubern kann.«

Auf der Fahrt nach Kálfshamarsvík fiel Schnee, der die Landschaft in eine wunderschöne weiße Decke hüllte und ihr einen angemessen weihnachtlichen Anstrich verlieh. Ari Þór hatte das Gefühl, in ein faszinierendes Postkartenmotiv hineinzufahren oder aber in die absolute Leere, denn außer ein paar Farmen und natürlich dem Haus auf der Landspitze gab es hier nichts. Hinter Skagaströnd lag kein weiterer Ort, hier war nur noch verschneite Natur.

Aus dem Radio im Polizeiauto erklang Musik, unterbrochen von Telefoninterviews mit Isländern, die im Ausland lebten und die dortigen Weihnachtsbräuche mit den hiesigen verglichen. Niemand kam auf den Gedanken, zwei Polizisten zu interviewen, die jetzt davon ausgehen mussten, Heiligabend in einem Hotel zu verbringen.

Als Ari Þór und Tómas im Haus auf der Landzunge eintrafen, kam der junge Polizist, der in der Nacht den Leuchtturm bewacht hatte, gleich auf sie zu.

»Ich habe nichts gesehen«, sagte er sofort, offensichtlich erschöpft und die Stimme angestrengt und nervös.

»Nur keine unnötige Aufregung«, sagte Tómas, scheinbar die Ruhe selbst. »Sie kann genauso gut eines natürlichen Todes gestorben sein. Das werden wir bald wissen. Warst du die ganze Nacht über hier beim Leuchtturm?«

»Ja. Von da kann man das Haus nicht gut sehen, und die Türen gehen auch alle in eine andere Richtung.«

»Wenn ein Fahrzeug gekommen wäre, hättest du das gehört?«, fragte Tómas.

Sie standen im leise fallenden Schnee vor dem Haus, und Ari Þór wollte fragen, ob sie die Unterhaltung nicht drinnen fortsetzen könnten, doch er traute sich nicht, sie zu unterbrechen.

Der junge Mann dachte kurz nach. »Ja, da bin ich ziemlich sicher. Aber da war nichts. Außer den Wellen haben kaum Geräusche die Stille durchbrochen.«

»Sind Reynir und Óskar beide im Haus?«, fragte Tómas.

»Ja«, sagte der Polizist zögernd. »Alle drei sind drinnen.«

»Alle drei? Wie meinst du das? Ist Arnór auch hier?«

»Ja. Soviel ich verstanden habe, hat er hier übernachtet.«

»Himmelherrgott«, murmelte Tómas. »Behalt sie im Auge und verhindere nach Möglichkeit, dass sie weiter miteinander reden, obwohl es jetzt natürlich sowieso zu spät ist. Ari Þór und ich sehen uns erst einmal im Souterrain um.«

2. Kapitel

Der Arzt aus Blönduós wartete schon in der Souterrainwohnung auf sie.

»Im Moment kann ich nur eins sicher sagen, nämlich dass sie tot ist«, stellte er trocken fest. Die Augen des hochgewachsenen Mannes mittleren Alters waren hinter dicken Brillengläsern verborgen. »Ich nehme an, ihr lasst die Obduktion von einem Spezialisten machen, der wird euch dann mehr erzählen können.«

»War sie deine Patientin?«, fragte Tómas.

»Ja. Von hier kommen alle mit ihren Gesundheitsproblemen nach Blönduós.«

»Überrascht dich ihr Tod denn? Immerhin kanntest du ihren Zustand.«

Der Arzt dachte einen Moment lang nach, nahm sich Zeit mit der Antwort. »Eigentlich wurde sie von einem Arzt in Reykjavík behandelt, das Problem war nur, dass sie keinerlei Interesse an lebensverlängernden Maßnahmen hatte. Sie wollte keinesfalls die Nebenwirkungen der Medikamente akzeptieren, die sie hätte nehmen müssen. Sie war nur ein einziges Mal bei dem Spezialisten, und auch nur, weil ich sie mehr oder weniger bekniet hatte hinzugehen. Danach habe ich ihren Zustand, so gut es ging, überwacht, aber sie ist nur selten in die Praxis gekommen. Es klingt zwar merkwürdig, aber sie hatte eine Arzt-

Phobie. Das war auch der Grund, warum sie erst zu mir kam, als ihre Krankheit schon so weit fortgeschritten war, dass es für sie keine Möglichkeit mehr gab, wieder vollständig gesund zu werden.« Er hielt inne. »Im Herbst war sie das letzte Mal bei mir«, fuhr er mit ernster Stimme fort. »Da schien sie ziemlich gut beisammen zu sein. Ich hätte ihr weitere sechs Monate gegeben, vielleicht neun. Allerdings bezweifele ich, dass ihr Tod so friedlich gewesen wäre wie jetzt. Ich will damit sagen, dass ihr Zustand sich über einen längeren Zeitraum hinweg verschlechtert hätte – sie wäre sehr krank geworden. Es sei denn, ihr Herz hätte aufgehört zu schlagen. Óskar hat mir erzählt, dass ihr gestern hier wart und alle wegen der toten jungen Frau befragt habt. Ich kann nicht ausschließen, dass der Stress ihr den Rest gegeben hat.«

»Könnte sie ermordet worden sein?«, fragte Ari Þór unverblümt.

»Ausschließen kann ich das nicht«, erwiderte der Arzt mit unverändert nüchterner Stimme und offensichtlich wenig überrascht. »Es gibt zwar keine sichtbaren Anzeichen, die dafür sprechen, und sie wurde definitiv nicht erwürgt. Wenn sie ermordet wurde, dann möglicherweise vergiftet oder erstickt.«

»Hat Óskar gesagt, er hätte die Leiche gefunden?«

Der Arzt nickte und rückte ein Stück vom Bett weg. Jetzt bemerkte Ari Þór hinter ihm den roten Fleck auf dem weißen Teppichboden, der nach verschüttetem Wein aussah.

»Sieh mal«, sagte er zu Tómas und zeigte hin. »Rotwein?«

Der Arzt hustete. »Ich mache mich dann mal auf den Weg.«

Tómas dankte ihm, dass er gekommen war, und wandte sich wieder Ari Þór zu. »Auf dem Nachttisch steht kein Glas. Ich sehe mal in der Küche nach«, sagte er.

Kurz darauf kam er zurück. »Neben der Spüle steht ein leeres Weinglas, wahrscheinlich hat sie es selbst da hingestellt. Hanna und Mummi sind auf dem Weg hierher, sie können sich darum kümmern. Aber es könnte ein Hinweis auf eine nächtliche Auseinandersetzung sein.«

»Oder sie war bloß ungeschickt«, sagte Ari Þór, obwohl er das bezweifelte. Etwas an dem Fleck störte ihn, irgendetwas daran sagte ihm, dass sie ermordet worden war, obwohl er nicht sagen konnte, wie er zu dieser Schlussfolgerung kam.

»Woran denkst du?«, fragte Tómas, als hätte er Aris Gedanken gelesen.

»Irgendetwas geht hier im Haus vor sich, dem wir noch nicht auf die Schliche gekommen sind. Als ob etwas unter der Oberfläche lauert.«

»Wir lassen erst mal Hanna und Mummi ihre Arbeit machen, und dann sehen wir uns ihre Hinterlassenschaft an – Dokumente und solche Sachen. Aber zuerst reden wir mit Óskar.«

Wieder benutzten sie Reynirs Büro als provisorischen Verhörraum, ermittelten jetzt in einem Fall, der von Stunde zu Stunde komplexer wurde. Óskar saß auf demselben Stuhl wie am Vortag, trug denselben Rollkragenpullover. Seine Hände zitterten, und er schien über Nacht um Jahre gealtert. Ari Þór war sicher, dass er geweint hatte, was ihn überraschte. Bei den meisten Menschen hätte er das für normal gehalten, aber bei diesem starken, verschlossenen Mann alten Schlags hätte er das nicht erwartet. Ari Þór fragte sich, ob er ihn vielleicht falsch eingeschätzt hatte.

Im Büro war es warm, denn die Heizung war voll aufgedreht. Die Vorhänge waren zwar offen, aber den Horizont konnte man nicht mehr sehen, weil es plötzlich stark zu schneien angefangen hatte – draußen war es jetzt so weiß an diesem Morgen des Heiligabends, dass der reflektierende Schnee den Raum erhellte.

»Herzliches Beileid«, wünschte Tómas aufrichtig. »Aber du verstehst sicher, dass wir dir einige Fragen stellen müssen.«

»Ja«, erwiderte Óskar stockend, als würde seine Stimme gleich zerbröseln. »Das verstehe ich.« Er atmete tief ein, griff in die Hosentasche, holte ein Taschentuch heraus und putzte sich die Nase. »Tut mir leid, ich hab das immer noch nicht begriffen. Es war zu plötzlich. Sie war zwar krank, aber in letzter Zeit schien es ihr ziemlich gut zu gehen. Ich war sicher, dass sie noch ein paar Monate zu leben hatte, vielleicht ein Jahr – oder sogar zwei. Ich hätte nie gedacht, dass es so schnell passiert.«

Ari Þór fing Tómas' Blick auf, der besagte, er könne sich ruhig auf gefährlicheres Terrain begeben.

»Ist es denkbar, dass die Krankheit nicht die Todesursache war?«, fragte er vorsichtig.

»Wie meinst du das?« Óskar sprach langsam, als hätte er Aris Andeutung nicht gleich verstanden.

»Es gibt Anzeichen, dass Ásta vielleicht ermordet wurde –«, begann Ari Þór, aber Óskar unterbrach ihn.

»Ist das sicher?«, fragte er erstaunt.

»Im Moment ist es zumindest eine Möglichkeit«, sagte Ari Þór. »Und angesichts der ungeklärten Todesursache Ástas verstehst du sicher, dass wir alle Möglichkeiten in Betracht ziehen müssen, wenn so kurz danach noch jemand sein Leben verliert.«

»Was?«, sagte Óskar. »Ihr glaubt doch nicht, dass jemand meine Schwester umgebracht hat?«

»Ausschließen können wir es nicht.«

»Wir haben auch Hinweise auf eine eventuelle Auseinandersetzung gefunden«, sagte Ari Þór, allerdings unsicher, ob er zu viele Einzelheiten preisgab. Doch da Tómas sich nicht einschaltete, schien es okay zu sein.

»Eine Auseinandersetzung?«, wiederholte Óskar.

»Hättest du das hier unten in der Wohnung denn mitbekommen?«, fragte Ari Þór.

Óskar dachte kurz nach. »Eher nicht. Unsere Schlafzimmer liegen am entgegengesetzten Ende des Souterrains, und nachts haben wir immer die Türen geschlossen. Eine alte Gewohnheit. Vielleicht sagt das auch etwas über uns. Aber wenn man die Wohnung mit jemand anderem als dem Ehepartner teilt, wird das Schlafzimmer zum Zufluchtsort. Das war früher auch so, als wir noch in der Wohnung oben gelebt haben.«

Ari Þór beschloss, die Gelegenheit zu nutzen, ein paar Fragen zu stellen, die ihm seit gestern durch den Kopf gingen und auf die er gern ein paar Antworten hätte.

»War das eigentlich normal damals … dass die Angestellten mit dem Besitzer in einem Haus wohnten?«

»Ich bin nicht sicher, ob das noch irgendwo anders so war, auch damals nicht, deshalb überrascht mich die Frage nicht«, sagte Óskar. »Üblicherweise lag die Hauptwohnung auf zwei Etagen. Zu der Zeit waren die Zimmer des Besitzers im oberen Stockwerk. Reynirs Großvater hat nicht das ganze Jahr über hier gewohnt. Thóra, unsere Mutter und ich waren anfangs in der Dachwohnung, aber als dann Kári mit seiner Familie kam, haben wir die Zimmer im Erdgeschoss bekommen. Da ist auch die Küche, es war also praktisch, weil Thóra ja für alle kochte. Damals hat Reynir im Souterrain gewohnt, sonst hätten wir bestimmt dahin gemusst. Als Reynirs Vater anfing, Pferde zu züchten, war ich für das ganze Drumherum zuständig. Aber jetzt kümmert Arnór sich darum.« Er hielt inne, atmete tief durch. »Das Zusammenwohnen – wenn man es so nennen kann – war jedenfalls in Ordnung. Wir waren ein bisschen wie eine Familie. Genau genommen, war es die einzige Familie, die Thóra und ich je hatten, und ich war damit zufrieden. Ich brauche nicht viel und liebe diesen Ort. Früher oder später werde ich hier sterben. Thóra hätte wohl gern ein anderes Leben gelebt, aber das hat ja nicht funktioniert.«

»Falls ihr jemand etwas angetan hat«, fragte Ari Þór vorsichtig, »wie wäre die Person denn in die Souterrainwohnung gelangt?«

»Die Eingangstüren zum Haus sind selten abgeschlossen«, sagte Óskar. »Und die Treppe von hier führt hinunter ins Souterrain. Zwischen den Stockwerken sind keine Schlösser an den Türen … du willst damit aber nicht sagen, dass Reynir oder Arnór in der Nacht nach unten geschlichen sind, um …«

»Das ist natürlich eine Möglichkeit, aber nicht die einzige«, sagte Ari Þór.

Óskar schien die Andeutung nicht zu verstehen.

»Warum glaubst du, dass Ásta ermordet wurde?«, fragte er plötzlich.

Jetzt ergriff Tómas das Wort. »Dazu können wir im Moment nichts sagen.«

Óskar sah aus dem Fenster, und instinktiv folgte Ari Þór seinem Blick. Er sah, dass der Schnee noch immer fiel, aber nicht mehr so stark wie noch einen Moment zuvor. Wären die Umstände nicht so tragisch, könnte man Weihnachten an so einem herrlichen Ort durchaus genießen – in diesem schönen Haus auf einer idyllischen Landzunge, mit dem beeindruckenden Leuchtturm und den Basaltsäulen, untermalt von sanftem Schneefall. Hier, am Ende der Welt und weit entfernt vom nächsten Dorf, waren sie der Natur mit all ihrer atemberaubenden Wildheit ganz nahe, gleichzeitig aber auch in einem warmen, gemütlichen Heim. Was für ein wunderbarer Ort es doch für einen Weihnachtsurlaub mit Kristín sein könnte.

»Ich habe einen Brief von ihr bekommen«, sagte Óskar beinahe flüsternd. »Vielleicht hätte ich das schon gestern erzählen sollen.«

»Einen Brief? Von Ásta?«, fragte Tómas mit schneidender Stimme. »Wann?«

»Ist eine Ewigkeit her, fast zwanzig Jahre«, sagte Óskar. »Aber ich habe ihn aufgehoben. Ich war aus irgendeinem Grund in Reykjavík und wollte bei der Gelegenheit auch Kári, ihren Vater, im Krankenhaus besuchen. Seit er Kálfshamarsvík verlassen hatte, gab es keinen Kontakt mehr zu ihm, und zu der Zeit war er schon krank. Ich weiß nicht, wie seine Krankheit hieß, zuerst hatte er nur eine Art Nervenzusammenbruch, aber später war er ganz in seiner eigenen Welt. Der arme Mann hatte schlimme Schicksalsschläge erlitten. Ich fand heraus, wo er war, und hab ihn an einem Sonntagnachmittag besucht. Er war zwar in der Psychiatrie, aber keine Gefahr für andere und durfte Besuch empfangen. Doch die Begegnung war ein Schock für mich. Er kam mir vor, als wäre er ganz weit weg, ich hab ihn kaum wiedererkannt. Und was er sagte, machte keinen Sinn. Wahrscheinlich hatten sie ihm Beruhigungsmittel gegeben. Ich hab versucht, über alte Zeiten mit ihm zu reden, aber der Blick in seinen Augen war total leer. Er hatte zwar ein eigenes Zimmer, und es war ein sonniger und wirklich schöner Tag, aber trotzdem war der Ort grau und bedrückend. Jedenfalls in meiner Erinnerung. Auf seinem Nachttisch stand ein Foto von seiner Frau und den Töchtern. Und jetzt sind sie alle tot.«

»Ásta war zu der Zeit doch auch in Reykjavík, oder? Das muss doch irgendwie tröstlich für beide gewesen sein«, sagte Ari Þór.

»Sollte man meinen«, antwortete Óskar. »Aber die Krankenpfleger haben sich echt gefreut, dass Kári auch einmal Besuch bekam, weil er schon lange keinen mehr gehabt hatte. Da habe ich gefragt, ob denn seine Tochter nicht regelmäßig käme, aber sie sagten, sie sei nur ein einziges Mal da gewesen, und dann auch nur ganz kurz.«

»Schwer zu glauben«, sagte Ari Þór fast zu sich selbst. War das Bild, das er sich von der Toten gemacht hatte, wirklich so falsch? »Und Ásta hat dir geschrieben, hast du gesagt.«

»Richtig. Aber ich hatte ihr zuerst geschrieben, gleich nachdem ich wieder zu Hause war. Irgendwie fand ich es nicht richtig, sie in Reykjavík zu besuchen. Ihre Tante hatte sie bei sich aufgenommen, und ich wollte nicht einfach auftauchen und neue Unruhe in ihr Leben bringen.«

»Warum hast du ihr denn dann geschrieben?«, fragte Ari Þór.

»Na ja, hauptsächlich wollte ich wissen, wie es ihr geht, aber sie auch ermutigen, ihren Vater zu besuchen. Aber genau weiß ich natürlich nicht mehr, was drin stand.«

»Und was hat sie geantwortet?«

»Nichts Besonderes. Ich kann ihn holen, dann könnt ihr ihn selbst lesen.«

Tómas stand auf. »Ja, gut, aber ich komme mit. Wir müssen aufpassen, dass wir unseren Forensikern nicht in die Quere kommen.«

Tómas ließ die Bürotür angelehnt. Arnór und Reynir saßen im Zimmer nebenan und warteten darauf, hereingerufen zu werden. Sie unterhielten sich nicht, und Ari Þór hatte das Gefühl, dass die Hauptsprache in diesem alten Haus Schweigen war.

Während er wartete, wanderten seine Gedanken zu Kristín, die zweifellos gerade auf dem Weg nach Sauðárkrókur war. Ihre Sturheit war unschlagbar, ein Charakterzug, den die Schwangerschaft ganz bestimmt nicht abgemildert hatte. Er hätte sie gern angerufen, wollte sie aber beim Fahren nicht stören.

Es dauerte nicht lange, und Tómas kam zurück. »Ins Souterrain kommt man wirklich leicht«, ließ er Ari Þór mit gedämpfter Stimme wissen. »Die Wohnungstür hat kein Schloss, genau wie Óskar gesagt hat. Letzte Nacht könnte also jeder von ihnen unbemerkt in Thóras Zimmer geschlichen sein.«

Kurz nach Tómas humpelte Óskar auf den Stock gestützt zurück ins Zimmer. »Hier ist der Brief, wahrscheinlich hab ich ihn nur aus sentimentalen Gründen aufgehoben.«

Tómas setzte sich mit dem Brief wieder in den Sessel hinterm Schreibtisch – den er inzwischen ganz selbstverständlich benutzte – und breitete ihn darauf so aus, dass Ari Þór, der neben ihm saß, mitlesen konnte. Die Buchstaben auf dem mit rotem Kugelschreiber beschriebenen linierten Papier – wahrscheinlich aus einem Schulheft gerissen – neigten sich alle etwas nach rechts und wirkten so akkurat, dass sie an die Schrift eines Schulkindes erinnerten, das noch nicht aufgegeben hatte, ordentlich zu schreiben.

Lieber Óskar,
danke für Deinen Brief.
Ich fände es schön, Dich einmal zu besuchen und vielleicht sogar von der Bucht aus übers Meer zu blicken. Ich hoffe, dass Reynir sein Boot fertig bekommen hat. Aber jetzt bin ich hier in Reykjavík und glaube nicht, dass man mir erlaubt, dich zu sehen. Ich mag meine Tante nicht, und sie mag mich auch nicht, deshalb darf ich bestimmt keine Ferien machen. Sie will mich aufs College schicken, weil mein Vater sie darum gebeten hat. Ich weiß nicht, ob ich gehen will oder nicht. Aber ich werde so früh wie möglich arbeiten, denn das will ich wirklich.
Sie hat mich einmal mit zu Dad genommen. Aber noch einmal besuche ich ihn nicht.
Sag allen Hallo von mir und dass ich hoffe, es geht allen gut. Schreib mir bitte nicht noch einmal. Ich weiß nicht, was ich zurückschreiben soll.
Ásta

Als Ari Þór den Brief zu Ende gelesen hatte, sah er Óskar an.

»Merkwürdig, oder?«, sagte der alte Mann. »Sie war zwölf oder dreizehn, als sie das geschrieben hat. Danach habe ich nie wieder etwas von ihr gehört, bis sie dann vor Weihnachten hier aufgekreuzt ist.«

»Können wir den Brief so lange behalten, bis wir eine Kopie gemacht haben?«, fragte Ari Þór. »Du kriegst ihn ganz bestimmt zurück.«

»Ja, okay, warum nicht«, sagte Óskar sichtlich zögernd. Er schien an dem Brief zu hängen.

»Wenn deine Schwester …«, sagte Ari Þór, hielt aber inne,

bevor er von neuem begann. »Wenn deine Schwester keines natürlichen Todes gestorben ist, fällt dir da irgendwer ein, der ihr ein Leid zufügen wollte?«

»Und warum gerade jetzt?«, fügte Tómas hinzu. »Mitten in einer Ermittlung, wo die Polizei vor Ort ist. Ein Officer hat sogar die Nacht über den Leuchtturm bewacht. Ist irgendetwas passiert, nachdem wir gegangen sind?«

Óskar nahm sich Zeit mit der Antwort. »Wir haben alle zusammengesessen und uns unterhalten, mehr nicht«, sagte er schließlich.

»Alle?«

»Reynir, Thóra und ich. Und dann tauchte Arnór auf, weil er nicht schlafen konnte, wie er sagte, was verständlich war. Er wirkte ziemlich aufgewühlt, weil er Ásta den Schlüssel zum Leuchtturm gegeben hatte und der nun weg war.«

»Worüber habt ihr denn gesprochen?«, fragte Ari Þór. »Hat Thóra irgendetwas Bedeutsames gesagt?«

Óskar überlegte. »Ja, das hat sie, wo du jetzt danach fragst. Sie hat mich daran erinnert, dass wir in der Nacht von Sæunns Tod nicht die Einzigen hier im Haus waren.«

»Ist das nicht offensichtlich? Sæunns Mann und ihre Töchter waren natürlich auch hier.« Ari Þór konnte seine Verärgerung nicht verbergen; er hatte keine Lust, unnötig Zeit zu verschwenden, und hoffte noch immer, mit Kristín heute Abend zu Hause zu sein, obwohl das zunehmend unwahrscheinlicher wurde.

»Die hat sie natürlich nicht gemeint«, sagte Óskar mit tonloser Stimme.

Ari Þór warf Tómas einen Blick zu. »Und wen dann?«, fragte er genervt. »Ist es jemand, von dem wir noch nichts wissen?«

»Wir untersuchen nicht Sæunns Tod«, fügte Tómas ruhig hinzu. »Aber wenn du weißt, wer es war, ist das vielleicht hilfreich. Es könnte wichtig sein.«

Óskar sagte nichts, doch Ari Þór bemerkte, dass seine Hände noch stärker zitterten als zuvor.

»Sicher bin ich nicht«, sagte Óskar schließlich, »aber ich könnte raten.« Er sprach leise, als wollte er das Vertrauen seiner Schwester nicht missbrauchen.

Tómas und Ari Þór warteten.

»Ich vermute, dass es Heidar war«, sagte Óskar und stieß einen Seufzer aus.

»Heidar?« Ari Þór wusste im ersten Moment nicht, wen Óskar meinte. »Sprichst du von Arnórs Vater?«

»Ja.«

»Und warum war der mitten in der Nacht hier?«, fragte Tómas.

»Das könnt ihr euch vielleicht selbst denken«, erwiderte Óskar.

»Waren er und Thóra … zusammen?«, fragte Ari Þór.

»Zusammen? Nein, nichts in der Richtung. Heidar war verheiratet. Aber sie haben sich gut verstanden. Wenn er Gelegenheit hatte, kam er öfter spätabends hierher. Das heißt, natürlich nur wenn seine Frau nicht zu Hause war und es nicht zu viele Leute mitbekamen.«

»Dann hat er seine Frau betrogen?«, fragte Tómas offensichtlich überrascht. Ari Þór wusste, dass Tómas so etwas nie machen würde.

»Der Apfel fällt nicht weit vom Stamm«, erwiderte Óskar kühl.

»Und das heißt?«, fragte Tómas.

»Wie der Vater so der Sohn.«

»Woher weißt du das?«, bohrte Tómas weiter.

»Hörensagen – Klatsch, um genauer zu sein. Und seine Ehe mit Thórhalla scheint ja nicht die glücklichste zu sein. Vielleicht war sie das ja irgendwann einmal, aber jetzt sicher nicht mehr. Und da sie keine Kinder haben, bleiben sie nur wegen des Geldes zusammen.«

»Wessen Geld?«

»Thórhallas. Heidar war ein guter Bauer, aber mit Geld konnte er nicht umgehen, und Arnór hätte fast seine Farm verloren. Er hat Glück gehabt, dass er eine Frau aus einer wohlhabenden Familie geheiratet und auch ein paar gute Investitionen gemacht hat. Jetzt planen sie, Hütten zu bauen und im Sommer Touristen mit Reiten und anderen Freizeitangeboten anzulocken. Arnór hat sogar erzählt, er will Ausflüge entlang der Geisterpfade hier in der Umgebung machen – in Verbindung mit den Geistergeschichten, von denen Reynir euch erzählt hat. Das ist natürlich Stuss, aber wenn die Zeiten hart sind, versuchen die Leute, mit allem Geld zu machen.«

»Glaubst du, Heidar hatte etwas mit Sæunns Tod zu tun? Dass deine Schwester darauf angespielt hat?«, fragte Tómas.

»Kann ich mir eigentlich nicht vorstellen«, erwiderte Óskar. »Aber man weiß ja nie ...«

»Wie meinst du das?«

»Thóra mochte Heidar wirklich sehr, das weiß ich. Wenn er nicht verheiratet gewesen wäre, als sie sich kennenlernten, wäre sie sicher gern seine Frau geworden. Ob ihre Liebe – von ihrer Seite kann man wohl wirklich von Liebe reden –, also, ob die erwidert wurde, weiß ich nicht. Wie ich schon sagte, eine Frau war Heidar nicht genug, zwei wahrscheinlich auch nicht.«

Er stieß einen Seufzer aus. »Meine Schwester hatte kein glückliches Leben, was ihr sicher gemerkt habt. Sie wollte immer gern studieren, aber ich hab ja schon erzählt, dass ihr Traum ein plötzliches Ende fand. Und ich bin sicher, dass sie gern eine Familie gehabt hätte, oder zumindest einen Ehemann. Als sie dann endlich den Richtigen gefunden hatte, war der schon vergeben.«

»Es war sicher nicht leicht für sie, eine Affäre mit einem verheirateten Mann zu haben«, sagte Ari Þór, der in Thóra eine ehrbare ältere Frau sah. Obwohl er keine Antwort darauf erwartete, bekam er eine.

»Thóra war tougher, als man denkt«, sagte Óskar. »Sie konnte sehr bestimmt auftreten und wusste sich zu helfen. Natürlich war es nicht einfach, in einen verheirateten Mann verliebt zu sein, aber eines kann ich dir versichern, nämlich dass sie nicht die leisesten Gewissensbisse hatte, wenn er sie ab und zu besuchte.« Er lächelte. »Falls Heidar etwas mit Sæunns Tod zu tun hatte, hätte Thóra das gewusst und es für sich behalten.«

»Und wie kommt es, dass sie ihn letzte Nacht ins Spiel brachte, wenn auch nur andeutungsweise?«, fragte Tómas.

»Sie verträgt nicht viel und war ein bisschen beschwipst«, sagte Óskar und lächelte wieder. »Ich glaube, sie wollte einfach ein bisschen mit dem Feuer spielen und neugierig machen oder ein paar Zweifel säen. Jedenfalls hat sie deutlich zu verstehen gegeben, dass sie Sæunns Tod ziemlich mysteriös fand, aber alles vertuscht worden sei, um mit Reynirs Familie keinen Ärger zu bekommen.« Óskars Stimme wurde hart. »Ihr wisst ja so gut wie ich, dass sein Vater ein wohlhabender und einflussreicher Mann war, der auch grausam sein konnte … und er unterhielt gute Beziehungen zu Politikern. Er konnte locker mit der

Tatsache leben, dass auf seinem Land eine Frau Selbstmord verübt hat oder einen tödlichen Unfall hatte, aber eine Mordermittlung hätte er nie geduldet.«

»Wurde letzte Nacht noch über irgendetwas gesprochen, von dem wir wissen sollten?«, fragte Tómas mit Blick auf die Uhr.

Die Zeit arbeitete gegen sie, und Ari Þór wusste genau, was Tómas dachte, nämlich dass alle Aussagen schnellstens aufgenommen und so große Fortschritte wie möglich gemacht werden mussten, solange Heiligabend noch nicht vorbei war. Sowie Weihnachten begann, würden die Ermittlungen ins Stocken geraten, das ließ sich gar nicht vermeiden. Jegliche Unterstützung aus Reykjavík würde auf ein Minimum reduziert, und sie könnten ihre Untersuchung wahrscheinlich erst zwei oder drei Tage nach den Feiertagen wiederaufnehmen.

»Ja und nein«, erwiderte Óskar sofort, wollte sich offensichtlich etwas von der Seele reden. »Aus heiterem Himmel hat sie plötzlich eine Sara erwähnt.«

»Sara? Wer soll das denn sein?«, wollte Tómas wissen.

Óskar schwieg eine Weile, dann sagte er: »Ich bin nicht sicher, wen sie meinte ...«

»Wer ist diese Sara?«, fragte Tómas barsch, mit der Geduld am Ende. »Mach schon, raus mit der Sprache.«

Sichtlich geschockt von Tómas' aggressivem Ton, stieß Óskar hervor: »Vermutlich meinte sie das Mädchen, das den Sommer über hier war, aber das ist schon lange her.«

»Wann war das?«, fragte Ari Þór.

»Genau weiß ich es nicht mehr. Es gab mehrere Jugendliche, die den Sommer hier verbracht haben. Das war Thóras Ressort.«

»War das zur gleichen Zeit, als Ásta hier wohnte?«

»Nein, erst nachdem Ásta und Kári weggezogen waren. Ein paar Jahre lang hatten wir im Sommer Jugendliche hier, meist zwei oder drei. Der Staat unterstützte ihren Aufenthalt finanziell, und Thóras und mein Lohn wurde davon bezahlt. Aber ich erinnere mich nicht mehr, wer hier war und zu welcher Zeit«, sagte er sichtlich nervös.

»Ist etwas Ungewöhnliches vorgefallen, als diese Sara hier war? Hat sie sich aus irgendeinem Grund von den anderen unterschieden?«

»An so etwas kann ich mich nicht erinnern, aber ich hatte mit den Kindern auch nichts zu tun. Ich hatte das Gefühl, dass ich mir durch die Freundschaft mit Ásta schon einmal die Finger verbrannt hatte.« Er hielt inne, bevor er fortfuhr. »Ich mochte das Mädchen, und es hat mich ziemlich getroffen, als sie nach Reykjavík gezogen ist.«

Ari Þór empfand ein wenig Mitleid für Óskar, wollte aber nicht über Ásta, sondern weiter über Sara sprechen.

»Wie alt war diese Sara?«

»Sie waren alle etwa im gleichen Alter – acht bis zwölf oder so. Ich erinnere mich an kaum mehr als ihren Namen. Gesichter vergesse ich zwar, aber Namen weiß ich noch«, sagte er. »Besonders in letzter Zeit«, fügte er hinzu.

»Erinnerst du dich noch an ihren Nachnamen?«, fragte Tómas.

»Keine Chance. Und es ist auch gut möglich, dass Thóra eine andere Sara gemeint hat.«

Tómas stand auf. »Wir überprüfen das. Danke für die Information. Du bist doch heute den ganzen Tag hier, oder?«

»Ja, sicher. Um sechs Uhr gehe ich wie immer an Heiligabend in die Kirche, aber die ist nicht weit von hier. Thóra und ich sind immer zusammen hingegangen«, sagte er voller Bedauern. »Reynir meinte, er kommt vielleicht mit.«

Tómas nickte. »Wir müssen sicher noch einmal mit dir sprechen.«

Óskar hatte sich schon erhoben, als Ari Þór der Weinfleck einfiel – irgendetwas daran störte ihn, seit er ihn entdeckt hatte.

»Du hast gesagt, Thóra sei gestern Nacht beschwipst gewesen, richtig?«

»Ja, das stimmt.«

»Was hat sie denn getrunken?«

»Rotwein.«

»Hat sie ihr Glas mit nach unten genommen, als sie zu Bett ging?«

»Schon möglich, ja«, sagte Óskar, versuchte, sich zu erinnern. »Sie ist eine Weile vor uns anderen gegangen, deshalb weiß ich es nicht mehr so genau.«

»Noch eine Frage«, sagte Ari Þór. »Wenn sie Rotwein verschüttet hätte auf ihrem weißen Teppichboden, hätte sie den Fleck dann über Nacht einfach so gelassen?«

»Ganz bestimmt nicht. Thóra hätte sofort versucht, ihn zu entfernen. Sie hatte für alles eine Lösung. Ich erinnere mich noch, dass sie einmal einen Rotweinfleck mit Weißwein getränkt hat, so komisch das auch klingt, und es hat funktioniert. Warum fragst du danach?«

3. Kapitel

Nach der Befragung Óskars ging Ari Þór ins Nebenzimmer, um Reynir zu holen, doch er hatte kaum den Raum betreten, als Arnór auf ihn zukam.

»Müsst ihr auch mit mir sprechen?«, fragte er.

»Das müssen wir, ja.«

»Können wir das dann vielleicht gleich tun? Ich muss nämlich nach Hause … ich wollte gar nicht so lange hierbleiben. Aber dann hat Reynir uns seinen hervorragenden Whiskey angeboten, da konnte ich nicht nein sagen.«

»Dann habt ihr also bis spät in die Nacht getrunken?«

»Ja, schon. Reynir und ich waren ziemlich lange auf«, stammelte Arnór.

»Am besten, ich fahre dich nach Hause, dann können wir unterwegs reden. Außerdem hast du vielleicht noch Alkohol im Blut.«

Arnór wollte schon protestieren, änderte aber seine Meinung und setzte sich wieder. Ari Þór bat Reynir, mit ihm zu kommen.

Da Tómas im Büro gerade telefonierte, blieben sie kurz draußen vor der Tür stehen.

»Mit euch beiden vor Ort kommen wir nicht mehr zur Ruhe«, sagte Reynir scheinbar unbekümmert, aber Ari Þór entging der ernste Unterton nicht. »Seit ihr mein Büro in Beschlag genommen habt, komme ich zu nichts mehr.«

»Tatsächlich? Wolltest du denn heute arbeiten?«

»In meiner Branche hat man niemals frei. Die US-Märkte sind bis spätabends geöffnet, und ich muss dort und auf anderen Märkten meine Investments im Auge behalten«, sagte er wichtigtuerisch.

»Wir langweilen uns auch nicht gerade«, entgegnete Ari Þór.

»Übertreibt ihr nicht ein bisschen und macht aus einer Mücke einen Elefanten?«, fragte Reynir. »Eine kranke ältere Frau stirbt im Schlaf, und eine ganze Polizeitruppe rückt hier an. Fehlen nur noch die Sirenen.«

Ari Þór musste sich eingestehen, dass Reynir recht haben könnte. Trotzdem, mit Thóras Tod stimmte etwas nicht, da war er sich sicher. Wenn es ihr möglich gewesen wäre, hätte sie, laut Óskar, den Weinfleck sofort entfernt. Aber jemand hatte das Weinglas weggebracht. Warum? Um keinen Hinweis zu hinterlassen, dass ein Kampf stattgefunden hatte, was aber in der Eile nicht zu Ende gedacht worden war?

Bevor Ari Þór etwas erwidern konnte, ging die Tür auf.

»Kommt rein«, sagte Tómas mit seiner Donnerstimme.

Er sah müde aus. Dieser zweite – und hoffentlich letzte – Todesfall schien ihn ziemlich mitzunehmen.

»Hast du mit deiner Frau telefoniert?«, fragte Ari Þór freundlich, nicht weil ihn die Antwort interessierte, sondern um die düstere Stimmung zu heben.

»Nein«, erwiderte Tómas schroff, als wäre die Frage lächerlich. »Mit einem Kollegen in Reykjavík – einem aus meinem Team. Er soll herausfinden, ob irgendein Ministerium eine

Liste der Kinder führte, die damals im Sommer hier waren, weil ihr Aufenthalt ja staatlich gefördert wurde.« Er warf einen Blick auf die Uhr. »Hoffentlich erwischt er bis Mittag noch jemanden, denn danach verschwinden alle in die Weihnachtsferien. Wir stehen also ganz schön unter Zeitdruck.«

Reynir folgte interessiert ihrer Unterhaltung, was weder Ari Þór noch Tómas entging.

»Erinnerst du dich an ein Mädchen namens Sara?«, fragte Ari Þór. »Sie war einmal vor langer Zeit im Sommer hier.«

»Sara …«, wiederholte Reynir nachdenklich. »Ich weiß noch, dass Thóra ein paar Jahre lang Jugendliche hier hatte, um ihre Haushaltskasse aufzubessern. Sonst hätten wir das nicht gemacht. Aber an Namen erinnere ich mich wirklich nicht, keine Chance.« Er schenkte ihnen ein freundliches Lächeln. »Was hat sie mit dem Fall zu tun?«

Diesmal behielt Tómas die Zügel des Gesprächs in der Hand. »Thóra hat gestern ihren Namen erwähnt.«

»Tatsächlich?«, sagte Reynir.

»Ja, und Óskar erinnert sich auch an eine Sara, die in den Ferien hier war.«

»Also, ich erinnere mich jedenfalls nicht. Aber Alkohol spielt dem Gedächtnis manchmal einen Streich, und ich hatte gestern einige Drinks«, sagte Reynir aufgeräumt. »Aber ich kann mir denken, warum Óskar sich an sie erinnert.«

»Wie meinst du das?«, fragte Tómas.

»Ich habe mich manchmal gefragt, was für eine Freundschaft das zwischen ihm und Ásta war …«

»Hattest du einen Grund dazu?«, fragte Tómas.

»Keinen bestimmten. Aber ich bin sicher nicht der Einzige, der sich diese Frage schon gestellt hat.«

»Kennst du sonst noch eine Sara, die etwas mit diesem Haus hier zu tun hatte?«

Reynir überlegte. »Um ehrlich zu sein, nein, da fällt mir niemand ein.«

»Deine Mutter – wie hieß sie?«

»Emilía«, erwiderte er lapidar, als gäbe es nicht mehr über sie zu sagen.

Ari Þór kannte Tómas gut genug, um zu wissen, dass eine so kurze Antwort bei ihm weitere Fragen auslöste.

»Wann ist sie verstorben?«

»Vor langer Zeit, 1970.«

»Und dann hat Thóra zum Teil die Mutterrolle übernommen, ja?«, fragte Tómas.

»Vielleicht hab ich das so gesagt«, erwiderte Reynir. »Aber das solltest du nicht zu wörtlich nehmen. Thóra war immer gut zu mir und hat mich eine Menge übers Leben gelehrt. Sie muss ungefähr vierundzwanzig oder fünfundzwanzig gewesen sein, als meine Mutter starb. Ich war sechs und fand sie natürlich ungeheuer erwachsen.« Seine eigene Bemerkung entlockte ihm ein Lachen, das aber hohl und peinlich klang.

»Wie ist deine Mutter gestorben?«

Er atmete tief durch. »Ein Reitunfall.«

»Und sie war sofort tot?«

»Ja. Sie hat sich das Genick gebrochen.«

»Gab es irgendwelche Verdachtsmomente hinsichtlich ihres Todes? Ich meine, war der Unfall vielleicht irgendwie dubios?«, fragte Tómas.

Reynir richtete sich auf seinem Stuhl auf, beugte sich vor und sagte mit erhobener Stimme: »Ich finde, es reicht jetzt mit deinen Anspielungen. Als könnte hier bei uns niemand sterben, ohne dass es gleich verdächtig ist. Es war ein Unfall – einfach ein verdammter Unfall. Meine Mutter war eine erfahrene Reiterin, aber so etwas kann jedem passieren.«

»Und du reitest auch?«

»Ich besitze eine Menge Pferde und bin wahrscheinlich der wichtigste Züchter in der ganzen Gegend. Meine Mutter hat Pferde geliebt, und mein Vater sah darin eine Möglichkeit, Geld zu verdienen. Womit er dann auch Erfolg hatte – wie mit allem, was er tat. Aber jetzt kümmert sich Arnór um die Pferde. Ich hab ihm das übertragen, und er hat sogar angefangen, hier in der Umgebung erstklassige Reitausflüge für Touristen zu organisieren …« Beim letzten Satz schlich sich eine leichte Nervosität in seine Stimme.

»Du hast meine Frage nicht beantwortet«, bemerkte Tómas.

»Ob ich ein guter Reiter bin?« Reynir lächelte. »Nein. Ich hab seit vielen Jahren auf keinem Pferd mehr gesessen – genau genommen, seit dem Tod meiner Mutter. Um ehrlich zu sein, wäre es mir lieber gewesen, wenn mein Vater die Pferdezucht aufgegeben und die Pferde vor Jahren verkauft hätte. Die Einnahmen aus diesem Geschäft brauche ich nicht.« Jetzt war er sichtlich beunruhigt.

»Und warum verkaufst du sie dann nicht selbst? Jetzt, wo dein Vater tot ist, kannst du das doch entscheiden.«

»Das würde ich ja gern machen, aber ich will Arnór und Thórhalla nicht den Boden unter den Füßen wegziehen. Das kann ich ihnen nicht antun.«

Jetzt schaltete Ari Þór sich in das Gespräch ein. »Apropos Arnór … Du kanntest Heidar, seinen Vater, nicht wahr? Kam er euch häufig besuchen?«

»Ob er uns häufig besuchen kam?«, wiederholte Reynir.

»Wie meinst du das? Er war immer willkommen hier, genau wie Arnór, aber er hat nie für uns gearbeitet. Er hatte seine eigene Farm. Ich kannte ihn nicht besonders gut, er war eine andere Generation, wie du dir denken kannst.«

»Waren er und dein Vater Freunde?«, fragte Ari Þór weiter.

Reynir verzog verächtlich den Mund. »Mein Vater hatte kaum Freunde«, sagte er, als wäre das ein wunder Punkt. »Er war viel zu beschäftigt und hatte nur Kontakt mit Leuten, von denen er glaubte, dass sie ihm nützlich sind.«

Die nächste logische Frage wäre die nach der Beziehung zwischen Vater und Sohn gewesen, aber Ari Þór entschied sich dagegen. Er selbst hätte sie auch nicht beantworten wollen, und was diesen Fall betraf, konnte er so eine persönliche Frage kaum rechtfertigen. Außerdem wurde Reynir keinerlei Fehlverhaltens verdächtigt, jedenfalls nicht, was die gegenwärtigen Ermittlungen betraf.

»Soviel ich weiß, waren Heidar und Thóra eng befreundet«, fügte Reynir noch hinzu und riss Ari Þór aus seinen Gedanken.

»Wie eng?«, fragte Ari Þór und beobachtete genau Reynirs Reaktion.

»Wie soll ich das wissen?«, murmelte Reynir. »Ihr wisst doch vermutlich, dass Heidar verheiratet war. Na ja … aber der Apfel fällt nicht weit vom Stamm.«

Ari Þór beschloss, die Taktik zu ändern und die letzte Bemerkung unkommentiert zu lassen. »Thóra soll gestern Abend angedeutet haben, dass Sæunns Tod nur deshalb als Selbstmord durchgewunken wurde, um deinen Vater nicht zu verärgern. Siehst du das auch so?«

»Natürlich nicht!«, erwiderte Reynir wütend. »Wenn Thóra in Stimmung war, konnte sie richtig giftig werden. An dem, was sie gesagt hat, ist nichts dran. Außerdem hatte sie auch reichlich getrunken.« Er stieß einen Seufzer aus, um sich wieder zu fassen. Als er dann weitersprach, wählte er seine Worte mit größerer Sorgfalt. »Wir stehen hier alle unter Druck, wie ihr euch vorstellen könnt. Ich hab Óskar und Arnór sogar gefragt, wer von ihnen mit Ásta geschlafen hat, was zugegebenermaßen ziemlich geschmacklos von mir war.«

»Du sagst, an Thóras Worten wäre nichts dran gewesen. Hat sie irgendetwas erwähnt, woran du dich besonders erinnerst?«

»Also, wo du jetzt so fragst …«, sagte er schließlich, einen perplexen Ausdruck im Gesicht. »Sie sagte, dass jemand im Haus sich tagsüber einschließt und sie den Grund dafür nicht versteht. Ich glaube, sie meinte, dass jemand Versteck spielt, ich habe aber nicht wirklich verstanden, wovon sie redet. Aber ich war nicht gemeint. Ich ziehe mich manchmal ins Büro zurück, um zu arbeiten, aber daran ist ja nichts Suspektes. Vermutlich hat sie ihren Bruder gemeint, doch ich habe keine Ahnung, was er zu verheimlichen hat.«

Ari Þór hatte das bestimmte Gefühl, dass die Freundschaft der vier Menschen, die gestern Abend zusammengesessen und etwas getrunken hatten, nicht allzu innig war. Jeder von ihnen hatte die Gelegenheit genutzt, den Verdacht auf einen der anderen zu lenken, sowohl was die kürzlichen als auch die lange zurückliegenden Todesfälle anbelangte. Und selbst Thóra, die jetzt tot war, hatte bei diesem boshaften Spiel ihr Gift verspritzt.

4. Kapitel

Sie hatten kaum die Befragung Reynirs beendet, als Hanna kam und ihnen mitteilte, dass sie mit der Erstuntersuchung des Souterrains fertig waren und ein Krankenwagen die Leiche abtransportiert hatte. Außerdem könnten Ari Þór und Tómas sich auch den Leuchtturm ansehen, wenn sie wollten.

Ari Þór schlug Tómas vor, Arnór gemeinsam nach Hause zu fahren und ihn unterwegs zu verhören. Tómas war einverstanden, wollte sich aber zuerst noch den Leuchtturm ansehen. Dass er noch länger warten musste, gefiel Arnór ganz und gar nicht, und er drohte, sich zu Fuß auf den Weg zu machen.

»Mach, was du willst, du bist ein freier Mann«, sagte Tómas. »Wir verstehen, dass du einiges zu erledigen hast.« Die Worte klagen nachsichtig, doch Ari Þór wusste, dass Tómas eine klare Aussage damit verband: Ein Mann, der nichts zu verbergen hatte, würde nicht so eilig von hier wegkommen wollen.

Arnór stieß einen missmutigen Laut aus und blieb, wo er war.

Im Moment fiel kein Schnee mehr, aber der Himmel war noch stark bewölkt und die Wahrscheinlichkeit für weiteren Schneefall groß. Óskar bot an, sie zum Leuchtturm zu führen und ihnen auf dem Weg dorthin das berüchtigte Kliff zu zeigen. Tómas akzeptierte dankbar, sagte aber gleich, dass nur er und Ari Þór in den Leuchtturm hineingehen würden.

»Kein Problem«, sagte Óskar. »Ich habe ihn öfter von innen gesehen, als du dir vorstellen kannst, und keinen Grund, da jetzt reinzugehen. Und mit meinem schlimmen Knie komme ich sowieso nicht die Treppe hoch.«

Sie folgten ihm hinaus in die bittere Kälte und nahmen den Pfad, der um das Haus führte.

»Wie ihr jetzt deutlich sehen könnt, steht das Haus mitten auf der Landspitze in einer Mulde. Den Leuchtturm kann man von uns aus sehen, die Klippen aber nicht, die sind nur vom Dachfenster aus sichtbar«, sagte Óskar und hinkte den Hang hinauf, gefolgt von den beiden Polizisten. Hinter dem Haus war ein kleiner Garten, gesäumt von verkrüppelten Bäumen, die robust genug waren, den Stürmen hier standzuhalten.

»Du kümmerst dich um den Garten, oder?«, fragte Ari Þór Óskar.

»Ich? Nein, Thóra … war die Gärtnerin in der Familie«, brachte er mit brüchiger Stimme mühevoll hervor. »Den wird wohl niemand mehr pflegen, wo sie jetzt nicht mehr bei uns ist …«

Als wolle er schnell das Thema wechseln, zeigte Óskar auf die Überreste eines alten Gebäudes hinter dem Garten. »Das war früher einmal die Schule, von der ich euch erzählt habe. Die Ruine ist noch am besten von der alten Siedlung erhalten, der Rest ist fast bis zur Unkenntlichkeit verfallen. Man kann sich kaum noch vorstellen, dass hier einmal so etwas wie ein Dorf gewesen ist. Von den Torfhäusern ist so gut wie nichts mehr übrig.«

Er ging langsam weiter, im Tempo eines Mannes mit einem verletzten Knie.

»Und das ist der Steilhang«, sagte Óskar, und dann kaum hörbar: »Das furchtbare Kliff.«

Ari Þór ging vorsichtig ein Stück weiter bis an den Rand. Durch den Schnee waren die Felsen zwar rutschig, doch er vertraute seinem Gleichgewichtssinn. Obwohl er schon auf höheren Klippen gestanden hatte, war dieses Kliff doch beunruhigend steil, und der Blick nach unten sowie die Vorstellung, was passierte, wenn man den Halt verlor … die scharfen Kanten des Säulenbasalts, die Felsbrocken entlang des Ufers, das dunkle Meer. Der kalte Nordwind erinnerte Ari Þór daran, wo er war – am äußersten Rand der bewohnbaren Welt.

Er dachte an Sæunn und ihre Töchter, Tinna und Ásta, und fragte sich, ob an diesem unheimlichen, aber faszinierenden Ort irgendetwas war, was er nicht verstand, das die drei aber magisch angezogen hatte. Was für ein Unsinn, dachte er dann und schüttelte den Kopf, um die irrationalen Gedanken loszuwerden und seine Vernunft walten zu lassen. Sæunns verwirrter Geist hatte sie in den Selbstmord getrieben, und dass es hier an dieser Stelle geschah, war reiner Zufall. Und dass auch Tinna und Ásta dasselbe Kliff hinabgestürzt waren, musste mit dem ersten Unglück zusammenhängen. Eine andere logische Erklärung gab es nicht, und Ari Þór war fest entschlossen, sich nur an nackte Tatsachen zu halten.

Er blickte zum Leuchtturm. Warum war Ásta hierhergekommen? War sie hier ermordet worden?

Mit wem warst du im Leuchtturm verabredet, Ásta?

Sein Blick wanderte zurück zum Meer, und er trat noch ein Stück weiter an den Rand, beugte sich vor und sah hinunter.

Und für den Bruchteil einer Sekunde, beim Anblick der Wellen unter ihm, verspürte er den irren Drang zu springen. Doch er würde ihm niemals nachgeben, das wusste er und machte einen Schritt zurück. Plötzlich rutschte er auf dem nassen Felsen aus, und sekundenlang schien es, als würde er den Boden unter den Füßen verlieren. Auf Hilfe brauchte er nicht hoffen, und so musste er seine ganze Kraft aufwenden, um nicht zu fallen.

Mit stockendem Atem und wild hämmerndem Herz ruderte er mit den Armen, um das Gleichgewicht wiederzugewinnen, und er stellte sich vor, was passieren würde, wenn er die Balance verlor. Würde er überleben?

Schließlich hatte er sich so weit zur Seite gedreht, dass er sich nach hinten fallen lassen konnte, und landete krachend auf dem Hintern.

Die Erleichterung war unbeschreiblich. Er dachte an sein ungeborenes Kind, das um ein Haar den Vater verloren hätte.

»Um Himmels willen, sei vorsichtig, junger Mann!«, hörte er Tómas mit schneidender, aber besorgter Stimme rufen.

Ari Þór stand auf. Er war unverletzt.

»Alles okay. Nichts passiert«, sagte er mit zittriger Stimme. Der Wind pfiff ihm um die Ohren, und er war sicher, in der Ferne Möwen zu hören. Er blickte sich verwirrt um, sah die Bucht von Kálfshamarsvík, bestaunte die majestätischen Basaltsäulen.

»Gehen wir zum Leuchtturm«, sagte er schließlich.

Als sie das weiß gestrichene Gebäude fast erreicht hatten, blickte er zurück. Von hier aus konnte man die zerklüfteten Klippen sehen, die ihn um ein Haar das Leben gekostet hätten.

»Vor siebzig Jahren wurde er in Betrieb genommen«, sagte Óskar. »Er ist also älter als ich, und das will etwas heißen.«

»Wirklich beeindruckend«, sagte Tómas und holte den Schlüssel aus der Tasche. »Wie hoch ist er?«

»Der Turm selbst ist ungefähr dreizehn Meter hoch, und mit dem Laternenraum an der Spitze – also da wo die Lichter selbst sind – kommen noch einmal drei Meter dazu«, antwortete Óskar. »Ich warte hier«, fügte er noch hinzu.

»Ja, bitte«, sagte Tómas und schloss die Tür auf.

Ari Þór blickte nach oben. Über dem Eingang war ein umgedrehtes Kreuz in den Stein gehauen. Er war nie religiös gewesen, und als seine Eltern starben, hatte Gott ihn endgültig verlassen. Seine Entscheidung, Theologie zu studieren – vor langer Zeit, bevor er Polizist wurde –, war wohl der Versuch gewesen, irgendeinen Glauben zu finden.

Um durch die Tür zu gehen, musste Ari Þór den Kopf einziehen, und als er sich wieder aufrichtete, fand er sich in einem höhlenartigen Raum wieder, in dem eine Wendeltreppe an der Wand entlang nach oben führte. Hier drinnen war es kälter als draußen, so viel war sicher.

Tómas schloss hinter ihnen die Tür. Ari Þór fühlte sich unbehaglich, hätte sie am liebsten gleich wieder geöffnet und wäre hinausgegangen.

»Hier wurde die arme Frau also ermordet«, sagte Tómas. Seine Stimme hallte so stark, dass Ari Þór die Ohren spitzen musste, um die Worte zu verstehen.

»Das ist noch nicht sicher«, erwiderte Ari Þór, beinahe wider besseres Wissen.

»Also für mich sieht es ganz danach aus. Von hier ist es nicht weit zur Klippe, es wäre kein Problem gewesen, eine Leiche dahin zu schleppen und sie runterzuwerfen. Und Leuchtturm und Klippe liegen mehr oder weniger außer Sichtweite des Hauses.«

»Abgesehen von der Dachwohnung.«

»Und der einzige Mensch, der da übernachtet hat, war die Tote«, bemerkte Tómas.

Das Innere des Leuchtturms war so gut wie leer. Wie die Außenseite waren die Wände weiß gestrichen, und das dicke Glas der Fensterschlitze gegenüber der Tür ließ zwar Licht herein, aber hinaussehen konnte man nicht. Neben der Treppe standen Besen und Schaufeln, an zwei Wänden befanden sich Regale, und unter den Fenstern stand eine Holzbank. Ari Þór blickte nach oben, wo es Treppenabsätze und weitere Fenster gab. Der Raum schien endlos in die Höhe zu gehen, so dass man besser nicht unter Höhenangst litt, wenn man hochsteigen wollte.

Da sich laut Hanna die Blutspritzer an der Wand unten am Treppenaufgang befanden, ging Tómas dahin.

»Wer immer Ásta ermordet hat, kam aus einem bestimmten Grund mit ihr hierher«, sagte Tómas mehr zu sich selbst als zu Ari Þór. »Die beiden stritten sich, und ohne an die Folgen zu denken, stieß er Ásta gegen die Wand.« Er hielt inne. »Das passt doch, oder?« Er sah Ari Þór an.

»Jedenfalls ist es ein mögliches Szenario, das wir nicht ausschließen können«, antwortete der mit Bedacht.

Tómas stieg ein paar Treppenstufen nach oben.

»Du gehst hoch?«, fragte Ari Þór überrascht.

»Natürlich, aber nur aus Neugier. Der Turm ist ziemlich berühmt für sein Design und wurde oft fotografiert«, sagte er und ging weiter bis zum ersten Treppenabsatz.

Ari Þór eilte hinter ihm her. Die Stufen schienen solide, aber der Handlauf war irritierend niedrig, als würde er nur zur Dekoration dienen. Ein Fehltritt konnte einen teuer zu stehen kommen.

Tómas sagte etwas, doch die Worte gingen in einem Wirrwarr aus Echos unter.

Tómas blieb stehen und sah hinunter zu Ari Þór. »Ich hab gesagt, es ist grandios hier, findest du nicht?«

Ari Þór war weniger beeindruckt, nickte aber trotzdem zustimmend. Er stieg weiter nach oben bis zum nächsten Treppenabsatz, wo Tómas aber bereits außer Sichtweite war.

Schließlich erreichte Ari Þór den dritten Treppenabsatz, wo er nicht umhinkonnte, mindestens zehn Meter tief nach unten auf den Betonboden zu blicken, mit nichts weiter als einem wenig vertrauenswürdigen Handlauf zwischen ihm und dem Tod. Ihm wurde schwindlig, er drehte sich um und blickte auf die eiskalte Wand hinter sich. Seine Stirn war mit Schweißperlen überzogen. Er hatte noch nie Höhenangst gehabt, doch das änderte sich gerade, was er dem Vorfall am Rande des Steilhangs zuschrieb.

Er stand eine Weile reglos da und versuchte, sich zu beruhigen.

Tómas' Stimme hallte von oben zu ihm herab. »Kommst du?«, glaubte er zu hören.

Ari Þór rief zurück, dass er auf dem Weg war, doch auch seine Worte würden wohl kaum in verständlicher Form oben ankommen. Er wischte sich den Schweiß von der Stirn und erklomm vorsichtig die Stufen zum nächsten Treppenabsatz, wo sich ein Stromkasten mit Sicherungen und Batterien befand und es immer noch weiter nach oben ging.

»Endlich«, sagte Tómas grinsend. »Die Treppe hier führt sicher hoch zum Laternenraum, hast du Lust, die Aussicht zu bewundern? Die Stufen hier gehen wahrscheinlich auf den Balkon, aber draußen ist es kalt und windig, da muss ich nicht unbedingt hin.«

Ohne auf eine Antwort zu warten, quetschte er sich durch die enge Einstiegsluke, durch die er nicht gepasst hätte, wäre sein Bauchumfang auch nur etwas größer gewesen. Ari Þór folgte ihm. Er hatte zwar keine Höhenangst mehr, doch in diesem Raum war ihm kaum weniger mulmig zumute, daran änderte auch die tolle Aussicht in alle Richtungen nichts. Die weite Bucht von Húnaflói, dahinter die Strände entlang der Küstenlinie und die majestätischen Berge im Landesinneren waren alle deutlich zu sehen und machten Ari Þór erneut bewusst, wie grandios diese Gegend hier war – aber auch, wie grausam die Natur sein konnte. Das Meer war gnadenlos, und die Berge waren für jeden gefährlich, der ihnen nicht die gebührende Ehrfurcht entgegenbrachte.

Auch das Haus auf der Landzunge und der gefährliche Steilhang waren gut sichtbar.

Nach wenigen Minuten verließen sie den Laternenraum wieder. Ari Þór folgte Tómas' Beispiel und ging den ersten Treppenabschnitt ebenfalls rückwärts hinunter, die Hand fest am Geländer. Als er schließlich unten ankam, atmete er erleichtert auf.

Óskar wartete tatsächlich draußen vor dem Leuchtturm, was ihn überraschte, und schien gar nicht zu merken, dass sie wieder herausgekommen waren. Er stand wie festgefroren da, den Rücken zum Leuchtturm, und starrte hinaus über die Felsen.

»Wir machen uns auf den Rückweg«, sagte Ari Þór laut.

Óskar zuckte zusammen, wandte den Kopf um und sah ihn an. Sein Gesicht war von einem solchen Kummer und Schmerz gezeichnet, dass Ari Þór erneut einen Anflug von Mitleid für den alten Mann verspürte. Am liebsten hätte er Óskar gefragt, welche Gedanken und Erinnerungen denn so eine Wirkung auf ihn hatten.

»Und, seid ihr beeindruckt? Ist doch wirklich ein imposantes Bauwerk«, sagte er mit noch immer abwesendem Blick.

»Das ist wahr«, stimmte Tómas zu.

Langsam folgten sie Óskar zurück zum Haus.

An der Tür drehte er sich zu ihnen um, das Gesicht im Dunkeln. »Falls Thóra wirklich Leid zugefügt wurde, müsst ihr versprechen, den Mistkerl zu finden«, sagte er bedächtig. »Ich kann mir zwar nicht vorstellen, dass es Reynir oder Arnór waren, beide kenne ich seit vielen Jahren. Aber wenn einer der beiden sie umgebracht hat …«

Mehr musste er nicht sagen, denn der Hass war deutlich in seinen Augen zu sehen. Dann senkte er den Blick und ging langsam ins Haus.

5. Kapitel

»Pass auf, dass du beim Wenden nicht im Teich landest«, warnte Arnór.

Er saß auf der Rückbank des Polizeiautos, ein seltsamer Ort für eine Befragung, und obendrein an Heiligabend. Aber bei diesen Ermittlungen in der entlegenen Gegend im Norden Islands schien eigentlich gar nichts normal.

»Welcher Teich?«, fragte Tómas, trat voll auf die Bremse und sah hinter sich.

Arnór zeigte in die Richtung. »Er ist im Moment zugefroren und wegen des Schnees kaum zu erkennen, aber ich glaube, du hast noch eine Menge Spielraum, bevor du drin steckst.«

Tómas schnaubte, legte den Vorwärtsgang ein und lenkte den Wegen über einen holprigen Feldweg zur Hauptstraße.

»Ich bin da mal haarscharf an einem Unglück vorbeigeschrappt«, sagte Arnór. »Ist schon lange her, ich war noch ein Kind. Das Eis brach unter mir ein, aber ich hatte Glück und wurde gerettet.«

»Von wem?«, fragte Ari Þór.

»Reynir war in der Nähe und hat meine Hilfeschreie gehört. Er war im Nu da und hat mich rausgezogen.«

»Seid ihr gute Freunde?«

»Ich und Reynir?«, fragte Arnór. Das nachfolgende Schweigen war Antwort genug. »Wir kennen uns eine Ewigkeit«, sagte er dann doch noch, »und wir kommen gut miteinander aus. Aber er ist zehn Jahre älter als ich, wir haben als Kinder nie zusammen gespielt und waren nie Freunde. Und er hatte ja auch immer noch ein Zuhause im Süden.«

Ari Þór sah über die Schulter hinweg Arnór an. Der Mann wirkte sympathisch, vertrauenswürdig und angenehm. Die beiden anderen Männer, Óskar und Reynir, hatten angedeutet, dass Arnór seine Frau betrog, aber gab es irgendwelche Beweise für das Gerücht? War Arnór wirklich derjenige, der mit Ásta geschlafen hatte?

»Warum hast du gestern Abend die anderen besucht?«, fragte Ari Þór.

»Ein Todesfall ist immer ein Schock, und dann noch in polizeiliche Ermittlungen verwickelt zu sein hat mir nicht gerade gutgetan. Ich bin zu den anderen rübergegangen, weil ich dachte, es würde mir helfen, darüber zu reden. Und das haben wir ja auch gemacht. Nach ein paar Drinks sagte Reynir, dass ich bei ihnen übernachten sollte, was ich dann auch getan habe.«

»Dann hat dich unser Besuch gestern beunruhigt?«, fragte Ari Þór bemüht locker, um die Unterhaltung in einem freundlichen Ton zu führen. Arnór schien eher gewillt, sich zu öffnen, wenn er sich nicht unter Druck fühlte.

»Das kann man so sagen. Ich hab mich schlecht gefühlt, weil ich ihr den Schlüssel zum Leuchtturm geliehen hatte. Das hab ich den anderen gestern Abend erzählt. Reynir und Óskar glauben bestimmt, ich stehe ganz oben auf der Liste der Verdächtigen«, sagte er mit einem Anflug von Hoffnung in der Stimme, als wollte er von Ari Þór und Tómas hören, dass dem nicht so sei.

Stattdessen entstand ein unangenehmes Schweigen, das Tómas schließlich durchbrach. »Wir gehen davon aus, dass wir den Schlüssel gefunden haben«, sagte er.

»Wo?«, wollte Arnór wissen.

»Ásta hatte einen dabei, der auf deine Beschreibung passt: ein einzelner Schlüssel an einem roten Anhänger.«

»Gott sei Dank«, murmelte Arnór.

Du bist noch nicht aus dem Schneider, hätte Ari Þór am liebsten gesagt.

»Ist dir gestern Abend irgendetwas Ungewöhnliches aufgefallen?«, fragte Tómas, »oder in der Nacht?«

»In der Nacht?«

»Beantworte die Frage«, sagte Tómas harscher als nötig.

»Ich hab wie ein Stein geschlafen, in einem der freien Zimmer im Erdgeschoss. Aber eins kann ich sagen, nämlich dass die Hausbewohner gestern Abend ungewöhnlich offen waren – brutal ehrlich sozusagen. Alle sind extrem nervös.«

»Und wie hat sich das bemerkbar gemacht?«, fragte Ari Þór. »Kannst du ein Beispiel dafür nennen?«

»Óskar wurde wütend, als Reynir von einem Zusammenhang zwischen Geistern und den Toten am Kliff redete. Das schien ihn ziemlich aufzuregen. Und Thóra meinte, dass damals in der Nacht, als Sæunn starb, ein Gast im Haus war.«

»Hat sie noch mehr dazu gesagt?«, fragte Ari Þór.

»Ich hab gesagt, dass ich das jedenfalls nicht war«, antwortete er und lachte nervös. »Mich hätte sie auch nicht gemeint, sagte sie nur.«

»Weißt du, wen sie gemeint hat?«

Das kurze Zögern vor dem »Nein« war für Ari Þór Beweis genug, dass Arnór log.

»Bist du sicher?«, hakte er nach.

Dass Arnór jetzt gar nichts erwiderte, machte Ari Þór noch misstrauischer. »Glaubst du, sie meinte deinen Vater?«

Da Ari Þór damit rechnete, dass Arnór eine solche Andeutung weit von sich weisen würde, war er von dessen Antwort umso überraschter.

»Das würde ich nicht ausschließen«, sagte er leise.

»Und hast du einen Grund, das zu glauben?«

»Nur eine Vermutung. Anscheinend war er in der Nacht mit Thóra zusammen, jedenfalls klang das gestern Abend durch. Und vermutlich wusste meine Mutter, dass seine Freundschaft mit Thóra anders war, als er sie das glauben machen wollte. Das hab ich mir später, als ich älter war, selber so zusammengereimt. Aber es ging ja alles gut aus – für meine Eltern, meine ich. Sie haben sich nie getrennt. Trotzdem war es in Gegenwart Thóras immer ein bisschen komisch, darüber Bescheid zu wissen.«

Ari Þór war nicht sicher, ob er Arnórs Ansicht über das vermeintliche Eheglück seiner Eltern teilte, behielt das aber für sich.

»Dann hat Thóra auch noch eine Frau erwähnt«, fuhr Arnór fort. »Ich wusste aber nicht, wen sie meinte, und erinnere mich nicht mal mehr an den Namen.«

»Sara?«

»Sara. Ja, das könnte sein.«

»Hast du trotzdem eine Vermutung, wen sie gemeint haben könnte?«, fragte Ari Þór.

»Ehrlich gesagt, nein. Vielleicht eine alte Freundin? Es muss ja nichts Suspektes sein.«

Bevor Ari Þór seine nächste Frage stellen konnte, klingelte Tómas' Telefon. Tómas warf einen Blick aufs Display, zögerte kurz und nahm dann ab.

»Ja … ja. Immer noch im Norden, und bleibe wohl noch eine Zeitlang«, sagte er mit gedämpfter Stimme. »Ich bin nicht sicher … Natürlich versuche ich, heute Abend da zu sein … Natürlich, Schatz … Dreieinhalb Stunden dauert die Fahrt. Gut, wir reden später noch mal.«

Er schob das Handy zurück in die Tasche und hustete. »Sorry.«

»Kein Problem«, erwiderte Arnór höflich.

Tómas bog von der Hauptstraße in die kurze Zufahrt zu dem Farmhaus ein, wo sie gestern schon einmal gewesen waren.

»Kannst du dir vorstellen«, begann Ari Þór, als Tómas den Wagen parkte, »dass Reynirs Vater die Ermittlungen zu Sæunns Tod behindert hat, und vielleicht auch die zu Tinnas Tod?«

Arnórs Antwort kam, ohne zu zögern. »Das würde mich nicht überraschen. Er war so ein Typ Mann und hatte einen Ruf zu verteidigen. Niemand sieht es gern, wenn quasi vor der eigenen Haustür Mordermittlungen stattfinden.«

»Wir haben gehört, du willst die Gegend hier für Touristen attraktiv machen – Hütten bauen und so weiter. Glaubst du, der Fall schadet deinen Plänen?«, fragte Ari Þór.

»Du meine Güte, nein. Wir wollen Ausländer anlocken, und die werden wohl kaum etwas von den paar Polizisten mitkriegen, die hier einen Todesfall untersuchen.«

»Stimmt«, sagte Tómas langsam. »Solange du keinen Mord begangen hast, ist alles gut.«

Seine Stimme war kalt wie Eis. Dass Arnór sich nicht rigoros gegen diese Bemerkung verwahrte, überraschte Ari Þór allerdings. »Was soll das denn heißen? Stehe ich immer noch unter Verdacht?«, fragte er.

Tómas blieb eine Antwort schuldig und durchbrach das nachfolgende Schweigen erst, nachdem er im Rückspiegel Blickkontakt mit Arnór aufgenommen hatte. »Hat Reynir dich gefragt, ob du mit Ásta geschlafen hast?«

»Ja, hat er«, erwiderte Arnór und atmete tief ein. »Das hatte ich vergessen. Er hat mich und Óskar gefragt. Aber er hat die Frage wohl nicht wirklich ernst gemeint.«

»Und was hast du ihm geantwortet?«, fragte Tómas. »Hast du mit ihr geschlafen?«

Jetzt riss Arnór der Geduldsfaden, was wohl Tómas' Absicht gewesen war: ihn aus der Fassung zu bringen. Ari Þór hätte es vorgezogen, Arnór in seiner Komfortzone zu lassen, in der er sich sicher wähnte, und darauf zu hoffen, dass er sich irgendwann verplappern würde.

»Die Frage habe ich gestern schon beantwortet«, erwiderte er wütend.

»Dann bleibst du also bei deiner ursprünglichen Geschichte?«, sagte Tómas ruhig, ohne Arnórs aggressiven Tonfall zu übernehmen.

»Ursprüngliche Geschichte? Das ist die Wahrheit, schlicht und einfach. Kann ich jetzt gehen?«

»Natürlich«, sagte Tómas freundlich. »Danke für deine Hilfe.«

Arnór stieß die Tür auf und stieg aus.

Er war schon auf halbem Weg zum Haus, als Tómas das Fenster runterließ und seinen Namen rief.

Arnór blieb stehen und sah zurück. »Was ist?«, wollte er wissen.

»Da wir uns vor dem Fest nicht mehr sehen, wollte ich dir frohe Weihnachten wünschen.«

»Was? Okay … frohe Weihnachten«, murmelte Arnór und ging weiter.

6. Kapitel

»War ich zu hart mit dem Jungen?«, fragte Tómas. Er stellte das Radio an, aus dem Weihnachtsmusik erklang. »Jetzt sorgen wir erst einmal für ein bisschen Weihnachtsstimmung.«

Ari Þór wusste nicht, ob Tómas eine Antwort auf seine Frage erwartete. »Vielleicht«, sagte er trotzdem. »Ich fand seine Reaktion interessant. Er scheint ein netter Kerl zu sein, aber er kann offensichtlich auch jähzornig werden.«

»Genauso sehe ich das auch. Wir werden der Sache auf den Grund gehen, keine Sorge. Vielleicht hätte ich vorsichtiger sein sollen ... Aber jetzt habe ich erst einmal genug von dem Fall – es ist Heiligabend! Am Telefon vorhin, das war meine Frau. Unser Sohn wollte eigentlich heute mit uns zu Abend essen, aber seine Freundin hat ihn zum Gänsebraten bei ihrer Familie eingeladen, und er sagt, das könnte er nicht ablehnen ...« Er schwieg kurz. »Das heißt, dass meine Frau Weihnachten allein ist, wenn ich mich nicht auf die Socken mache. Deshalb lass uns noch schnell einen Blick in Thóras Zimmer werfen, und dann ist für heute Schluss.«

»Klingt gut.«

Ari Þór holte sein Handy aus der Tasche und rief Kristín an, die nach mehrmaligem Klingeln abnahm.

»Hi«, sagte sie aufgeräumt.

»Hi, alles okay bei dir? Wir sind hier fast fertig und können nachher zurück nach Siglufjörður fahren.«

»Wunderbar. Ich hab gerade das Haus des alten Mannes in Sauðárkrókur gefunden. Er muss ziemlich fit sein für sein Alter, wenn er noch immer im eigenen Haus wohnt. Jedenfalls werden wir bald wissen, ob die Mühe umsonst war. Denn selbst wenn seine Familie meinen Urgroßvater kannte, heißt das nicht, dass er etwas über ihn weiß.«

»Dann viel Glück, Schatz.«

»Wie läuft's denn bei euch?«

»Wir machen langsam Fortschritte ...«, erwiderte Ari Þór. Wenn sie schneller vorankämen, dachte er, könnte er vielleicht sogar akzeptieren, Weihnachten im Hotel zu verbringen. »Wie sind die Straßen bei dir?«

»Es geht, nicht so schlecht«, sagte Kristín. »Ein bisschen Schnee und hier und da vereiste Stellen.«

Sofort spürte Ari Þór die Sorgen im Bauch. »Sei bitte vorsichtig, ja?«

»Natürlich. Wir sehen uns in ein bis zwei Stunden in Blönduós. Die Fahrt dauert schätzungsweise nur etwa fünfundvierzig Minuten.«

»Gut«, sagte Ari Þór und legte auf.

Bis auf die leise Musik aus dem Radio war es im Auto jetzt still. Es gab nicht viel zu sagen. Sie hatten getan, was sie konnten, und waren mit dem Fall in einer Sackgasse gelandet. Aris Gedanken wanderten zu dem Abend, der vor ihm lag. Er sah auf die Uhr. Sie könnten es gerade noch rechtzeitig nach Hause schaffen, um den Weihnachtsschinken zuzubereiten. Die Ohrringe und das Buch für Kristín lagen bereit, und er fragte sich, ob er ihr vielleicht mehr schenken sollte. Aber dafür war es jetzt zu spät. Und im letzten Moment noch etwas an einer Tankstelle kaufen kam nicht in Frage.

Sie waren gerade in die Straße zur Landzunge und dem Haus abgebogen, als Tómas' Telefon klingelte. Er reduzierte die Geschwindigkeit und nahm ab. Es war ein kurzes Gespräch, bei dem Tómas nur einsilbige Antworten gab. Ari Þór sah, wie sich seine Stirn immer mehr in Falten legte.

»Kannst du dort auf uns warten?«, fragte Tómas schließlich. »Sorg dafür, dass niemand runter ins Souterrain geht, bevor wir uns Thóras Sachen angesehen haben.«

Nachdem er das Gespräch beendet hatte, hielt Tómas an, wendete mit einiger Mühe den Wagen und fuhr – zu Aris Überraschung – in dieselbe Richtung zurück, aus der sie gerade gekommen waren.

Erst als sie sich wieder von Kálfshamarsvík entfernten, erklärte Tómas den Grund.

»Der Mistkerl hat uns angelogen«, sagte er mit ruhiger, aber deutlich wütender Stimme.

Ari Þór kannte Tómas als gelassenen Menschen. Doch während er gewillt war, fast alles zu verzeihen, machten Lügen ihn rasend.

»Wer?«

»Arnór natürlich. Das war Hanna mit den Ergebnissen der Fingerabdrücke. Anscheinend hat er welche in Ástas Zimmer hinterlassen.«

»Und uns hat er erzählt, er wäre seit Jahren nicht mehr da oben gewesen.«

»Genau«, sagte Tómas. »Und deshalb müssen wir davon ausgehen, dass er uns noch mehr Lügen aufgetischt hat. Ich wette, er hat mit ihr geschlafen, und genau das werden wir jetzt herausfinden. Die Zeit der Samthandschuhe ist vorbei.« Er hielt inne, umklammerte fest das Lenkrad und schäumte vor Wut. »Und weißt du, was ihm die ganze Lügerei einbringen wird?«

Ari Þór schwieg, denn Tómas würde seine Frage selbst beantworten.

»Heiligabend in einer Gefängniszelle«, sagte er schließlich.

7. Kapitel

Thórhalla öffnete die Tür. Ihr Gesicht drückte dunkle Vorahnung und Resignation aus; sie schien zu wissen, was kommen würde.

»Ihr wollt Arnór sprechen?«, fragte sie, bevor einer von ihnen beiden auch nur ein Wort gesagt hatte.

Tómas nickte.

»Ich hole ihn«, sagte sie mit brüchiger Stimme.

Kurz darauf erschien Arnór in der Tür. Thórhalla stand hinter ihm.

»Du musst mit uns auf die Polizeiwache kommen und eine Aussage machen«, sagte Tómas, die Stimme noch tiefer als sonst. »Du stehst im Verdacht, schuld am Tod von Ásta Káradóttir und Thóra Óskarsdóttir zu sein. Du bist nicht verpflichtet, etwas zu sagen. Du hast das Recht auf einen Anwalt, bevor du eine Aussage machst, und falls nötig, können wir dir einen Pflichtverteidiger bestellen.«

Arnór war kreideweiß geworden.

»Großer Gott«, sagte er schließlich und sank auf den Stuhl im Flur; er atmete tief ein, griff nach seinen Schuhen und zog sie an. Dann stand er auf und schlüpfte in seine schwarze Daunenjacke.

»Ich brauche keinen Anwalt. Ich habe niemanden ermordet«, sagte er und sah seine Frau an. »Das ist alles ein Irrtum. Ein furchtbarer Irrtum.«

Sie lächelte ihn warmherzig an. »Ich weiß, mein Lieber.«

»Komm«, sagte Tómas und ging zum Wagen. Arnór folgte ihm wie ein Hund an der Leine.

Ari Þór stieg als Letzter ins Auto. Als er kurz vorher noch einmal zum Haus sah, traf ihn Thórhallas eiskalter Blick.

In der Polizeiwache von Blönduós saß Arnór am Tisch und trank Wasser aus einem Plastikbecher. Er hatte noch immer seine schwarze Jacke an, was trotz der Kühle im Revier übertrieben war.

»Bist du sicher, dass du keinen Anwalt willst?«

»Ja«, sagte Arnór leise, und in dem Moment hatte Ari Þór das bestimmte Gefühl, den falschen Mann verhaftet zu haben, trotz der vielen Indizien, die das Gegenteil zu beweisen schienen: In Ástas Zimmer, in dem sie kurz vor ihrem Tod Sex gehabt hatte, waren trotz seiner Behauptung, es nicht betreten zu haben, seine Fingerabdrücke gefunden worden; und es war nur eine Frage der Zeit, bis sie wussten, ob auch das Sperma, das sie dort gefunden hatten, von ihm stammte. Das heißt, falls er es bis dahin nicht selbst zugegeben hatte. Gegen ihn sprach ebenfalls, dass er Ásta den Schlüssel für den Leuchtturm geliehen hatte – also den Ort, wo sie vermutlich ermordet worden war. Dann waren da noch die Gerüchte, dass er seine Frau betrog, und der Fakt, dass er in der Nacht von Thóras Tod in Kálfshamarsvík übernachtet hatte. Vielleicht präsentierte er sich sehr überzeugend als netter Mann, obwohl in Wahrheit kein Funken Moral in ihm steckte. Solchen Menschen war Ari Þór bereits zur Genüge begegnet und wäre fast auf sie hereingefallen.

»Gestern hast du uns erzählt, du wärst das letzte Mal vor vielen Jahren oben in Ástas Dachzimmer gewesen«, sagte Tómas.

Langes Schweigen.

Schließlich sagte Arnór: »Ja …«

»Bleibst du immer noch dabei?«, fragte Tómas harsch.

Arnór sagte nichts.

»Wir haben deine Fingerabdrücke dort gefunden und gehen davon aus, dass du noch ein paar andere Spuren von dir hinterlassen hast. Ich gebe dir also zum letzten Mal die Gelegenheit, die Frage zu beantworten, die wir dir schon zweimal gestellt haben. Wenn du wieder lügst, sind wir hier fertig und sehen uns nach Weihnachten wieder. Also: Hast du mit Ásta geschlafen?«

Arnór starrte lange in den halbleeren Wasserbecher auf dem Tisch, mied ihren Blick.

»Ja … aber ich habe sie nicht umgebracht!«, gab er schließlich zu.

»Das werden wir herausfinden«, erwiderte Tómas ruhig.

»Ihr müsst mir glauben«, sagte er mit bebender Stimme. »Ich bin kein Mörder.«

»Dann sag uns endlich die Wahrheit. Was ist passiert?«

»Sie hat mich um den Schlüssel für den Leuchtturm gebeten, so wie ich's gesagt hab. Ich weiß nicht, warum sie da reingehen wollte, und ich bin auch nicht mitgegangen«, erklärte er beinahe atemlos. »Ich hab ihr abends nach dem Dinner den Schlüssel gebracht – dem Abend vor ihrem Tod. Es war schon spät, und ich bin durch die Hintertür gegangen, wo eine Treppe direkt hoch zur Dachwohnung führt … weil ich die anderen im Haus nicht stören wollte.«

»Bist du zu ihr gegangen, um deine Frau zu betrügen?«, fragte Ari Þór.

»Nein …«, sagte Arnór zögernd. »Oder …«

»Lügen hilft dir nicht«, sagte Tómas scharf.

»Na ja, vermutlich hatte ich gehofft, dass so etwas passiert. Zwischen mir und Ásta hatte es ein bisschen gefunkt.«

»Wusste sie, dass du verheiratet bist?«

»Nein, glaube ich nicht. Ich trage selten meinen Ehering und habe Thórhalla ihr gegenüber nicht erwähnt – absichtlich, gebe ich zu. Und beim Dinner hat auch niemand über meine Frau gesprochen.« Seine Stimme brach.

»Dann war das also sorgfältig geplant?«, schloss Tómas, sichtlich angewidert.

»Na ja … dazu solltest du wissen, dass wir nicht gerade eine glückliche Ehe führen«, sagte er. »Wir arbeiten gut zusammen, wir bauen gerade das Tourismusgeschäft auf, eine Scheidung steht also nicht zur Debatte, jedenfalls nicht im Moment. Aber wir … wir sind uns nicht nahe, nicht so … nicht mehr.«

Tómas nickte. »Wir haben gehört, dass ihr Geld die Ehe über Wasser hält. Stimmt das?«

Die Frage überraschte Arnór. »Was? Nein, das stimmt nicht. Sie besaß zwar eigenes Geld, aber wir hatten es in Aktien angelegt und jetzt einiges verloren. Deshalb setzen wir unsere Hoffnung auf die Touristen. Und es gibt so eine Art Abmachung zwischen uns – eine stillschweigende Vereinbarung –, dass wir … na ja, uns mit anderen treffen können.«

»Und sie nutzt das genauso aktiv aus wie du?«, fragte Tómas, ließ die Zügel des Verhörs nicht aus der Hand.

»Ich glaube nicht«, sagte er. »Ich meine … nicht, dass ich wüsste«, fügte er hinzu.

»Habt ihr nie darüber gesprochen?«

»Nein, eher nicht.«

»Glaubst du, sie wusste, dass du in der Nacht zu Ásta gegangen bist?«

»Ganz sicher nicht. Ich habe mich leise davongeschlichen, als sie schon schlief. Sie geht immer früh ins Bett und hat einen sehr tiefen Schlaf.«

»Wie viel Uhr war es da?«

»Ich bin nicht sicher, vielleicht elf?«

»Und dann hast du Ásta getroffen?«

»Ja, und es war … wie ich erwartet hatte.«

»Wir haben in ihrem Zimmer Spermaspuren nahe der Wand gefunden, an der auch deine Fingerabdrücke waren«, sagte Tómas.

»Wir haben's an der Wand gemacht. Das alte Bett konnten wir nicht benutzen … es würde zu laut knarren, hat sie gesagt.«

»Und dann hast du sie härter rangenommen und sie am Hals gepackt? Wir haben Verletzungen an ihrem Körper gefunden, blaue Flecken an ihrem Hals«, sagte Tómas langsam und bedächtig.

»Um Himmels willen, nein, so war es überhaupt nicht!«, stieß Arnór hervor. »Mit diesen Verletzungen habe ich nichts zu tun«, sagte er entsetzt.

»Du musst zugeben, dass es nicht gut für dich aussieht«, sagte Tómas.

»Müsst ihr meiner Frau davon erzählen?«

»Darauf kannst du Gift nehmen«, sagte Tómas unbeirrbar. »Wir müssen herausfinden, ob sie ein wenig Licht auf die Ereignisse in jener Nacht werfen kann. Aber das ist doch sicher kein Problem, wo ihr eine ›stillschweigende Vereinbarung‹ habt, mit anderen zu schlafen.« Tómas Empörung über Arnórs Seitensprung war nicht zu überhören.

Da Arnór nichts erwiderte, fuhr Tómas fort. »Wie lange warst du mit Ásta zugange?«

»Weiß ich nicht mehr genau. Eine Stunde, vielleicht eineinhalb.«

»Und dann bist du direkt nach Hause gefahren?«

»Ja.«

»Kann deine Frau das bestätigen?«

»Sie hat fest geschlafen.«

»Das ist wirklich schade«, sagte Tómas. Er hielt inne, setzte sich auf. »Willst du meine Theorie dazu hören?«

Tómas' langes Schweigen diente nicht dazu, Arnór Zeit für eine Antwort zu geben, sondern um seinen nachfolgenden Ausführungen mehr Gewicht zu verleihen.

»Sie hat dich nie um den Schlüssel zum Leuchtturm gebeten. Du bist in der Nacht zu ihr gegangen, um Sex mit ihr zu haben, und ich schließe nicht aus, dass ihr das vorher verabredet hattet. Nachdem der Spaß vorbei war, habt ihr beide beschlossen, euch einen alten Traum zu erfüllen und es im Leuchtturm zu treiben. Ich kann mir zwar nicht vorstellen, dass das an so einem merkwürdigen, kalten Ort besonders aufregend ist, aber wer weiß. Du hattest den Schlüssel zum Leuchtturm dabei, Ásta schloss die Tür auf und steckte ihn in ihre Jackentasche. Und dann wurde der Sex heftig – vielleicht sogar mit ihrem Einverständnis. Junge Leute machen heutzutage alle möglichen seltsamen Dinge. Jedenfalls habt ihr es zu weit getrieben – vielleicht ist sie ohnmächtig geworden, vielleicht hast du sie gegen die Wand geworfen. Und dabei ist sie gestorben. Aber anstatt die Verantwortung für deine Tat zu übernehmen, hast du die Leiche im Schutz der Dunkelheit zum Kliff getragen und hinuntergeworfen. Wobei du darauf spekuliert hast, dass man es wie bei ihrer Mutter und ihrer Schwester für Selbstmord halten würde – dass eine junge Frau an den Ort ihrer Kindheit zurückgekehrt ist, um sich das Leben zu nehmen.« Tómas lehnte sich auf dem Stuhl zurück und wartete auf eine Antwort.

»Das ist von Anfang bis Ende totaler Quatsch«, sagte Arnór aufgewühlt. »Ich hab die Wahrheit gesagt. Ásta hat gelebt, und es ging ihr gut, als ich aus der Dachwohnung weggegangen bin. Danach hab ich sie nicht noch mal gesehen.«

»Und Thóra? Wann hast du sie zuletzt gesehen?«

»Am Abend vor ihrem Tod, wann sonst? Willst du mir das etwa auch noch anhängen? Die Frau ist im Schlaf gestorben, sie war sehr krank.«

»Das ist deine Meinung«, sagte Tómas. »Du bleibst bis morgen hier. Wir müssen noch entscheiden, ob wir eine richterliche Anordnung einholen, um dich so lange im Gefängnis zu behalten, bis wir mit unseren Ermittlungen fertig sind.«

Arnór sah aus wie vom Blitz getroffen. »Ich bin unschuldig! Ihr könnt mich doch nicht verhaften, nur weil ich meine Frau betrogen habe!«

Tómas stand auf.

»Wollt ihr mich etwa über Nacht einsperren? Es ist Heiligabend!« Kindliches Elend schwang in seiner Stimme.

»Tut mir leid, aber es geht nicht anders«, sagte Tómas. »Gibt es noch etwas, das du uns nicht gesagt hast? Was uns auf die richtige Spur bringt, wenn du tatsächlich so unschuldig bist, wie du die ganze Zeit behauptest?«

Arnór dachte nach. »Es gibt wirklich etwas. Ich musste schwören, es niemandem zu verraten, und hab mich auch immer daran gehalten. Wahrscheinlich hat es mit dem hier nichts zu tun, aber ich kann es euch ja trotzdem erzählen.«

»Ich höre«, sagte Tómas und setzte sich wieder.

»Mein Vater hat es mir erzählt – und gesagt, ich dürfe es niemandem weitererzählen.« Arnór seufzte und trank seinen Becher leer. »Dass er und Thóra sich sehr … nahestanden, wenn man es so ausdrücken kann, haben wir ja schon gesagt. Da hat sie ihm natürlich auch einiges erzählt. Zum Beispiel, dass sie sich einmal mit Kári, Ástas Vater, über Sæunns Tod unterhalten habe. Sæunn hatte lange unter Depressionen gelitten, was mit ein Grund für die Familie war, aufs Land zu ziehen – die Umgebung zu verändern. Doch als sie dann hier waren, ist alles nur noch schlimmer geworden, und eines Nachts ist sie aus dem Haus gerannt und wollte sich vom Kliff stürzen. Kári lief hinter ihr her und holte sie im letzten Moment noch ein. Er versuchte, sie zurückzuhalten, aber sie hat sich seinem Griff entzogen, sprang runter und starb.«

»Dann *war* Sæunns Tod Selbstmord?«, fragte Ari Þór.

»So hat Kári es jedenfalls dargestellt. Aber mein Vater sagte auch, dass Thóra Zweifel hatte, ob das wirklich so stimmte. Sie glaubte, Kári hätte seine Rolle dabei … beschönigt. Wahrscheinlich werden wir nie erfahren, was wirklich passiert ist. Aber ich glaube meinem Vater, dass Thóra es ihm so erzählt hat. Sie hatte keinen Grund, ihn anzulügen …«

»Ich bezweifele, dass uns das irgendwie hilft«, sagte Tómas nach einer kurzen Pause. »Aber danke, dass du es uns endlich erzählt hast. Es ist wichtig, dass wir einen Überblick über die Ereignisse hier bekommen, auch wenn wir die anderen Todesfälle nicht untersuchen.«

Arnór erwiderte nichts. »Du wirst heute Abend nach Akureyri gebracht, und morgen sehen wir weiter«, sagte Tómas und stand wieder auf.

8. Kapitel

»Die Liste hier haben sie uns aus Reykjavík gemailt«, sagte der Inspektor der Polizeiwache in Blönduós und reichte Tómas den Computerausdruck. »Das sind alle Jugendlichen, die in den Ferien hier in Kálfshamarsvík waren.«

»Ah, gut«, sagte Tómas, überflog die Liste und gab sie dann Ari Þór. »Ich hatte nicht damit gerechnet, dass wir die heute noch kriegen. Viel nutzt sie uns nicht, da wir den richtigen Mann vermutlich haben.« Er sah Ari Þór an. »Was glaubst du?«

Spontan wollte Ari Þór ihm zustimmen, zumal er seinem Vorgesetzten in Gegenwart des Inspektors – den keiner von ihnen beiden kannte – ungern widersprach. Aber das musste jetzt sein, dafür war das Ganze zu wichtig.

»Ich halte ihn für unschuldig.«

»Unschuldig?«, sagte Tómas sichtlich überrascht. »Er hat uns ständig belogen und ist mit der Wahrheit erst rausgerückt, als wir handfeste Beweise hatten. Und ich bin sicher, dass er uns bei allem, was wir noch nicht beweisen können, auch belügt – zum Beispiel, dass er nicht draußen im Leuchtturm war.«

»Dann willst du ihn über Weihnachten ins Gefängnis stecken?«, fragte Ari Þór. Er hatte Mitleid mit dem Mann, war aber froh, dass die Entscheidung bei Tómas lag.

»Allerdings! Das bringt mir erstens Pluspunkte ein – eine Verhaftung am zweiten Ermittlungstag! Und bei der Beweislage wird uns auch keiner auf die Finger klopfen, wenn wir ihn einbuchten. Alles andere wäre unverantwortlich. Ich frage den Staatsanwalt in Akureyri, ob wir genug Beweise haben, um eine verlängerte Haftzeit zu erwirken. Dann fahre ich nach Hause und komme morgen wieder. Der Kerl kann die Nacht in der Zelle verbringen, das bringt ihn vielleicht dazu, uns reinen Wein einzuschenken.«

Tómas' Einstellung schockierte Ari Þór. Das war nicht mehr der maßvolle, gewissenhafte Ermittler, mit dem er noch kürzlich zusammengearbeitet hatte. Warum war er so erpicht darauf, sich zu beweisen? Und glaubte er wirklich, dass schon Arnórs Verhaftung bewies, alles getan zu haben? Oder lag es einfach daran, dass er seine Frau nicht enttäuschen und an Heiligabend allein lassen wollte? Immerhin hatte er alles in Bewegung gesetzt, um seine Ehe zu retten, und sogar seinen Chefposten bei der Polizeiwache in Siglufjörður aufgegeben, sein Haus verkauft und war nach Reykjavík gezogen.

»Ist mir recht«, sagte Ari Þór und behielt seine Gedanken für sich. »Soll ich der Spur mit dieser Sara nachgehen?«

»Was? Nein, es sei denn, du willst das. Wir versuchen, Arnór für den Mord an Ásta dranzukriegen. Inzwischen glaube ich zunehmend, dass Thóra eines natürlichen Todes gestorben ist.«

Der Inspektor der Wache in Blönduós stand wie verloren vor ihnen. Er hatte die ganze Zeit kein Wort gesagt.

»Trotz des Weinflecks?«, fragte Ari Þór erstaunt.

»Des Weinflecks? Ja, trotzdem. Und ich möchte, dass du noch zwei Dinge tust: Sprich mit Arnórs Frau und sieh dir Thóras Zimmer an. Ansonsten sind wir hier fertig und können losfahren.« Tómas wandte sich an den Inspektor. »Hast du einen Wagen, den mein Kollege heute Nachmittag benutzen kann? Ich fahre jetzt mit meinem nach Reykjavík.«

Ari Þór saß in dem geliehenen Auto und sah die Liste der jungen Leute durch, die auf der Landspitze Ferien gemacht hatten. Insgesamt waren es dreiunddreißig, aber nur eine Sara: Sara Margrét Thrastardóttir. Ganz am Ende gab es dann noch ein Mädchen, das mit zweitem Vornamen Sara hieß und somit auch in Frage kam: Elín Sara Stefánsdóttir. Mit beiden zu reden dürfte nicht allzu lange dauern.

Tómas war ein tüchtiger und scharfsinniger Polizist und wusste, wie man Ergebnisse produzierte – aber in Aris Augen machte er es sich manchmal zu leicht und fokussierte sich auf die naheliegendste Lösung, anstatt sie in Frage zu stellen.

Ari Þór ging zurück in die Polizeiwache und tippte die zwei Namen ins zentrale Melderegister und danach ins Telefonbuch ein und fand schnell beide Frauen. Die Namen gab es zum Glück jeweils nur einmal: Die eine Sara war 1979 geboren, die andere 1980. Sie hatten also das richtige Alter, um 1990 einen Sommer auf Kálfshamarsvík verbracht zu haben.

Er ging zurück zum Wagen und machte sich auf den Weg zu Thórhalla. Unterwegs wählte er Sara Margréts Nummer. Sie nahm nach dem vierten Klingeln ab. In ihrer freundlichen Stimme schwang Überraschung mit, als würde sie sich fragen, wer sie an Heiligabend anrief.

»Hallo? Ist dort Sara?«, fragte Ari Þór. »Sara Margrét Thrastardóttir?« Es war ihm unangenehm, ein Gespräch so zu beginnen, aber er musste sichergehen, dass er mit der richtigen Person sprach.

»Ja«, erwiderte sie zögerlich.

»Es tut mir leid, dich zu stören. Mein Name ist Ari Þór Arason. Ich bin Polizist«, sagte er, ohne zu erwähnen, dass er bei der Polizei in Siglufjörður war, denn das würde alles nur komplizierter machen.

»Polizist?« Sie klang sofort beunruhigt.

»Es ist nichts Schlimmes«, erklärte er schnell, obwohl das nicht ganz stimmte. »Es geht um eine Ermittlung hier im Norden, und in dem Zusammenhang würde ich dir gern ein paar Fragen stellen.«

»Eine Ermittlung im Norden?«, wiederholte Sara Margrét erstaunt.

»Ja, in Verbindung mit einem Todesfall auf Kálfshamarsvík.« Keine Reaktion. »Etwas nördlich von Skagaströnd und Blönduós.«

»Das verstehe ich nicht. Was soll das mit mir zu tun haben?«, fragte sie.

»Du hast dort als Kind mal Ferien gemacht. Erinnerst du dich noch, wann genau das war?«

»Auf dem Land? In Kálfs… wie hieß der Ort noch einmal?«

»Kálfshamarsvík.«

»Da war ich noch nie«, sagte sie überzeugt. »Ich hab als Kind nie Ferien auf dem Land gemacht.«

»Bist du sicher?«

»Natürlich bin ich sicher.«

»Dein Name steht auf einer Liste von Kindern, die dort waren; der Aufenthalt wurde staatlich gefördert«, sagte Ari Þór. »Kann es sein, dass du vielleicht nur ganz kurz dort warst? Nur ein paar Tage?«

»Was soll der Quatsch? Mein Name steht auf einer Liste?«,

sagte sie verärgert. »Ich hab noch nie von dem Ort gehört und bin auch nie in die Ferien aufs Land geschickt worden, auch nicht für kurze Zeit.«

Ihre Antwort machte Ari Þór ratlos. »Könnte es jemand mit dem gleichen Namen sein?«, fragte er.

»Soviel ich weiß, bin ich in Island die Einzige, die so heißt.«

»In dem Fall entschuldige ich mich für die Störung und wünsche frohe Weihnachten.«

»Was? Ach ja, natürlich. Wünsche ich dir auch.«

Sie legte auf.

Was zum Teufel war das denn?, frage sich Ari Þór. Hatte man ihm die falsche Liste gegeben?

Als er mit Elín Sara telefonierte, war sie genauso erstaunt wie die erste Sara, an Heiligabend einen Anruf von der Polizei zu bekommen.

»Wir ermitteln in einem Todesfall auf Kálfshamarsvík«, erklärte Ari Þór. »Hier oben im Norden.«

»Geht es um die Frau, die von der Klippe gesprungen ist?«, fragte sie sofort.

Jetzt war Ari Þór überrascht. Er hatte angenommen, dass noch keine Einzelheiten bekannt waren und die Presse lediglich über die Leiche einer Frau aus Reykjavík, die unterhalb einer Klippe gefunden wurde, berichtet hatte. Und da es sich wahrscheinlich um Selbstmord handelte, war das Interesse der Medien gering und die Berichterstattung entsprechend dürftig. Was sich allerdings ändern würde, sobald die Nachricht von Thóras Tod und Arnórs Verhaftung durchsickerte.

»Das ist richtig. Eine junge Frau hat hier vor ein paar Tagen ihr Leben verloren.«

Elín Sara sagte nichts.

»Hast du als Kind einmal die Ferien in Kálfshamarsvík verbracht?«, fragte Ari Þór, wobei ihn ein »Nein« nicht überrascht hätte, denn sein Vertrauen in die Liste war ziemlich geschrumpft. Doch zumindest kannte sie den Ort.

Sie schwieg einen Moment, dann antwortete sie mit einem kurzen »ja«.

»Wann war das? Erinnerst du dich noch daran?«

»1988. Ich war neun.«

»Okay, danke. Ich würde dir gern ein paar Fragen stellen, Elín. Oder wirst du normalerweise Sara genannt?«

»Ich heiße Sara«, erwiderte sie.

Dann ist sie also das Mädchen, von dem Thóra gesprochen hatte, dachte Ari Þór.

»Erinnerst du dich an Thóra Óskarsdóttir?«

»Ja. Warum fragst du?«

»Sie ist letzte Nacht gestorben.«

»Aha«, erwiderte Sara, die Stimme erstaunlich emotionslos. »Was hat das mit mir zu tun?« In ihrer Stimme schwangen weder Wut noch Bestürzung mit, sie schien ihm vielmehr kühl und desinteressiert.

»Sie hat gestern Abend von dir gesprochen.«

»Von *mir*?« Ihre Überraschung war nicht zu überhören.

»Ja«, sagte er, wartete darauf, dass sie weitersprach.

»Was hat sie gesagt?«, fragte Elín Sara schließlich.

»Dass sie gerade an dich denken musste«, erwiderte Ari Þór. »Und dass sie schon oft an dich gedacht hat.«

»Sie hat oft an mich gedacht?«, wiederholte sie leise. »Hat sie sonst noch etwas gesagt?«

»Ich glaube nicht. Hast du eine Idee, warum sie das gesagt haben könnte?«

Eine lange Pause trat ein. »Nein, keine Ahnung«, erwiderte sie schließlich, klang jedoch wenig überzeugend.

»Wer war in dem Sommer denn noch alles dort?«, fragte Ari Þór.

Wieder zögerte sie kurz. »Na ja, Thóra natürlich, und auch ihr Bruder und Reynir. Wohnen sie alle noch dort?«

»Ja«, bestätigte Ari Þór. »Óskar und Reynir. Gab es außerdem andere Besucher, die regelmäßig kamen? Vielleicht von den umliegenden Farmen?«

»Ja, manchmal kam ein Junge, aber ich weiß nicht mehr, wie er hieß.«

»Arnór?«

»Arnór? Könnte sein. Aber sein Vater war öfter da.«

»Du und Thóra, habt ihr euch gut verstanden?«

»Nein«, antwortete Elín Sara, ohne zu zögern.

»Hattet ihr nach dem Sommer noch weiter Kontakt? Oder seid ihr euch in letzter Zeit noch einmal begegnet?«

»Nein, danach hab ich nie wieder mit ihr gesprochen«, sagte sie. »Nach dem Sommer, meine ich.«

»Ist damals irgendetwas Ungewöhnliches passiert? Etwas, was all die Jahre an Thóra genagt haben könnte?«

»Nein.«

Ari Þór wollte den Anruf gerade beenden – er hatte getan, was er konnte –, als Elín Sara selbst eine Frage stellte.

»Ist sie gesprungen, die Frau?«

»Sie hieß Ásta«, erwiderte Ari Þór, »und war etwa in deinem Alter. Wir sind mit den Ermittlungen noch nicht fertig.«

»Weißt du, warum sie es getan hat?«, fragte Elín Sara. »Warum sie sich das Leben genommen hat?«

»Wie ich schon sagte, wir ermitteln noch. Im Moment können wir nichts Definitives sagen«, erwiderte er förmlich, überrascht von ihrem Interesse. »Aber melde dich bitte bei uns, wenn dir doch noch etwas einfällt, ja?«

Er gab ihr seine Telefonnummer, und sie murmelte etwas, was Ari Þór als Zustimmung interpretierte.

Nachdem er aufgelegt hatte, rief er den Inspektor auf der Wache in Blönduós an und bat ihn, zu einigen weiteren Namen auf der Liste die Telefonnummern herauszufinden. Er wählte die eher ungewöhnlichen Namen, bei denen die Wahrscheinlichkeit größer war, auch wirklich die richtigen Personen zu erwischen. Am Ende standen weitere acht vielversprechende Handynummern auf seinem Zettel.

Als er auf Arnórs und Thórhallas Farm ankam, hatte er alle acht Nummern angerufen und fünf der Leute erreicht. Er hatte sich vorgestellt und sofort gesagt, dass er nur herausfinden wollte, ob sie einmal auf Kálfshamarsvík waren. Zwei von ihnen erinnerten sich an einen Aufenthalt, und einer war im gleichen Sommer wie Sara da gewesen, konnte sich aber an kein ungewöhnliches Ereignis dort erinnern.

»Nur dass es sogar im Hochsommer furchtbar kalt war.« Mehr war bei ihm nicht hängengeblieben.

Die anderen drei Leute behaupteten, nie auf Kálfshamarsvík gewesen zu sein und von dem Ort noch nie etwas gehört zu haben.

Ari Þór glaubte kaum, dass die drei wegen einer so harmlosen Frage einen Polizisten anlogen. Natürlich konnte es sein, dass sie nicht mit den Personen identisch waren, die auf der Liste standen. Falls sie es *doch* waren und nicht logen, wieso standen sie dann auf der Liste?

9. Kapitel

Im Farmhaus war es warm, aber nicht überhitzt. Eine alte Stehlampe und die Kerzen am Weihnachtsbaum tauchten das Wohnzimmer in ein angenehmes Licht. Da die Feier verschoben war, drangen keine traditionellen Weihnachtsdüfte aus der Küche, weder brutzelte ein Schinken in der Backröhre noch köchelte ein Lammbraten auf dem Herd. Thórhalla schien Ari Þór – oder einen anderen Polizisten – erwartet zu haben, bat ihn sofort herein und bot ihm einen Platz auf dem Sofa an. Ari Þór bemerkte verwundert, dass es im Wohnzimmer keine Bücher gab: An der Wand hingen Fotos und einige Landschaftsgemälde, auf den Regalen standen Figurinen und anderer Zierrat, doch nicht ein einziges Buch. Ein alter Plattenspieler vermittelte das tröstliche Gefühl, dass wenigstens Musik in diesem Haus gehört wurde; Schallplatten konnte er allerdings nicht sehen.

»Ich habe heißen Kakao, wenn du magst«, sagte sie, scheinbar ohne den geringsten Groll gegen den Polizisten zu hegen, der an Heiligabend ihren Ehemann praktisch in Handschellen mitgenommen hatte.

Ari Þór akzeptierte das Angebot, obwohl das Getränk nicht ganz der Ankündigung entsprach: Es war zwar Kakao, aber nicht heiß. Doch er schmeckte wunderbar nach Schokolade, was sofort Kindheitserinnerungen an lange zurückliegende Weihnachtsfeste mit seinen Eltern wachrief, die er im Moment jedoch wirklich nicht gebrauchen konnte.

»Er war es nicht«, waren Thórhallas erste Worte. »Er hat die Frau nicht umgebracht.«

»Wieso bist du dir da so sicher?«, fragte Ari Þór.

»Ich kenne Arnór und weiß, dass er so etwas nie tun würde. Kommt er heute Abend nach Hause?«

»Das ist leider sehr unwahrscheinlich.«

Sie nickte, hatte diese Antwort wohl erwartet. »Sie haben miteinander geschlafen, stimmt's?«

Ari Þór schwieg in der Hoffnung, Thórhalla würde nicht auf einer Antwort beharren.

»Ich weiß, dass er sich in der Nacht weggeschlichen hat. Er glaubt, ich schlafe tief und fest, aber ich weiß immer, wenn er sich davonmacht. Und ich weiß, was er dann tut. Ich kann die Freundinnen an ihm riechen, wenn er zurück ins Bett kriecht. Ich tue nur so, als würde ich schlafen.«

Ihre Offenheit überraschte Ari Þór. »Wusstest du, dass er Ásta treffen wollte?« Er verkniff sich den Hinweis, dass sie ihn bei der ersten Befragung belogen hatte.

»Nein. Arnór hatte mir nicht einmal erzählt, dass sie im Haus an der Landspitze zu Besuch war. Jetzt ist mir natürlich klar, warum er es verschwiegen hat.«

»Und du machst das alles einfach so mit?«, fragte Ari Þór, wurde sich aber sofort bewusst, dass seine Bemerkung unangemessen war und nichts mit der Ermittlung zu tun hatte.

»Es gibt Augenblicke, da reicht es mir und …«, schien es fast gedankenlos aus ihr herauszubrechen, mit irritierend harter Stimme. Doch mitten im Satz hielt sie inne. »Was ich mitmache, geht dich nichts an«, sagte sie verärgert. »Er war schon immer so und hat der Versuchung hübscher Mädchen nie widerstehen können«, fügte sie in versöhnlicherem Ton hinzu. »Und dass wir keine eigenen Kinder haben, hat da nicht gerade geholfen. Aber eine Scheidung steht nicht an. Vermutlich haben wir uns beide eingestanden, dass wir uns nicht lieben und vielleicht nie geliebt haben. Doch wir sind gute Freunde und Geschäftspartner. Es könnte also schlimmer sein.«

»Weißt du noch, wann er in besagter Nacht weggegangen und wann er wieder zurückgekommen ist?«

»Wenn ich mich recht erinnere, ist er gegen elf gegangen. Er war nicht lange fort, ungefähr eine Stunde. Das weiß ich deshalb so genau, weil er schneller als sonst wieder da war. Normalerweise sind seine Freundinnen in Blönduós oder Skagaströnd, oder sogar noch weiter weg. Ich dachte sogar, dass er vielleicht ausnahmsweise wirklich etwas Geschäftliches zu erledigen hatte. Aber wie wir jetzt wissen, war das nicht der Fall«, sagte sie, lächelte ihn zögerlich an.

Deckte sie ihren Ehemann? Tischte sie ihm gerade eine grandiose Lügengeschichte auf? War das Ganze ein sorgfältig einstudiertes Theaterstück mit ihr als Hauptdarstellerin und ihm als einzigem Zuschauer? Immerhin hatte sie keine Mühe gescheut, ihn davon zu überzeugen, dass sie ihren Mann nicht liebte und er sie schon unzählige Male betrogen hatte, es somit auch keinen Grund gab, für ihn zu lügen. Und obendrein hatte sie ihm ein Alibi gegeben, wenn auch kein besonders stichhaltiges. Denn Arnór konnte zur Landspitze rausgefahren sein, im Dachzimmer Sex mit Ásta gehabt haben, mit ihr zum Leuchtturm gegangen sein, sie ermordet und ihre Leiche das Kliff hinuntergeworfen haben und nach Hause gefahren sein – und das alles in einer Stunde. Ari Þór sah jedoch auch, dass der Mann unter erheblichem Zeitdruck gestanden haben musste, um das alles auf die Reihe zu kriegen.

»Er ist ein guter Mann, trotz allem«, fügte sie hinzu. »Und er ist kein Mörder.«

Als Ari im Haus auf der Landzunge ankam, stellte er bei einem Blick auf die Uhr erschrocken fest, dass seine Ermittlungen zu lange dauerten und Kristín schon auf ihn wartete. Doch er musste sich noch schnell Thóras Zimmer ansehen, was nicht allzu lange dauern dürfte, und dann mit Óskar und Reynir sprechen, um Antworten auf ein paar weitere Fragen zu bekommen. Inzwischen war er sicher, dass sie mit Arnór – leider – den falschen Mann hatten, und ihm war nicht wohl dabei, dass dieser den Heiligabend in einer Zelle verbringen musste.

In der Souterrainwohnung traf er auf denselben Polizisten der hiesigen Polizei, der schon am Leuchtturm Wache geschoben hatte.

»Ich soll sicherstellen, dass sich hier unten niemand zu schaffen macht«, sagte er mürrisch, wäre offenbar überall lieber als hier, zumal Heiligabend war. »Brauchst du mich noch länger?«

»Nein, jetzt nicht mehr, danke«, sagte Ari Þór. »Ich übernehme.«

Es klopfte an die Wohnungstür, und kurz darauf steckte Reynir den Kopf durch den Spalt der halboffenen Tür.

»Wie läuft's denn so?«, frage Reynir jovial und kam herein.

»Wir haben Arnór verhaftet.« Es machte wenig Sinn, das zu verschweigen. »Wir müssen noch etwas ausführlicher mit ihm reden.«

»Das überrascht mich ehrlich gesagt nicht. Ich habe schon vermutet, dass er mit Ásta geschlafen hat. Aber dass er eine gewalttätige Ader hat, hätte ich nicht gedacht, obwohl man sich bei so etwas natürlich leicht irren kann.«

»Wir können noch nicht mit letzter Sicherheit sagen, dass Ásta ermordet wurde«, sagte Ari Þór. »Genauso wenig sind wir sicher, dass Arnór der Täter ist.«

»Aber ihr habt ihn verhaftet, hast du gesagt.«

Das war nicht meine Entscheidung, hätte Ari Þór am liebsten erwidert.

»An dem Abend vor ihrem Tod, nach dem Dinner, hast du dich mit Ásta unterhalten«, sagte er stattdessen. »Das stimmt doch, oder?«

Reynir zögerte kurz. »Ja, das ist richtig. Und das hab ich auch schon gesagt.«

»Weißt du noch, um wie viel Uhr das war?«

»Nein, keine Ahnung.« Die Frage schien ihn zu irritieren. »Aber das haben wir doch schon alles durchgekaut.«

»War das vor oder nach Mitternacht?«

»Vorher, da bin ich mir ziemlich sicher.«

Also passte Reynirs Darstellung zu der von Arnór und Thórhalla. Was aber auch der Fall war, wenn er Interesse daran hätte zu lügen, denn hinsichtlich des Zeitpunkts blieb immer noch reichlich Spielraum. War Ásta nach dem Dinner noch einmal unten gewesen, hatte mit Reynir geredet und war dann wieder nach oben in ihr Dachzimmer gegangen, wo Arnór sie besuchte? Möglich war es. Und danach war sie zum Leuchtturm gegangen und wurde überfallen? War jemand mit ihr gegangen? Oder hatte jemand dort auf sie gewartet?

»Wie geht es Óskar?«, fragte Ari Þór.

»Der arme alte Junge hält sich wacker. Er ist oben. Thóras Tod ist ein großer Schock für ihn, auch wenn er – wie wir alle – wusste, dass sie nicht mehr lange zu leben hatte«, sagte Reynir. »Wollt ihr Thóras Tod etwa auch Arnór anhängen?«, fragte er vorsichtig. »Ich bin sicher, sie ist an ihrer Krankheit gestorben.«

»Wir gehen allen Möglichkeiten nach. Bevor ich nachher wegfahre, komme ich noch einmal zu euch hoch, um mit Óskar zu reden.«

Reynir nickte. Er schien zu verstehen, dass seine Anwesenheit im Souterrain nicht länger gewünscht war. »Ich bin in meinem Büro, falls du mich brauchst«, sagte er und ging.

Als Ari Þór Thóras Zimmer betrat, fiel ihm wieder der Rotweinfleck auf dem Teppichboden ins Auge und erinnerte ihn daran, dass der Fall alles andere als gelöst war und womöglich der falsche Mann in der Zelle saß. Denn außer der unseligen Tatsache, dass Arnór die Nacht hier im Haus verbracht hatte, gab es keine Verbindung zwischen ihm und Thóras Tod.

In dem Moment kam Ari Þór die Idee, dass, wenn Thóra wirklich ermordet worden war, auch der Angreifer Weinspritzer abbekommen haben könnte. Was jedoch unwahrscheinlich war, da der Nachttisch vis-à-vis der Tür auf der anderen Seite des Zimmers stand. Und der Mörder wäre ja sicher auf direktem Weg zum Bett gegangen …

Das Zimmer war spartanisch eingerichtet, mit einem Fenster hoch unter der Decke. Auf dem Nachttisch stand nichts, und als er die Schublade aufzog, fand er nur ein paar Schmerztabletten. Auf dem Bett lagen vier Weihnachtskarten. Ari Þór las sie in dem Bewusstsein, dass er in die Privatsphäre eines anderen Menschen eindrang, was sich aber nicht vermeiden ließ. Außerdem ging er davon aus, dass Weihnachtskarten keine Geheimnisse enthielten. Die Namen der Absender sagten ihm nichts, und der Inhalt der Karten war unpersönlich und kurz. Frohe Weihnachten, alles Gute und so weiter. Nur die geringe Anzahl ließ Ari Þór stutzen: Hätte eine Frau ihres Alters im Laufe ihres Lebens nicht mehr Freunde haben und auch mehr Weihnachtskarten bekommen müssen? Doch wenn man den Beschreibungen ihres Bruders und Reynirs glauben konnte, war sie nicht allzu umgänglich gewesen. Vielleicht hatte sie Probleme, Kontakte zu knüpfen und Freundschaften zu pflegen.

An der Wand stand eine niedrige Holzkommode, eine Tür offen und die andere geschlossen, doch der Schlüssel steckte. Vielleicht sollte das die anderen im Haus nur höflich daran erinnern, dass sich ihre privaten Sachen darin befanden, die sie nichts angingen.

In der offenen Hälfte standen einige Taschenbücher – alles Romane und alle auf Isländisch. Auf dem unteren Brett lagen zwei in rotes Papier eingeschlagene Weihnachtspäckchen, dem Format nach Bücher; auf dem einen stand Reynirs Name, auf dem anderen Óskars.

Ari Þór drehte den Schlüssel der geschlossenen Schranktür und öffnete sie. Außer einem zerfledderten braunen Umschlag war sie leer. Der Umschlag enthielt etwa ein Dutzend Weihnachtskarten, zwei handgeschriebene Briefe und einige Zeitungsausschnitte älteren Datums. Keine der Weihnachtskarten trug eine Unterschrift, doch anhand der Handschrift war klar, dass sie wohl alle vom selben Absender stammten. Der Inhalt war kurz, persönlich und intim. Die beiden Briefe – zweifellos die gleiche Handschrift wie die Karten – waren unterschrieben und stammten von Heidar, Árnors Vater. Ari Þór überflog sie rasch. Einer war von 1985, der andere von 1980 – antiquiert anmutende, höflich-romantische Liebesbriefe, beide in Reykjavík abgestempelt. Wahrscheinlich war Heidar dort auf Reisen gewesen und hatte die Gelegenheit genutzt, ihr zu schreiben.

Die Zeitungsausschnitte, die Thóra aufgehoben hatte, waren Nachrufe – der eine betraf Heidar, der 2000 mit vierundsechzig Jahren verstorben war. Thórhalla hatte eine kurze Würdigung ihres Schwiegervaters geschrieben, die auf den ersten Blick zugetan, doch bei genauerem Lesen distanziert und kühl wirkte. Neben Arbeitskollegen und Schulfreunden, die mit kurzen Beiträgen vertreten waren, hatte sich auch Áki Reynisson, Reynirs Vater, mit wenigen Worten von einem, wie es hieß, »guten Menschen« verabschiedet, nannte ihn einen zuverlässigen Freund, Ehemann und Vater sowie einen »Stammgast in ihrem Haus auf dem Land«. Thóra hatte nichts über ihren Liebhaber geschrieben.

Der andere Nachruf galt einem Mann, der 1901 geboren und 1989 im hohen Alter gestorben war. Da sein Name – Sölvi Árnason – Ari Þór nichts sagte, war ihm zunächst unklar, in welcher Beziehung er zu Thóra gestanden hatte. Erst als er dann las, dass der Mann bis in die späten 1960er Jahre als Arzt praktiziert hatte, wurde ihm die Verbindung klar. Ari Þór las die Würdigungen: »Ein Mann von feinem Charakter und hohem Berufsethos«, der sein Dasein »der Verbesserung des Lebens anderer widmete«. Er war »nach einer untadeligen Karriere im hohen Alter« verstorben.

Kein Wort über die Fehlbehandlungen, die zweifellos der Grund dafür waren, dass Thóra die Anzeige aufgehoben hatte.

Kein Wort über die Vorwürfe, dass er jungen Studenten Amphetamine verschrieben hatte, obwohl er sich der Gefahren dieser Medikamente hätte bewusst sein müssen. Das der Todesanzeige beigefügte Foto schien das Abbild eines vertrauenswürdigen Arztes mit »feinem Charakter und hohem Berufsethos« zu sein: Es zeigte einen sanft dreinschauenden älteren Herrn mit dünnem grauen Haar, schmaler Brille und freundlichem Gesichtsausdruck. Sein einziger Sohn, Sölvi Sölvason, wurde 1934 geboren und war, falls er noch lebte, inzwischen fast achtzig Jahre alt.

Als Herr des Hauses hatte Reynir im Büro wieder seinen Platz auf dem Chefsessel hinterm Schreibtisch eingenommen. Ari Þór übergab ihm wortlos das rot eingeschlagene Päckchen.

»Ein Weihnachtsgeschenk?«, sagte Reynir erstaunt. »Wie aufmerksam von dir«, fügte er kichernd hinzu.

Ari Þór stand da und wartete, dass er das Päckchen öffnete.

»Von Thóra?«, sagte er verwundert. »Für mich?«

»Überrascht dich das?«

»Das kannst du aber glauben«, erwiderte er aufrichtig.

»Hast du ihr denn nichts gekauft?«

»Nein. Wir haben uns noch nie etwas geschenkt.«

Ari Þór sagte nichts, wartete.

»Willst du, dass ich es aufmache?«

»Deshalb bin ich hier«, antwortete Ari Þór. »Ich will wissen, was drin ist.«

»Ach so, verstehe.« Reynir riss das Papier ab, und ein Buch kam zum Vorschein, wie Ari Þór vermutet hatte.

»Oh, das kenne ich schon. Ist nicht einmal so schlecht.«

»Was ist das für ein Buch?«

»Die Autobiographie von jemandem, den ich kenne. Erfahrungen eines Lebens als Geschäftsmann oder, genauer gesagt, die Selbstbeweihräucherung eines vermeintlich tollen Typen. Dabei ist er nicht einmal besonders erfolgreich, hat aber eine gute Werbeagentur. Wenn ich das Buch geschrieben hätte, würde eine andere Geschichte drinstehen.« Er legte es weit weg an den Schreibtischrand.

»Du hast gesagt, Óskar wäre auch hier. Ich würde gern mit ihm sprechen«, sagte Ari Þór.

»Der alte Junge ist in der Küche.«

»Was wird aus ihm werden?«, fragte Ari Þór. »Kann er hier wohnen bleiben?«

Reynir blickte zur Tür, die Ari Þór nur angelehnt hatte. Ari Þór ging hin und machte sie zu.

»Ich bringe es nicht übers Herz, ihn rauszuschmeißen«, sagte Reynir, »aber ich mache mir Sorgen, dass er bald nicht mehr allein zurechtkommt. Ich überlege, ihn zu bitten, einige der Aufgaben seiner Schwester zu übernehmen, natürlich bei gleichem Gehalt – für etwas anderes wird er kaum noch zu gebrauchen sein. Ich habe ihn schon die letzten Jahre eher aus Mitleid beschäftigt.«

»Dann hoffe ich, dass alles gutgeht«, sagte Ari Þór, die Hand an der Türklinke. »Danke, dass du dir Zeit für mich genommen hast.«

»Musst du das Buch mitnehmen?«, fragte Reynir. »Es ist ja wohl kaum ein Beweismittel.«

Da das Buch noch in seiner Zellophanhülle steckte, konnte Thóra keine persönliche Mitteilung reingeschrieben haben – also etwas, was sie in dem Fall weiterbringen würde.

»Nein, wir brauchen es nicht«, sagte Ari Þór, erfreut über

Reynirs Frage. Vielleicht hatte er die alte Dame ja doch gemocht und wollte dieses Geschenk als Andenken an sie behalten.

Óskar starrte in den Kaffeebecher vor sich auf dem Küchentisch.

»Hallo«, sagte Ari Þór mit gedämpfter Stimme.

Óskar zuckte zusammen und sah auf. »Oh, hallo«, erwiderte er, erblickte das Päckchen in Aris Hand und schien sofort zu wissen, worum es sich handelte.

»Ich habe mich schon gefragt, wo das Geschenk …«, begann er, doch seine Stimme brach. Er atmete tief durch, dann sprach er weiter. »Ich habe mich gefragt, wo das Geschenk von Thóra ist. Sie hat mir zu Weihnachten immer etwas geschenkt, und ich ihr auch. Das ist das Buch von ihr, nicht wahr?«

Ari Þór nickte.

»Ich hab das Papier wiedererkannt. Wir benutzen es schon seit Jahren. Eine Rolle reicht lange, wenn man kaum Freunde hat«, sagte er und versuchte zu lächeln. »Ich hab ihr auch ein Buch gekauft. Einen Roman. Der Mann im Laden sagte, es sei die Nummer eins auf der Bestsellerliste. An Heiligabend hat Thóra seit jeher bis tief in die Nacht gelesen und diese Angewohnheit nie aufgegeben. Sie war dann immer so gelassen und zufrieden. Über die Jahre hat sie viel Schlimmes durchgemacht, und mir hat es immer gutgetan, sie Weihnachten so glücklich zu sehen. In dem Moment war die Welt in Ordnung, wenn auch nur für einen Abend.«

Ari Þór reichte ihm das Päckchen. Óskar legte es auf den Tisch und dankte ihm, obwohl Ari Þór nichts getan hatte, wofür er ihm hätte dankbar sein müssen.

Er wartete einen Moment, dann sagte er zögernd: »Leider muss ich dich bitten, es gleich zu öffnen.«

»Jetzt?« Óskar machte ein entsetztes Gesicht. »Kann ich nicht noch etwas damit warten?«

Am liebsten hätte Ari Þór es damit genug sein lassen, aber das ging nicht. Er musste darauf bestehen, die Ermittlungen hatten Priorität. Es wäre unverzeihlich, wenn sich in dem Päckchen etwas Wichtiges befände.

»Leider nein«, sagte er.

»Also gut.« Óskar nickte resigniert. »Es ist wahrscheinlich eine Biographie.« Er nahm das Päckchen in die Hände und entfernte vorsichtig das Papier. »Ja, ich hatte recht. Ich hab für das Buch schon Werbung gesehen und wollte es lesen.«

Bedächtig entfernte Óskar die Zellophanhülle und blätterte stumm die Seiten durch. Ari Þór bemerkte Tränen in seinen Augen. Der alte Mann wandte sich ab und wischte sie mit der Hand weg.

Ari Þór war unbehaglich zumute, weil er von Óskar verlangt hatte, das Päckchen sofort zu öffnen. Unsicher, was er tun sollte, wartete er und gab Óskar Zeit, sich zu sammeln.

»Das hier wollte ich dir auch noch zeigen«, sagte er nach einer Weile und legte den Nachruf auf Doktor Sölvi Árnason auf den Küchentisch.

Óskar sah auf das Foto. »Das ist der Mistkerl«, sagte er verächtlich. »Richtig, Sölvi war sein Name. Den hatte ich vergessen, aber an das Foto erinnere ich mich. Thóra hat mir den Nachruf gezeigt, und ich hab mir den Kopf zerbrochen, wie ein ganz normaler Mann, der so anständig aussieht, einem jungen Mädchen so etwas antun konnte. Ich bezweifele nicht, dass er es gut meinte, er war einfach ein schlechter Arzt. Aber was weiß ich schon?« Er hielt inne, fuhr dann fort. »Nur dass Thóra froh über seinen Tod war, das weiß ich genau. Ich erinnere mich noch deutlich an ihre Reaktion, weil das so gar nicht ihre Art war und sogar ein bisschen verstörend, aber natürlich auch verständlich. Der Mann hat mehr oder weniger ihr Leben zerstört. Aber dass sie die ganze Zeit an ihrem Hass festgehalten hat …« Er tastete in seiner Tasche nach der Lesebrille, holte sie heraus und sah auf den Text. »Ja. 1989. Das ist weit über zwanzig Jahre her. Der Mann war uralt, als er starb.« Wieder blickte er auf den vergilbten Zeitungsausschnitt. »Fast neunzig, aber sie hat ihn noch immer gehasst …«

»Sie war unversöhnlich«, sagte Ari Þór, wusste nicht, was er sonst hätte beitragen sollen.

»Mehr als unversöhnlich«, sagte Óskar.

»Er hat einen Sohn. Weißt du, ob Thóra mit ihm Kontakt hatte?«

»Kann ich mir eigentlich nicht vorstellen.« Doch auf einmal änderte sich sein Gesichtsausdruck, er sah auf und starrte Ari Þór in die Augen, als wäre die entsetzliche Vorstellung, die in dessen Worten mitschwang, nun auch bei ihm angekommen. »Der Tod meiner Schwester – vermutet ihr, dass jemand dafür verantwortlich ist?«

Ari Þór sah, dass Óskar das kaum verkraften würde. Schon gar nicht, wenn Arnór und Reynir im Fadenkreuz der Ermittler standen: Beide waren gute Bekannte, und bei Letzterem verdiente er seinen Lebensunterhalt.

»Das wissen wir noch nicht«, erwiderte Ari Þór aufrichtig. »Hat Reynir dir erzählt, dass wir Arnór verhaftet haben?«

Er sah Óskar sofort an, dass das nicht der Fall war. »Wegen Thóra?«, fragte er schnell.

»Nein. Wir untersuchen hauptsächlich seine Beziehung zu Ásta, gehen aber allen Möglichkeiten nach. Das braucht Zeit.«

Óskar ließ den Kopf hängen und vergrub das Gesicht in den Händen, als trüge er die Last der Welt auf seinen Schultern.

»Kann ich irgendetwas tun?«, fragte er schließlich mit leiser Stimme.

»Ja, du kannst mir etwas erklären.« Ari Þór setzte sich an den Küchentisch. »Reynir hat erzählt, deine Schwester hätte letzte Nacht von einem Versteckspiel gesprochen. Dass es sich jemand zur Gewohnheit gemacht hätte, sich im Zimmer einzuschließen. Weißt du, wen sie damit gemeint hat?«

Óskar schwieg lange, als müsse er nach den richtigen Worten suchen. »Ich hätte es euch schon heute Morgen erzählen sollen«, sagte er schließlich mit schwerer Stimme. »Es hat nichts mit euren Ermittlungen zu tun, deshalb hab ich es nicht erwähnt. Sie hat mich damit gemeint.«

»Wirklich?«

»Thóra und ich sind hauptsächlich deshalb so lange gut miteinander ausgekommen, weil wir uns aus den Privatangelegenheiten des anderen herausgehalten haben. Jeder hatte sein eigenes Leben, und meine kleine Marotte ist nichts Besonderes – jedenfalls nichts, wofür ich mich schämen müsste. Man könnte es als ein Interesse bezeichnen, und ich wollte es für mich behalten, das ist alles. Ich analysiere die Finanzkrise hier in Island«, sagte er, einen seltsamen Ausdruck im Gesicht.

»Den Crash?«, fragte Ari Þór erstaunt. »Wie denn?«

»Ich lese Zeitschriften und höre Nachrichten, versuche dem Ganzen auf den Grund zu kommen und mir eine Meinung darüber zu bilden, wer dafür verantwortlich ist – wer mit dem Geld anderer Menschen gespielt hat.«

»Glaubst du, Reynir war einer davon?«

»Na ja, er hat nicht zu denen gehört, die das Land in den Bankrott getrieben haben. Ich habe den Eindruck, er ist ein recht verantwortungsvoller Unternehmer.«

»Und was hat das mit dem Versteckspiel zu tun, von dem Thóra gesprochen hat?«, fragte Ari Þór, dessen Geduld langsam dem Ende zuging.

»Ich höre eine Sendung im Radio – von einem Sender aus Reykjavík. Leute rufen dort an und sagen, was nach ihrer Meinung in unserer Gesellschaft falsch läuft, und sie sprechen natürlich über den Crash. Wenn ich kann, höre ich zu, und dann schließe ich die Tür ab, weil …« Er senkte beschämt den Kopf. »Weil ich auch im Sender anrufe und sage, was ich denke. Ich habe das gleiche Recht wie alle anderen, nicht wahr?«

»Ja, natürlich«, sagte Ari Þór.

»Ich wollte die anderen hier nicht in mein neues Hobby einweihen. Manchmal muss man Dinge auch für sich behalten.«

»Das sehe ich genauso.« Ari Þór hielt inne, die Uhrzeit vor Augen und dass er bald losmusste. »Kann ich dich noch eine Sache fragen …?«

»Ja?«

»Es betrifft Sara.«

»Sara, ja, natürlich«, sagte Óskar, einen fragenden Ausdruck im Gesicht.

»Wenn ich mich recht erinnere, hast du erzählt, ein paar Jahre lang hätten Jugendliche hier ihre Ferien verbracht.«

»Stimmt.«

»Wie lange ging das?«

»Nur ein paar Jahre. Vielleicht drei oder vier.«

»Wie viele Jugendliche waren es insgesamt? Zehn, zwölf?«

»Das weiß ich nicht mehr«, sagte Óskar, schien nicht sehr interessiert an der Sache. »Aber das könnte stimmen.«

»Wir haben heute Morgen diese Liste aus dem Ministerium erhalten«, sagte Ari Þór. Er zog das zusammengefaltete Blatt aus der Tasche, legte es auf den Tisch und schob es Óskar hin. »Hier stehen dreiunddreißig Namen drauf. Mit ein paar Leuten auf der Liste habe ich telefoniert, und einige davon haben von Kálfshamarsvík noch nie etwas gehört. Nur wenige sagen, dass sie hier waren.«

Óskar sah nicht auf die Liste und wich auch Aris Blick aus. Seine Hände begannen zu zittern, und er ballte sie zu Fäusten, als wolle er sie dadurch ruhigstellen. Er trug noch immer den gleichen blauen Rollkragenpullover. Ari Þór fragte sich, ob er sich zur Christmesse umziehen würde.

»Ich weiß nicht, was ich sagen soll«, murmelte Óskar schließlich.

»Ich hab Zeit«, erwiderte Ari Þór cool. Er würde Óskars Widerstand problemlos brechen, besonders jetzt. Óskar war ein harmloser Mann und würde nicht allzu lange durchhalten. Ari Þór genoss fast das Gefühl, dass es so leicht sein würde. Kurzfristig hatte er zwar ein schlechtes Gewissen, aber das verflüchtigte sich rasch.

»Ich kann nicht … ich kann im Moment nicht darüber reden«, sagte Óskar schließlich mit bebender Stimme.

»Warum nicht?«

»Wegen Thóra«, erwiderte Óskar nach kurzem Schweigen. »Bitte frag nicht danach. Nicht jetzt«, bettelte er.

»Aber ohne einen guten Grund kann ich nicht verantworten, die Ermittlungen aufzuhalten, das musst du schon verstehen. Wir müssen über alles Bescheid wissen.«

»Das hat aber nichts mit Thóras Tod zu tun, und schon gar nicht mit Ástas.«

»Das zu entscheiden musst du schon mir überlassen«, sagte Ari Þór ernst.

»Ich kann einfach nicht darüber sprechen. Sie ist doch gerade erst gestorben.«

Ari Þór verharrte schweigend. Óskars Hände zitterten jetzt so stark, dass er nichts mehr dagegen tun konnte. Er schien etwas zu murmeln, doch es dauerte noch einen Moment, bis er Ari Þór schließlich mit einem gequälten Gesichtsausdruck ansah. Sein Widerstand war gebrochen.

»Sie hat es gut gemeint, meine Schwester. Sie hat es immer gut gemeint. Sie wurde vom System im Stich gelassen, und sie fand, dass die Gesellschaft ihr etwas schuldete«, flüsterte er.

»Was schuldete?«

»Na ja, Geld. Ich habe es zufällig herausgefunden. Zuerst hat sie es abgestritten, aber das war sinnlos. Dann hat sie es zu rechtfertigen versucht. Im ersten Sommer hatte sie herausgefunden, wie einfach es war, die staatliche Unterstützung zu bekommen – man musste nur eine Liste mit Namen hinschicken und aufs Geld warten. Im nächsten Jahr hat sie einfach ein paar mehr Namen auf die Liste gesetzt. Sie hat sie aus den Zeitungen genommen, von den Kinderseiten. Wenn eine Neunjährige eine Geschichte eingeschickt hat, behauptete Thóra, sie hätte hier ihre Ferien verbracht, und die Kinder selbst haben nie davon erfahren. Im darauffolgenden Jahr ist sie noch weiter gegangen und hat noch mehr Namen hinzugefügt. Ein paar Sommer lang hatten wir überhaupt keine Kinder hier, obwohl sie weiter eine Liste mit Namen eingeschickt und Geld bewilligt bekommen hat.« Er räusperte sich. »Ich hatte wirklich nichts damit zu tun. Es war Thóras Idee, sie hat es gemacht und das Geld eingesteckt. Wir sind hier nie besonders gut bezahlt worden. Und hat Thóra von der Regierung irgendeine Entschädigung für die Sache mit dem Arzt gekriegt? Einem Arzt, der vom Staat bezahlt wurde und ihre Chancen zu studieren zunichtegemacht hat? Keinen Cent! Keinen einzigen Cent!« Seine Stimme wurde laut.

»Und deshalb hat sie die Regierung um Geld betrogen?«, fragte Ari Þór ruhig.

»Betrogen? So würde ich das nicht nennen«, sagte Óskar. »Natürlich wusste sie, dass es nicht richtig war, Geld für Kinder zu bekommen, die hier nie Ferien gemacht haben. Aber meine Schwester war einfallsreich, und sie hatte einen Sinn für Gerechtigkeit.«

Ari Þór lächelte.

»Wirst du der Sache nachgehen?«

»Wahrscheinlich ist es verjährt«, sagte Ari Þór, ohne direkt zu antworten. »Aber was ist mit Sara? War sie tatsächlich hier oder nur auf dem Papier?«

»Sie war wirklich hier. Ich hab dich da nicht angelogen. Aber ich weiß nicht, warum sie noch in Thóras Kopf rumgeisterte.«

Ari Þór stand auf, und plötzlich fiel ihm die Frage ein, die er am Vortag vergessen hatte. »Wo ich gerade daran denke ...«

Óskar sah ihn fragend an.

»Reynir erwähnte gestern kurz nach unserer Ankunft, dass er in seinem Büro keinen Computer hat. Ich hatte das Gefühl, du wolltest dazu etwas sagen, hab dann aber vergessen, dich danach zu fragen. Reynir scheint ja die ganze Zeit zu arbeiten, weil Geld niemals schläft, wie es heißt. Da fand ich es merkwürdig, dass er keinen Computer hier hat.«

»Na ja …«, begann Óskar vorsichtig. »In eurer Gegenwart wollte ich nichts Schlechtes über Reynir sagen, aber das war gelogen. Er hat seinen Laptop immer dabei.«

»Immer?«

»Meine Güte, ja. Er schaltet ihn nie aus, er klebt an ihm.«

»Wann hast du den Laptop zuletzt gesehen?«

»Weiß ich nicht mehr so genau.«

»War es vor Weihnachten? Nach Ástas Tod?«

»Ja, da bin ich mir ziemlich sicher.«

Ari Þór dankte Óskar, eilte zurück in Reynirs Büro, klopfte und trat ein, ohne auf eine Antwort zu warten.

Reynir schien die unerwartete Störung gut zu verkraften. »Hast du etwas vergessen?«, fragte er lächelnd.

»Wo ist dein Computer? Dein Laptop?«

Vermutlich hatte er die Frage erwartet, denn er reagierte vollkommen gelassen. »Er wurde mir gestohlen. Echt Pech.«

»Hast du uns das letzte Mal angelogen?«, fragte Ari Þór, plötzlich verärgert.

»Euch angelogen?« Reynir blieb weiterhin seelenruhig. »Natürlich nicht. Ich habe gesagt, ich hätte keinen Computer, und das ist auch so. Warum sollte ich euch wegen so einer Bagatelle anlügen?«

»Wo wurde er gestohlen? Und wann?«

»In Blönduós oder Skagaströnd, am Tag nach Ástas Tod. Er lag auf der Rückbank meines Wagens, den ich vergessen hatte abzuschließen, was natürlich total dumm war.« Er lächelte. »Dass er weg war, hab ich erst zu Hause gemerkt.«

»Du hast den Diebstahl doch sicher sofort gemeldet.«

»Nein, hab ich nicht. Das ist nachlässig, ich weiß. Aber es ist nichts Wichtiges auf dem Laptop, alles ist sicher in der Cloud gespeichert. Ich hab also keine Geschäftsgeheimnisse verloren, und um ehrlich zu sein, der Preis für einen neuen Laptop macht mir keine Sorgen. Wenn ich nach Weihnachten wieder in Reykjavík bin, kaufe ich mir einen neuen.«

»Lass mich wissen, wenn er wieder auftaucht«, sagte Ari Þór und ging, ohne sich zu verabschieden.

10. Kapitel

Ari Þór saß im Streifenwagen und blickte über die Bucht von Kálfshamarsvík. Er hatte den Inspektor der Polizeiwache von Blönduós am Telefon, der in einer Datenbank die Nummer von Sölvi, dem Sohn des Arztes, für ihn heraussuchte.

Er fragte sich, ob Tómas vielleicht doch die richtigen Schlüsse gezogen hatte – dass Thóra nach langer Krankheit tatsächlich eines natürlichen Todes gestorben war und Arnór Ásta bei einem schiefgelaufenen Stelldichein umgebracht hatte.

»Ich hab sie«, meldete sich der Inspektor zurück. »Sölvi Sölvason, geboren 1934, wohnt in der Hringbraut.« Er gab ihm die Telefonnummer durch.

Erneut musste Ari Þór sich selbst gegenüber rechtfertigen, dass er das Richtige tat und Fremde störte, obwohl in wenigen Stunden die Weihnachtsfeierlichkeiten begannen. Sölvi war sofort am Telefon. Ari Þór stellte sich vor und kam gleich zur Sache.

»Ich muss dir ein paar Fragen über deinen Vater stellen.«

»Meinen Vater? Ja, natürlich. Darf ich fragen, warum?«

Hätte Ari Þór nicht gewusst, wie alt er war, hätte er ihn aufgrund der Stimme nie auf fast achtzig geschätzt.

»Wir untersuchen gerade den Tod einer älteren Dame hier oben im Norden. Sie hieß Thóra Óskarsdóttir und war vor langer Zeit Patientin deines Vaters.«

»Der Name sagt mir nichts.«

»Wenn ich das richtig verstehe, glaubte sie wohl, mit deinem Vater noch eine Rechnung offen zu haben. Er hatte ihr in ihrer Studienzeit Amphetamine verschrieben, was schlimme Folgen für sie hatte.«

»Aha, dann war sie also eine von denen?«, fragte Sölvi.

»Du weißt davon?«

»Ja, ich weiß, mein Vater hatte vor langer Zeit einmal Ärger wegen so was. Damals war es üblich, solche Medikamente zu verschreiben. Und er war von der alten Schule – wohl ein bisschen ein Dinosaurier. Es fiel ihm nicht leicht, neue Wege einzuschlagen. Aber er hat niemandem schaden wollen. Es ist ja wohl kein Verbrechen, mit neueren Entwicklungen nicht Schritt zu halten und sich Veränderungen zu verweigern, oder?«

Sölvi klang nicht, als erwarte er eine Antwort, und Ari Þór gedachte auch nicht, ihm eine zu geben. »Haben sie sich danach noch einmal getroffen?«, fragte er stattdessen.

»Nein, das glaube ich nicht. Sie hat versucht, ihm ein bisschen Geld aus der Tasche zu leiern, aber mein Dad hat sein Geld immer zusammengehalten. Dann hat sie ihn verklagt, doch wenn ich mich recht erinnere, ist dabei auch nichts herausgekommen. Meinen Vater hat es allerdings ziemlich belastet.«

»Sie auch, soviel ich weiß«, sagte Ari Þór.

»Sie? Ach die Frau, ja … nun ja.«

»Danke, dass du mit mir gesprochen hast, noch eine schöne Weihnacht.«

Ari Þór legte auf und rief Tómas an, der noch immer unterwegs nach Reykjavík war. Inzwischen hatte er aber mit dem

Staatsanwalt in Akureyri gesprochen, der widerstrebend zugestimmt hatte, sich den Fall anzusehen und zu entscheiden, ob die Beweislage ausreichte, Arnór ein paar Tage länger in Haft zu behalten. »Er war nicht gerade überglücklich, jetzt noch arbeiten zu müssen«, sagte Tómas.

Ari Þór erzählte ihm, was er herausgefunden hatte: von Thóras Erpressungsversuch, dem Laptop, dem Nachruf auf den Arzt. Er schämte sich fast, Tómas darauf hinweisen zu müssen, dass es noch immer ungeklärte Fragen gab; es war, als wollte er ihm indirekt zu verstehen geben, dass er Arnór voreilig eingesperrt hatte.

Als er fertig war, herrschte Schweigen am anderen Ende der Leitung. Er spürte geradezu, dass Tómas seine Ausführungen alles andere als erfreulich fand.

»Willst du, dass ich umkehre?«, fragte Tómas schließlich. »Also gut, ich komme zurück.« Das erwartungsvolle Schweigen machte jedoch deutlich, dass er von Ari Þór hören wollte, dazu bestünde kein Grund.

Fast wider besseres Wissen beschloss Ari Þór, ihm den Gefallen zu tun. »Ich krieg das alleine hin«, sagte er in dem Bewusstsein, dass Weihnachten war und sowieso alles langsamer ging. Er hatte alle denkbaren Steine umgedreht, und wenn es noch mehr gab, müsste er tief danach graben. Aber das konnte bis nach Weihnachten warten.

Sein Telefon klingelte genau in dem Moment, als er auflegte. Sicher war es Kristín, die in Blönduós schon ungeduldig auf ihn wartete.

»Ari Þór ...« Sie atmete schwer und schnell, und er wusste sofort, dass etwas nicht stimmte. »Ari Þór ...«, wiederholte sie atemlos. »Ich glaube, das Baby kommt. Das Baby ...«

11. Kapitel

Es war, als erreichten die Worte ihn gar nicht – als weigere sich sein Verstand, es zu glauben. Dann fing sein Herz heftig an zu klopfen, er startete den Wagen und preschte los, was bei den Schlaglöchern in der Straße, die man kaum als solche bezeichnen konnte, nicht sehr klug war.

»Geht's dir gut? Wo bist du? Ich bin auf dem Weg«, brachte er endlich heraus.

»Ich hab den Krankenwagen gerufen, der ist bestimmt schneller da als du«, sagte sie und rief ihm ins Gedächtnis, dass sie schon immer die Praktischere war und keine Geduld für übertriebene Sentimentalität hatte. »Sicher kommt er gleich«, fuhr sie fort. »Ich hab ständig versucht, dich anzurufen, aber bei dir war immer besetzt.«

»Wo bist du?«, wiederholte er. »Geht's dir gut?«

»Ich bin auf der Thveráfjall-Straße am Berg auf Eis ins Schleudern gekommen und von der Straße gerutscht, aber es ist nichts Schlimmes passiert.« Sie stieß die Worte hastig hervor, zwischen keuchenden Atemzügen. »Aber ich hab einen ziemlichen Schreck gekriegt«, fügte sie hinzu, und jetzt war er überzeugt, dass sie gegen ihre Tränen ankämpfte.

»Bleib ganz ruhig«, sagte er und konzentrierte sich darauf, nicht auch noch einen Unfall zu bauen. Leichter Schneefall zwang ihn zwar, vom Gas zu gehen, aber wenigstens hatte er es nicht mit einem ausgewachsenen Schneesturm zu tun.

Er tat sein Bestes, Kristín zu helfen, die Ruhe zu bewahren, ohne zu wissen, ob seine Worte irgendetwas nutzten. Zumal er noch nie am Telefon Vater geworden war.

Das Kind kam auf dem Berg in Kristíns Auto zur Welt. Ari Þór konnte es am Telefon mithören und wurde schließlich von einem Sanitäter informiert, dass alles gutgegangen war. Kristín sei jetzt im Rettungswagen, und er solle schnurstracks ins Krankenhaus nach Blönduós fahren. Er hatte nicht einmal die Gelegenheit gehabt zu fragen, ob es ein Junge oder ein Mädchen war – was ihn momentan sowieso nicht interessierte.

Kurz darauf holte er den Rettungswagen ein und fuhr bis zum Krankenhaus hinter ihm her, so dass er Kristín und das dick eingemummelte Baby bei der Ankunft in Empfang nehmen konnte.

Die Ereignisse auf der Landzunge waren aus seinen Gedanken verschwunden, als er sein Kind – Junge oder Mädchen – anlächelte. Dann wandte er sich Kristín zu. Mit dem Baby im Arm schenkte sie ihm ein schwaches Lächeln. Sie sah erschöpft aus, doch als er sich vorbeugte, um ihr einen Kuss auf die Wange zu geben, flüsterte sie: »Es ist ein Junge.«

»Glückwunsch, mein Schatz«, flüsterte er zurück.

Im Krankenhaus legten sie Ari Þór den Jungen in den Arm. Es war so unwirklich – die winzigen Finger, die sich fest um seinen Finger schlossen; dass er jetzt Vater war, mit der Verantwortung für ein anderes Lebewesen, genauso, wie seine Eltern einmal Verantwortung für ihn übernommen hatten. Doch er war fest entschlossen, für seinen Sohn länger da zu sein, als es seine Eltern für ihn gewesen waren.

»Er ist zwar ein bisschen früh gekommen, aber vollkommen gesund«, sagte der Arzt, der Kristín entbunden hatte. Für ihn war kaum noch etwas zu tun gewesen, weil beim Eintreffen des Krankenwagens das Baby schon fast da war.

»Möchtest du ihn anziehen?«, fragte der Arzt und zeigte auf die Babykleider, die jemand – vielleicht eine Krankenschwester – aufs Bett gelegt hatte. Kristín und er waren gar nicht auf die Idee gekommen, etwas von ihren angeschafften Babysachen mitzubringen.

Ari Þór zögerte. Zwar wagte er kaum, das Baby auf seinem Arm zu bewegen, doch er wollte es zumindest versuchen, auch wenn er sich kaum vorstellen konnte, ein so zartes Wesen anzukleiden. Als er sich schließlich damit abmühte, seinen Sohn das erste Mal anzuziehen, wurde ihm bewusst, dass sich sein Leben gerade von Grund auf verändert hatte.

Während Ari Þór dem Kleinen den winzigen grünen Strampler anzog, überbrachte Kristín ihren Eltern am Telefon die frohe Botschaft. Er fragte sich, ob es jemanden gab, den er anrufen sollte, und die ersten düsteren Gedanken drängten sich in sein Hochgefühl. Seine Eltern waren tot, er hatte keine Geschwister und kaum Kontakt zu den wenigen Verwandten. Sollte er es Tómas sagen? Stand sein älterer Kollege wirklich ganz oben auf der Liste? War Tómas wirklich sein bester Freund? Es hatte ja sogar Monate gedauert, bis er ihm erzählte, dass er und Kristín ein Kind erwarteten.

Das Gespräch zwischen Kristín und ihren Eltern war sehr emotional, ganz wie es sein sollte. Es dauerte eine Weile, bis Kristín sie davon überzeugen konnte, dass es keinen Grund gab, den ersten Flug nach Island zu nehmen, der sowieso erst einen Tag nach Weihnachten ging. Ihr Vater arbeitete als Finanzberater, und ihre Mutter war Architektin. Nach der Finanzkrise waren sie nach Norwegen gezogen, weil sie beide ihre Jobs in Island verloren hatten. Kristín hatte Ari Þór oft gewarnt, dass sie sicher einen Grund finden würden, zurück nach Island zu ziehen, sobald ihr Enkelkind geboren war. Wenn sie in den vergangenen Monaten miteinander telefonierten, hatten ihre Eltern jedesmal beiläufig gefragt, ob die Arbeitsmarktsituation nach dem Crash wieder besser geworden sei, woraus Kristín schloss, dass sie ihre Rückkehr bereits konkret planten.

»Sieht schön aus«, sagte Kristín, nachdem sie fertig telefoniert hatte. Der kleine Junge trug seine ersten Kleider, und der grüne Strampler passte ihm gut. »Mum und Dad kommen nach Weihnachten, wir haben also zwei Tage nur für uns, bevor der Zirkus beginnt.«

Sie schenkte ihm ein inniges Lächeln, aber er sah auch, dass ihre Eltern ihr fehlten. Sie war zwar immer gut damit klargekommen, doch sie hatte öfter die Sorge erwähnt, dass es nicht leicht sein würde, eine Familie zu gründen ohne jede Hilfe in unmittelbarer Nähe. Sie wollte nicht, dass er und sie ganz allein waren.

Ari Þór beschloss, die Diskussion über den Namen des Kleinen erst einmal auf Eis zu legen. Er hatte keine Lust, diesen wunderbaren Moment durch eine Meinungsverschiedenheit zu zerstören, zumal ihm klargeworden war, dass ihm der Name des Kindes lange nicht so wichtig war, wie er geglaubt hatte.

Plötzlich schien er ihm fast belanglos. Vielleicht würde der Junge den Namen seines – Aris – verstorbenen Vaters tragen – vielleicht auch nicht. Es war egal.

Kurz überlegte er, wie alt sein Vater jetzt wäre, wenn er noch lebte: zweiundfünfzig, bald dreiundfünfzig. Sein kleiner Sohn würde weder seinen Großvater noch seine Großmutter väterlicherseits je kennenlernen; beide waren seit fünfzehn Jahren tot. Aber in diesem Moment, als Ari Þór ihn im Arm hielt, spürte er seinen Vater in der Nähe – so wichtig war er ihm in Gedanken.

Als am Abend um achtzehn Uhr Mutter und Sohn nach einem anstrengenden Tag friedlich schliefen, setzte Ari Þór sich ans Bettende und machte mit Kristíns Telefon heimlich ein paar Fotos.

Sie schlug die Augen auf und lächelte.

»Wie geht es dir, mein Schatz?«, fragte er.

»Gut. Wirklich gut, ich bin nur erschöpft. Das wird ein seltsames Weihnachtsfest werden.«

»Und schon gar nicht so, wie wir es geplant haben; nicht einmal das Hotel-Weihnachten in Blönduós klappt, was wir zwischenzeitlich in Betracht gezogen hatten«, sagte er.

»Das hier ist perfekt«, sagte sie. Die Müdigkeit in ihrer Stimme war nicht zu überhören.

»Aber das Geschenk für dich, oder alle Geschenke … das kann bis heute Abend warten.«

»Er sollte auch etwas bekommen«, sagte Kristín.

»Stimmt. Aber darauf bin ich nicht vorbereitet und kann mir auch nicht vorstellen, dass jetzt noch irgendwo ein Laden aufhat. Wir schenken ihm einfach dein Buch und schreiben was rein für ihn. Sein erstes Weihnachtsgeschenk.«

»Mein Buch?«, fragte sie, doch dann wurde ihr klar, was er damit meinte. »Oh, natürlich, du hast mir ein Buch gekauft.

Danke.« Sie nahm seine Hand. »Hoffentlich eignet es sich für ein Baby …«

»Es ist natürlich ein Roman, kein Kinderbuch, aber besser als nichts. Der arme Junge … er hat Heiligabend Geburtstag. Hoffentlich glauben die Leute nicht, sie kämen für alle Zeiten mit nur einem Geschenk im Jahr davon.«

»Es war unglaublich, Ari Þór«, sagte sie. »Die Geburt. Ich hätte mir nie vorstellen können, dass es so weh tut …«

»Diesmal hattest du einfach Pech«, sagte Ari Þór spontan. Dann wurde ihm die Bedeutung seiner Worte klar, nämlich dass sie noch mehr Kinder haben würden. Er hatte sich immer Geschwister gewünscht und sah sich als Vater von mindestens zwei Kindern – obwohl sie beide darüber nie gesprochen hatten.

Kristín nickte, und Ari Þór wechselte schnell das Thema.

»Wie war es bei dem alten Mann? Welche schlimmen Geheimnisse hast du über deinen Urgroßvater herausgefunden?«

»Ich hab dir doch letzte Nacht von seiner Tochter erzählt, erinnerst du dich?«

Ari Þór schüttelte schuldbewusst den Kopf. »Leider nicht.«

»Aha.« Kristín lächelte. »Also, anscheinend war mein Urgroßvater im Winter bei schlechtem Wetter in Sauðárkrókur und hatte seine Familie zurückgelassen. Während seiner Abwesenheit ist seine Frau krank geworden und starb kurz darauf. Ihre Tochter, die Schwester meines Großvaters, hatte keine Möglichkeit, einen Arzt zu holen, und versuchte alles, sie bis zur Rückkehr ihres Vaters am Leben zu halten, was sie aber nicht schaffte. Sie musste zusehen, wie ihre Mutter starb, und das scheint sie ihrem Vater für den Rest seines Lebens vorgeworfen zu haben – dabei war es nicht einmal seine Schuld.«

Irgendetwas an dieser kurzen Geschichte erregte Aris Aufmerksamkeit, aber er bekam es nicht zu fassen.

»Warum war er denn nicht zu Hause gewesen?«, fragte er nach kurzem Schweigen. »Warum war er in Sauðárkrókur?«

»Genau das ist ja so merkwürdig«, erwidert Kristín. »Er hatte sich freiwillig gemeldet, um dort irgendein Medikament zu holen. Da war wohl ein sehr krankes Kind, das eine Arznei brauchte, die es nur in Blönduós gab, und ein Mann aus Blönduós hatte sich bereit erklärt, es ihm zu bringen. Dann wurde das Wetter so schlecht, dass er sich nicht traute weiterzugehen. Er kehrte kurz im Haus meines Urgroßvaters ein und eilte dann zurück nach Blönduós. Und da hat mein Urgroßvater angeboten, selbst weiter nach Sauðárkrókur zu gehen, im tiefsten Winter, und einfach um irgendeiner Familie zu helfen, die er nicht einmal kannte. Was sich als schicksalhafte Entscheidung erwies. Der alte Mann in Sauðárkrókur kannte die Geschichte gut, denn das Kind, das die Arznei brauchte, war sein älterer Bruder. Mein Urgroßvater hat dessen Leben gerettet, weil er ihm rechtzeitig das Medikament brachte. Der alte Mann sagte, für seine Familie war mein Urgroßvater praktisch ein Heiliger.«

Ari Þór dachte noch immer an den ersten Teil der Geschichte, in dem Kristín erzählt hatte, dass die Tochter ihres Urgroßvaters mit ansah, wie ihre Mutter starb, und ihren Vater dafür verantwortlich machte, obwohl er unschuldig war.

»Bitte entschuldige mich einen Moment, Schatz, aber ich muss Tómas anrufen.«

»Was? Jetzt? Willst du ihm von dem Baby erzählen?«

»Ja … na ja, ja und nein. Ist das okay?«

»Sicher. Ich versuche, noch ein bisschen zu schlafen. Aber findest du es nicht auch bemerkenswert, dass dieser Mann es gut gemeint hat und es so schlimm für ihn ausgegangen ist? Das ist so unfair!«

»Total unfair. Aber wenigstens weiß ich jetzt, dass du von guten Menschen abstammst«, sagte er lächelnd, streichelte ihre Wange und betrachtete versonnen das Baby, das in ihrem Arm schlief. Dann ging er hinaus in den Flur und rief Tómas an.

»Also wirklich, ich fasse es nicht!«, rief Tómas aus, als er ihm die gute Nachricht überbrachte. »Glückwunsch, mein Junge, ich freue mich für dich. Du bist sicher ganz aus dem Häuschen.«

»Kann man so sagen«, erwiderte Ari Þór wahrheitsgemäß. Er versuchte noch immer zu verstehen, dass er Vater eines Sohnes war, der gerade in einem Krankenhauszimmer nebenan schlief. Am Anfang hatte er einige Monate gebraucht, um sich an die Vorstellung zu gewöhnen, dass er Vater würde, aber nichts hatte ihn auf diese Hochstimmung vorbereitet, die er jetzt verspürte.

»Bist du in Reykjavík?«, fragte er.

»Ja, ich bin zu Hause«, erwiderte Tómas. »Meine Frau freut sich, dass ich da bin und sie Weihnachten nicht ganz allein verbringen muss.«

»Du musst dir unbedingt meine neue Theorie zu dem Fall anhören.«

»Deine neue Theorie? Du denkst sogar in diesem Moment noch an den Fall? Du hörst wohl nie auf, was? Also gut, schieß los.«

»Wir wissen, dass Ástas Dachzimmer der einzige Raum im Haus mit Blick zum Kliff ist.«

»Richtig«, sagte Tómas.

»Und dass sie als Kind zu Thóra gesagt hat, dass sie wegziehen muss, weil sie etwas von dort oben gesehen hat, korrekt?«

»Ja, jedenfalls hat Thóra das so gesagt.«

»Also haben wir – und alle anderen auch – akzeptiert, dass sie gesehen hat, wie ihre Schwester starb – oder sogar sah, wie jemand sie vom Kliff stieß. Weißt du auch noch, was Arnór über die Nacht gesagt hat, als Sæunn das Kliff hinunterstürzte? Dass Kári Thóra erzählt hätte, Sæunn sei mitten in der Nacht rausgerannt und hätte versuchte, sich das Leben zu nehmen? Und dass Kári versuchte, sie aufzuhalten, es ihm aber nicht gelang?«

»Ja, das weiß ich alles noch. Was willst du mir eigentlich sagen?«

»Und heute Morgen«, fuhr Ari Þór unbeirrt fort, »haben wir endlich den Brief gesehen, den die zwölfjährige Ásta an Óskar geschrieben hat. Darin stand mehr oder weniger deutlich, dass sie kein Interesse hatte, ihren Vater im Krankenhaus zu besuchen. Und eben hat Kristín mir etwas erzählt, das mit alledem zwar nichts zu tun hat, mich aber auf eine völlig neue Idee brachte. Kann es sein, das wir das Ganze völlig falsch verstanden haben? Und nicht nur wir, sondern auch Thóra und alle anderen? Könnte es sein, dass Ásta wirklich etwas von ihrem Dachfenster aus gesehen hat, es aber gar nicht der Todessturz ihrer Schwester war, sondern der ihrer Mutter? Und könnte sie ihr Leben lang geglaubt haben, ihr Vater – Kári – hätte sie runtergestoßen?«

12. Kapitel

»Oh, verdammt«, sagte Tómas zum zweiten Mal innerhalb von wenigen Minuten. »Wie alt war Ásta noch mal, als ihre Mutter starb?«

»Erst fünf«, erwiderte Ari Þór, ohne groß überlegen zu müssen. Die wichtigsten Fakten hatte er im Kopf.

»Meine Güte, stell dir mal vor, was das mit einem kleinen Mädchen gemacht haben muss. Mit fünf Jahren so etwas zu sehen …«

»Genau. Es war schlimm genug mitzukriegen, wie ihre Mutter auf so brutale Art starb, aber dann noch ihr Leben lang zu glauben, ihr Vater hätte sie von der Klippe gestoßen …« Ari Þór stieß einen Seufzer aus. »Und nach dem Tod ihrer Schwester hat ihr Vater sie nach Reykjavík geschickt. Möglicherweise wollte er sie ja wirklich vor dem gleichen Schicksal bewahren, aber sie glaubte, er wollte sie loswerden, damit sie niemandem erzählt, was sie gesehen hatte. Das ist vielleicht der Grund, weshalb sie über lange Zeit einen enormen Groll gegen ihren Vater hegte; jedenfalls klang das in dem Brief durch, den Óskar uns gezeigt hat. Und vielleicht glaubte sie bis zum Ende ihres Lebens, dass ihr Vater schuld am Tod ihrer Mutter war – dass er sie von der Klippe gestoßen hat. Wo doch das Gegenteil der Fall war und er sie retten wollte.«

»Eine interessante Theorie, aber damit ist Arnór noch lange nicht aus dem Schneider«, sagte Tómas.

»Das ist mir klar.«

»Wenn überhaupt, stützt das meine Überzeugung, dass er sie ermordet hat.«

»Wirklich?«, fragte Ari Þór überrascht.

»Ja. Weil dadurch die Theorie, dass jemand anderes Ásta ermordet hat, hinfällig wird – nämlich dass derjenige, der Tinna umgebracht hat, nun auch Ásta töten musste, weil er glaubte, sie hätte den Mord beobachtet und wäre zurückgekommen, um die Wahrheit zu sagen. Wenn Ásta *in Wirklichkeit* den Tod ihrer Mutter gesehen hat, ist diese ganze Theorie im Eimer.«

Ari Þór dachte einen Moment nach.

»Das stimmt. Aber wir sind alle davon ausgegangen, dass Ásta etwas über Tinnas Tod wusste. Wenn dieser Mensch – derjenige, der Tinna getötet hat – das ebenfalls glaubte, wollte er sichergehen, dass Ásta ihn nicht verriet, und …«

»Das kann ich mir nicht vorstellen«, sagte Tómas. »Dass jemand so lange wartet und dann … Arnór ist und bleibt schuldig. Bei den meisten Tätern reicht eine Nacht in der Zelle, dass sie gestehen. Morgen ist er so weit.«

Nach dem Telefonat mit Tómas blieb Ari Þór draußen im Flur, um Kristín Gelegenheit zum Schlafen zu geben.

Er sagte sich gerade, das würde sich für einen frischgebackenen Vater so gehören, als plötzlich sein Handy klingelte. Obwohl er die Nummer auf dem Display nicht kannte, ging er ran. Wenn jemand an Heiligabend um diese Zeit anrief, musste es wichtig sein.

»Ari Þór«, meldete er sich knapp.

»Hallo, Ari Þór.« Es war eine Frauenstimme, und er kannte sie. »Hier ist noch einmal Sara … Elín Sara. Wir haben heute Vormittag telefoniert.« Sie sprach zögerlich, als wüsste sie nicht, ob sie das Gespräch überhaupt führen sollte. »Tut mir leid, dass ich noch so spät störe, sicher bist du zu Hause und freust dich schon auf dein Weihnachtsessen …«

Das entsprach zwar ganz und gar nicht der Wirklichkeit, aber er war höflich und friedlich gestimmt und erwiderte, sie würde ihn nicht stören. Zumal er spürte, dass sie etwas Wichtiges zu sagen hatte – was ein neues Licht auf den Fall werfen könnte.

»Nach unserem Gespräch heute Morgen habe ich mir noch einmal Gedanken über alles gemacht … und vielleicht bin ich nicht ganz ehrlich gewesen«, sagte sie mit hörbar bebender Stimme. »Es war ein Schock für mich, an diesen Ort erinnert zu werden, obwohl ich ihn niemals vergessen könnte. Und es hat mich ziemlich überrascht, dass Thóra nach all den Jahren sogar meinen Namen erwähnt hat. Ich bin schon so lange wütend auf sie, was sich auch nie ändern wird … aber es tut gut zu wissen, dass das alles an ihr genagt hat.«

»Hat sie dir etwas angetan?«, fragte Ari Þór vorsichtig, verwirrt von dieser Erklärung.

»Thóra? Nein, es geht nicht darum, was sie getan hat«, sagte sie langsam, »sondern was sie nicht getan hat. Sie hätte anders reagieren müssen. Ihr Verhalten war furchtbar.« Eine lange Pause trat ein. »Ich hatte einen Zusammenbruch … und hab mich dann in mein Schneckenhaus zurückgezogen und niemals ein Wort darüber verloren, zu niemandem, und das all die Jahre lang. Und dann hast du angerufen, und jetzt denke ich, vielleicht ist das die Gelegenheit, auf die ich gewartet habe –

eine Gelegenheit, die Geschichte zu erzählen … und ich glaube, es würde mir guttun.«

Elín Sara verstummte. Ari Þór ließ sich auf einem der gelben Plastikstühle im Krankenhausflur nieder, der genauso unbequem war, wie er aussah. »Was ist passiert?«, fragte er.

»Er hat mich mit zum Leuchtturm genommen, um ihn mir von innen zu zeigen. Das war ziemlich aufregend. Damals wusste ich das nicht, aber jetzt ist mir natürlich klar, dass er genau den richtigen Moment abgewartet hat, wenn niemand uns sieht. Aber das wäre sowieso unwichtig gewesen, denn als wir im Leuchtturm drin waren, hat er die Tür abgeschlossen. Ich erinnere mich noch ganz deutlich daran; es war schlimm. Aber ich habe nie etwas gesagt.«

Ari Þór konnte sich die Szene lebhaft vorstellen. Er selbst hatte sich in dem Leuchtturm äußerst unwohl gefühlt.

»Wir sind nicht einmal die Treppe hochgegangen, er hat gleich unten im Flur angefangen.« Sie verstummte, holte tief Luft und sprach dann weiter. »Ich musste es noch nie aussprechen und weiß nicht, ob ich es jetzt kann … Er hat seine Hose und Unterhose ausgezogen …«, sagte sie, verstummte erneut. »Verstehst du …«

Ari Þór, von tiefer Abscheu erfasst, hätte lieber nicht noch mehr gehört.

»Er hat mich nicht angefasst – aber das macht es nicht weniger schlimm. Ich habe das nie …«, sagte sie, wiederholte das Wort nachdrücklich, »… *nie* verwunden. Ich hab das am gleichen Abend Thóra erzählt und weiß noch genau, was sie gesagt hat. ›Du lügst, Kind.‹ Einfach so, als wäre es gar nicht anders möglich. Aber ich war hartnäckig, und irgendwann hat sie mir wohl geglaubt. Und weißt du, was sie dann gesagt hat?«

»Nein«, sagte Ari Þór.

»›Das Leben ist manchmal unfair.‹ Das hat sie gesagt, die böse alte Hexe!« Elín Saras Wut brach hervor. »›Das Leben ist manchmal unfair!‹ Ich hab's nicht ausgehalten und meine Eltern angerufen, dass sie mich abholen. Den Grund habe ich ihnen nie gesagt. Ich konnte mit keinem Menschen darüber reden, erst jetzt mit dir. Und es tut richtig gut, das kannst du mir glauben. Natürlich hätte ich etwas unternehmen müssen, als ich alt genug war – ich hätte den Mistkerl verklagen sollen. Aber je mehr Zeit verging, desto weniger wollte ich darüber reden. Ich wollte es einfach nur noch vergessen.«

Erneutes Schweigen.

Aber eine Frage musste sie noch beantworten. Tief im Inneren hoffte Ari Þór, dass besagter Mann Arnór gewesen war. Weil dann Tómas den Richtigen verhaftet hätte, wenn auch aufgrund fragwürdiger Beweggründe.

»Wer war es? Der Mann, der dir das angetan hat?«, fragte er und wartete auf die Antwort.

»Reynir natürlich. Und wie zum Hohn ist er ständig in der Zeitung, mit diesem Lächeln im Gesicht. Der Herr Saubermann. Ich erinnere mich so gut an dieses Lächeln, aber für mich bedeutet es etwas ganz anderes. Etwas absolut Ekliges.«

13. Kapitel

Ari Þór steckte den Kopf durch die Tür des Krankenhauszimmers und sah, dass Kristín und das Baby fest schliefen. Er ließ sie nur ungern allein, aber diesen Job musste er zu Ende bringen. Er bat die Krankenschwester, Kristín später eine Nachricht zu überbringen, eilte hinaus zum geliehenen Streifenwagen der hiesigen Polizeiwache und fuhr, so schnell er sich traute – und manchmal auch schneller –, nach Kálfshamarsvík. Die Straße war vereist, und es schneite, keine idealen Bedingungen zum Rasen.

Langsam fügten sich die Puzzleteile zusammen. Reynir hatte bestimmt nicht nur ein Mädchen missbraucht, darauf würde er wetten. Sicher hatte Ásta das Gleiche erlebt und geschwiegen, genau wie Elín Sara. Ásta war zurückgekommen, um sich zu rächen; oder vielleicht sogar, um Geld von ihm zu erpressen, in ihrer finanziellen Notlage keineswegs unwahrscheinlich. Ástas Tod hatte Thóra erschüttert – und ihren alten Argwohn neu aufleben lassen –, denn sie wusste, was Reynir der jungen Sara angetan hatte.

Doch selbst wenn Reynir das Gleiche mit Ásta gemacht hatte, und vielleicht auch mit Tinna, hatte er sie dann zwangsläufig auch ermordet?

Nach ein paar Gläsern Wein hatte Thóra es gewagt, Sara zu

erwähnen. Das schockierte Reynir, der nicht riskieren konnte, dass sie noch mehr erzählte. Also musste er sie beseitigen. Was er sich selbst gegenüber damit rechtfertigte, dass ihre Tage ja sowieso gezählt waren.

Ja, es kam alles zusammen.

Als er beim Haus auf der Landspitze ankam, war der Leuchtturm die einzige Lichtquelle. Das Haus selbst lag im Dunkeln, und Reynirs Wagen war nirgends zu sehen.

Ari Þór sprang aus dem Auto, rannte zum Tor und brauchte frustrierend lange, um es zu öffnen. Er lief weiter zum Haus, hämmerte an die Tür, aber es kam keine Reaktion. Er drückte den Griff nach unten, die Tür war unverschlossen, er ging hinein und rief laut, sah in allen Zimmern nach, doch das Haus schien menschenleer.

Dann fiel ihm ein, dass es ja bald neunzehn Uhr war und Óskar gesagt hatte, er und seine Schwester seien an Heiligabend immer um achtzehn Uhr in die Kirche gegangen. Sogar den Namen der Kirche hatte er erwähnt, doch der fiel Ari Þór nicht mehr ein. Er rief den Inspektor der Wache in Blönduós auf dem Handy an, vergaß, sich zu entschuldigen, dass er um die Uhrzeit an Heiligabend störte, und wünschte ihm nicht einmal frohe Weihnachten. Er nannte einfach seinen Namen und platzte mit der Frage heraus.

»Wohin gehen die Leute von Kálfshamarsvík in die Kirche?«

»Wahrscheinlich in Hof«, antwortete der Inspektor völlig gelassen.

Hof klingt richtig, dachte Ari Þór.

»Es ist ein besonderer Ort«, fuhr der Inspektor freundlich fort. »Dort wurde einmal ein Priester wegen Hexerei verurteilt … natürlich ist das lange her.«

»Danke«, sagte Ari Þór schnell in dem Versuch, die drohende Informationsflut aufzuhalten. »Wie komme ich dahin?«

»Wo bist du?«

»Auf Kálfshamarsvík.«

»Fahr zurück Richtung Skagaströnd, und nach zehn Minuten siehst du die Kirche auf der linken Seite. Du kannst sie gar nicht verfehlen. Aber was machst du da draußen …?«

Ohne zu antworten, beendete Ari einfach das Gespräch und wendete den Wagen. Er musste sich voll aufs Fahren konzentrieren, denn es schneite noch immer, und die Straße war im Dunkeln schlecht zu sehen. Durch den reflektierenden Schnee war es wenigstens nicht stockfinster, so dass er relativ gut vorankam und auch die hell erleuchtete Kirche sofort fand, vor der mehrere Autos standen. Es war ein schönes, weiß gestrichenes Gebäude, dessen rotes Dach unter vielen Schneeschichten durchschimmerte.

Ari Þór parkte seinen Wagen neben einem lädierten Traktor, der einst wohl knallrot gewesen war, seine besten Jahre jedoch schon lange hinter sich hatte. Er eilte die Treppe hinauf zur Kirche, aus der die warme, gedämpfte Melodie eines Weihnachtsliedes in die Kälte drang.

Einen Moment lang verharrte er vor dem Eingang unter zwei Kreuzen, zögerte, den Gottesdienst zu stören. Doch dann öffnete er vorsichtig die Tür und blickte hinein. Reynir saß vorne in der Kirche, nahe dem Mittelgang, und Óskar saß neben ihm.

Der Priester hatte Ari Þór sofort voll im Blick, aber alle anderen Kirchenbesucher nahmen ihn erst wahr, als er nach vorn ging, Reynir auf die Schulter tippte und ihm ins Ohr flüsterte.

»Kann ich kurz mit dir reden? Jetzt gleich, bitte.«

Reynir, offensichtlich überrascht, stand sofort auf. Ein Murmeln ging durch die Kirchengemeinde, während der Chor sich mehr oder weniger erfolgreich bemühte, weiterzusingen.

Ari Þór führte Reynir hinaus in den sanft fallenden Schnee. Sie waren gerade auf dem Weg zum Streifenwagen, als hinter ihnen plötzlich Óskar die Treppe herunterkam, und zwar nicht wie gewohnt im blauen Rollkragenpullover, sondern im grauen Anzug mit weißem Hemd und gestreifter grüner Krawatte. Wie immer hatte er seinen Gehstock dabei.

»Was geht hier vor?«, wollte Óskar wissen, sein Ton energischer, als Ari Þór es ihm zugetraut hätte.

Beide blieben stehen und drehten sich um.

»Ich muss mit Reynir reden«, sagte Ari Þór.

»Worüber?«

Er seufzte. »Wir haben neue Informationen, zu denen ich ihn befragen muss.«

»Wie kannst du es wagen, mich an Heiligabend aus dem Gottesdienst zu holen?«, fuhr Reynir jetzt Ari Þór an, nach dem Motto, Angriff ist die beste Verteidigung. »Ich habe dir eine Menge durchgehen lassen, aber jetzt reicht's. Morgen früh lege ich Beschwerde gegen dich ein.«

Arrogant bis zum Schluss, dachte Ari Þór. Dann konnte Óskar jetzt auch ruhig mitbekommen, was für ein Mann er wirklich war.

»Es ist vorbei, Reynir«, schoss Ari Þór zurück. »Sara – Elín Sara – hat mich vorhin angerufen und mir die ganze Geschichte erzählt. Das Schweigen ist gebrochen. Wie lange hast du eigentlich geglaubt, das alles unter Verschluss halten zu können?«

Reynir schien aus allen Wolken zu fallen. Ari Þór sah ihm an, dass ihn seine Worte erschütterten. Trotzdem war er entschlossen, weiter den Schein zu wahren. »Wovon redest du da, Junge? Ich kenne keine Sara, und mehr gibt's dazu nicht zu sagen.« Er trat den Rückweg zur Kirche an.

Ari Þór lief hinter ihm her und hielt ihn am Arm fest. »Du kommst mit mir.«

»Sara? Das Mädchen, das einmal bei uns Ferien gemacht hat?«, fragte Óskar.

»Genau die«, antwortete Ari Þór.

»Sie hat dich angerufen?«

»Achte nicht auf sein dummes Geschwätz, Óskar«, sagte Reynir, als erteile er einem Untergebenen einen Befehl.

»Als ich heute Morgen mit ihr telefoniert habe, wollte sie nichts sagen. Aber dann hat sie mich vorhin noch einmal angerufen und mir die ganze Geschichte erzählt – sie hat genau beschrieben, was Reynir mit ihr gemacht hat.«

Reynir stand da wie festgefroren.

»Er hat sie mit in den Leuchtturm genommen, die Tür zugeschlossen … und sie sexuell missbraucht.«

»Wie bitte?«, schrie Óskar. »Stimmt das, Reynir, ist das wahr?«

Reynir sah Ari Þór und dann Óskar mit ausdrucksloser Miene an, als hätte das alles nichts mit ihm zu tun. »Natürlich nicht. Das alles sind ein Haufen Lügen.«

»Sara hat Thóra alles erzählt, aber die wollte ihr nicht helfen. Ich kann mir gut vorstellen, dass dieser Fehler Thóra bis zu ihrem Tod gequält hat«, sagte Ari Þór.

»Das darf doch nicht wahr sein«, rief Óskar wütend aus, und dann an Reynir gewandt: »Sie hat sich immer um dich gekümmert. Du warst wie ein Sohn für sie. Und du hast sie immer nur schlecht behandelt.«

»Ich hab ihr nichts geschuldet«, erwiderte Reynir. »Sie war eine Angestellte und hat meine Mutter nie ersetzt. Wenn sie das geglaubt hat, war sie sogar noch verrückter, als ich dachte.«

»Was fällt dir ein, so über meine Schwester zu reden!«, stieß Óskar hervor, er hatte anscheinend vergessen, dass von diesem Mann sein Lebensunterhalt abhing. Reynir schwieg. »Was für eine Sorte Mann bist du eigentlich?«, fuhr Óskar fort. »Missbraucht ein junges Mädchen? War das der Grund, warum Ásta vor Weihnachten hierhergekommen ist? Hast du sie auch missbraucht? Wollte sie es dir heimzahlen?«, fragte Óskar mit lauter werdender Stimme, zeigte mit dem Stock auf Reynir. »Antworte mir!«

Reynir schwieg weiter.

»Mein Gott«, sagte Óskar. »Was hätte deine Mutter wohl zu alledem gesagt.«

»Lass meine Mutter aus dem Spiel«, fuhr Reynir ihn getroffen an, der Ton weniger scharf als zuvor.

Óskar trat dicht vor ihn und stieß ihn so fest, dass er rückwärts taumelnd auf dem Rücken landete.

»Hast du damals Ásta belästigt?«, fuhr er ihn an, stellte sich neben den hilflosen Mann am Boden und drückte ihm einen Fuß auf den Hals, das Gesicht wutverzerrt. »Und, hast du das? Ich will die Wahrheit wissen!«

Óskars Attacke schien Reynir eine Riesenangst einzujagen, da man ihm diese Kraft nie zugetraut hätte. Zudem fiel Ari Þór ein, dass Reynir ihn einmal als »stark wie ein Ochse« bezeichnet hatte.

Spätestens jetzt hätte Ari Þór eingreifen müssen, hielt sich aber vorerst zurück. Er wusste zwar, dass er Reynir auf die Polizeiwache zum Verhör bringen müsste, wollte aber sehen, was bei dem Streit zwischen Óskar und Reynir herauskam. So ging er bewusst ein Risiko ein, weil er spürte, dass es noch mehr zu entdecken gab.

»Ich will die Wahrheit wissen!«, schrie Óskar.

Reynir wollte offensichtlich etwas sagen, bekam aber keine Luft, und Óskar nahm den Fuß weg.

»Ásta habe ich nie angefasst!«, keuchte Reynir. »Nie! Ich hab sie in Ruhe gelassen. Das schwöre ich … sie war zu aggressiv. Tinna war viel einfacher …«

»Du Scheißkerl«, spuckte Óskar aus. »Was hast du mit Tinna gemacht?«

»Ich hab sie nie angefasst!«, sagte Reynir.

Óskar machte einen Schritt zurück, damit Reynir sich aufsetzen konnte.

»Wir haben deinen Computer gefunden«, log Ari Þór, da ihm plötzlich klar wurde, warum Reynir ihn »verloren« hatte.

»Was? Ihr habt ihn gefunden?«

»Du wolltest nicht, dass wir die Bilder sehen, oder?«

»Ich hab damit aufgehört …«, stieß er aus. »Das sind nur Bilder aus dem Internet!«

Volltreffer, dachte Ari Þór. Sein Verdacht war also richtig gewesen.

»Natürlich, was sonst«, sagte Ari Þór, wollte Reynirs momentane Schwäche ausnutzen. »Ich glaube, ich weiß jetzt, was passiert ist.«

»Ich bin kein schlechter Mensch … ihr müsst mir glauben, dass ich sie nie berührt habe«, sagte Reynir und rappelte sich hoch auf die Füße.

»Und Ástas Tod war ein Unfall, ja?«

»Sie wollte mich um ein paar Millionen Euro erpressen. Sie

hat gesagt, sie hätte extra bis zum Tod meines Vaters gewartet, weil dann alles mir gehörte.« Er hielt inne. »Ihr war nicht klar, dass kaum noch was da ist. Der alte Mann hatte ein besseres Händchen fürs Geld als ich. Ich hab ein paar Entscheidungen getroffen, die nicht sehr klug waren.«

»Und was ist in der Nacht passiert?«, wollte Ari Þór wissen.

Es schneite immer noch, was Reynir jedoch kaum wahrzunehmen schien. Doch Ari Þór erinnerte der Schnee daran, dass heute Heiligabend war. Aber diese sanften, wunderschönen Eiskristalle störte es nicht, dass einer der Männer vor der Kirche wahrscheinlich ein Mörder war.

»Sie hat nachts noch an meine Tür geklopft. Sie war ziemlich betrunken und wollte, dass ich mit ihr zum Leuchtturm gehe. Ich hab nicht verstanden, was das sollte, und bin mitgegangen.« Er seufzte. »Das hätte ich lieber nicht tun sollen. Offensichtlich wusste sie, wo ich immer mit Tinna hingegangen bin.«

»Wo bist du mit Tinna hingegangen?«, unterbrach ihn Óskar.

»Na ja … zum Leuchtturm …« Reynirs Arroganz war spurlos verschwunden. Es schien fast so, als wäre er erleichtert – als würde dieses Geständnis ihn irgendwie erlösen. »Sie drohte mir mit irgendwelchen Beweisen. Ich glaube, sie hat nur geblufft, aber ich hab die Beherrschung verloren. Denn wenn das alles rauskäme, würde ich nicht nur das Unternehmen verlieren, sondern auch meinen guten Ruf und stände am Ende mit nichts da. Ich hab sie attackiert, aber ich wollte sie nicht umbringen!«

Er schluchzte, aber wegen des Schnees konnte man nicht sehen, ob er auch Tränen in den Augen hatte.

»Was ist passiert?«, fragte Ari Þór ruhig.

»Ich hab sie am Hals gepackt und geschüttelt, und dabei ist sie irgendwie mit dem Kopf gegen die Wand gestoßen. Es war ein Unfall! Ich hab nie vorgehabt, sie zu töten«, wiederholte er.

»Warum hast du sie dann die Klippe heruntergeworfen?«

»Was sollte ich denn machen? Sie war tot, lag mitten in der Nacht im Leuchtturm. Mir sind sofort die Klippen eingefallen. Und dass sie sich an der gleichen Stelle umgebracht hat, wo ihre Mutter und ihre Schwester umgekommen sind, ist doch gar nicht so abwegig. Ich habe gehofft, ihr Tod würde als Selbstmord behandelt … aber so ist es nicht gekommen …«

»Dann hast du absichtlich von Geistern in der Gegend gesprochen, stimmt's? Dass hier übernatürliche Dinge passieren«, fragte Ari Þór. »Das hast du bewusst gemacht, um alle drei Todesfälle wie ein Mysterium erscheinen zu lassen.«

»Könnte man so sagen«, murmelte Reynir.

»Jetzt erinnere ich mich auch an etwas, was du in der Nacht gesagt hast, als Thóra gestorben ist«, brach es wütend aus Óskar raus. »Dass Ásta ein süßes Mädchen gewesen sei, damals wie heute. Sie war sieben, als du sie zuletzt gesehen hast. Du bist ja so erbärmlich.«

»Und Thóra?«, fragte Ari Þór. »Warum musste sie sterben? Weil sie Sara erwähnte?«

»Thóra hat mir einen Blick zugeworfen, als sie den Namen sagte. Da war mir klar, dass sie wusste, was passiert war, und es nicht länger für sich behalten würde. Offensichtlich wollte sie noch eine alte Rechnung begleichen, bevor es zu spät war. Das konnte ich nicht riskieren. Aber ihr blieb sowieso nur noch wenig Zeit, es war geradezu ein Gnadenakt, ihr einen leichten Abgang zu verschaffen, anstatt auf den nahenden Tod zu warten«, sagte Reynir. Ari Þór hatte also recht mit der Vermutung, dass Reynir Thóras Ermordung auf diese Weise rechtfertigen würde.

Óskar wollte wieder auf Reynir losgehen, doch diesmal hielt Ari Þór ihn zurück. »Es ist genug«, sagte er.

»Du Scheißkerl!«, wiederholte Óskar fassungslos. »Du hast meine Schwester umgebracht! Wie konntest du nur!« Erschöpft ließ er den Kopf hängen.

»Sie scheint sich gewehrt zu haben«, sagte Ari Þór zu Reynir. »Das beweist der verschüttete Wein.«

»Ja, anfangs. Aber dann hat sie aufgegeben und akzeptiert, was mit ihr geschieht.«

»Und vermute ich richtig, dass du die kleine Tinna die Klippe hinuntergestoßen hast?«, fragte Ari Þór vorsichtig.

Reynir starrte Ari Þór mit großen Augen an. »Nein, absolut nicht. Ich hab sie nie angerührt! Nicht so … Bist du verrückt? Ich würde niemals ein Kind umbringen. Das war sicher ein Unfall. So was würde ich nie tun, niemals.«

Ari Þór neigte dazu, ihm zu glauben, obwohl es Reynir vielleicht einfach zu viel war, auch noch den Mord an einem Kind zu gestehen. Doch dann ergriff Óskar das Wort.

»Hoffentlich schmorst du in der Hölle, du Scheißkerl«, schrie er Reynir an. Und an Ari Þór gewandt: »Ich packe jetzt aus, ich hab zu lange den Mund gehalten. So wie ich das sehe, geht Tinnas Tod auf Reynirs Konto. Und ich erzähle dir das jetzt nicht, um seine Haut zu retten, sondern um ein für alle Mal ein Ende mit der ganzen Geheimniskrämerei zu machen. Das ist lange überfällig.«

»Wie meinst du das?«, fragte Ari Þór. Konnte es sein, dass dieser freundliche Mann ein schlimmes Verbrechen auf dem Gewissen hatte? Hatte er das kleine Mädchen ermordet?

»Reynir hat Tinna nicht umgebracht.«

»Woher willst du das wissen?«

»Weil ich mitgekriegt habe, wie es passiert ist. Ich war schwimmen, ein ganzes Stück vom Ufer weg, hab aber nie was gesagt – ich konnte es einfach nicht. Vielleicht ist es jetzt auch unwichtig, aber am Ende kommt die Wahrheit immer raus, stimmt's?«

»Es war ein Unfall?«, fragte Ari Þór. Ein beunruhigender Verdacht schlich sich in seine Gedanken, eine mögliche Erklärung, auf die er bislang nicht gekommen war. Er hoffte inständig falschzuliegen und dass Óskar den Verdacht nicht bestätigte.

»Nein, es war kein Unfall«, sagte er. »Ich glaube, Ásta hat sie die Klippe hinuntergestoßen.«

»Ásta hat ihre eigene Schwester umgebracht?«

»Ja, ich glaube, so war es. Ásta war nicht wie andere Kinder, besonders nach dem Tod ihrer Mutter.«

»Weil sie gesehen hat, wie ihre Mutter starb?«, fragte Ari Þór in Anbetracht seiner neuen Theorie.

»Du glaubst, das ist der Grund? Zumindest würde es einiges erklären. Ásta war distanziert, gefühlskalt – beinahe gefühllos. Doch wir beide haben uns gut verstanden. Ich mochte sie. Aber erst nach dem Tod ihrer Schwester bin ich richtig schlau aus ihr geworden. Sie war durchtrieben und lebte in ihrer eigenen Welt gefangen. Heute Morgen habe ich zu dir gesagt – ohne darüber nachzudenken –, dass mir die Freundschaft mit ihr geschadet hat. Ich hatte an dem Tag, als ich schwimmen war, die beiden auf dem Kliff gesehen. Niemand sonst war in der Nähe. Ich bin sicher, dass sie nur gespielt haben, und dann war Tinna plötzlich nicht mehr da. Ich dachte, sie ist bestimmt ins Haus gegangen, und bin nicht sofort zurück ans Ufer geschwommen. Aber als ich dann hörte, dass Tinna vom Kliff gestürzt war, wusste ich, was passiert war. Ich hab's an Ástas Gesicht gesehen. Sie hat alle angelogen und behauptet, dass sie nie in der Nähe der Klippen war.«

Aris Bild von Ásta war schwer beschädigt. Trotzdem hatte er noch immer das rätselhafte Lächeln und den distanzierten Blick vor Augen. War das eine Frau, die im Alter von sieben Jahren ihre kleine Schwester umgebracht hatte?

»Warum hat sie das getan?«, fragte er.

Reynir hatte sich wieder gefangen und sprach mit gewohnt fester Stimme. »Dazu habe ich eine Vermutung«, sagte er. »Vor langer Zeit hat sie mal etwas zu mir gesagt, kurz nach dem Tod ihrer Schwester.«

»Und was war das?«, wollte Ari Þór wissen.

»Sie sagte, dass wir jetzt endlich im Sommer segeln gehen könnten, da Tinna nicht mehr lebt und ihrem Vater keine Lügengeschichten mehr über mich erzählen könnte … und dass ich jetzt immer mit ihr aufs Meer fahren würde. Sie war begeistert von dem Boot, das ich damals gebaut habe, und ich hatte ihr versprochen, jeden Tag mit ihr rauszufahren, sobald es fertig wäre. Zu der Zeit hat sie nur noch von dem Versprechen geredet. Vielleicht … vielleicht dachte sie, sie muss Tinna loswerden, um sicherzugehen, dass ihre Träume nicht zunichtegemacht werden.«

Ari Þór wandte sich an Óskar. »Warum hast du damals nichts gesagt? Warum hast du nicht erklärt, was Tinna zugestoßen ist?«, fragte er. Warum Reynir nichts von seinem Versprechen an Ásta gesagt hatte, konnte er sich gut vorstellen: Er wollte nicht, dass seine eigenen Geheimnisse ans Tageslicht kommen.

»Sie war sieben! Ich wollte ihr Leben nicht ruinieren und kam zu dem Schluss, es würde keinem mehr nützen. Und dann hat ihr Vater sie weggeschickt, ich glaube, er wusste, was passiert war – er spürte es. Er hatte ihre Lügen durchschaut und konnte ihre Nähe nicht mehr ertragen. Ich glaube einfach, Ásta war kein guter Mensch«, sagte Óskar seufzend.

Aus der Kirche drang die Melodie von »Stille Nacht«, was bedeutete, dass der Gottesdienst gleich vorüber war.

»Komm«, sagte er zu Reynir. »Wir müssen gehen.«

Er sah hinter Óskar her, der sich umgedreht hatte und wieder die Kirchentreppe hochstieg.

Ari Þór ging mit Reynir zum Streifenwagen, die verklingende liebliche Weihnachtsmusik im Ohr.

14. Kapitel

Auf der Fahrt hüllte Reynir sich in Schweigen, fing aber kurz vor Blönduós plötzlich an zu reden.

»Du glaubst doch hoffentlich nicht den ganzen Quatsch, den ich vorhin erzählt habe«, sagte er mit eiskalter Stimme.

»Wie meinst du das?«

»Der verdammte Kerl hat mir eine Höllenangst gemacht. Ich musste was sagen, um ihn zu beruhigen. Aber kannst du mir mal erklären, warum du nicht eingeschritten bist? Ich habe große Lust, mich über dich zu beschweren. Es ist doch klar, dass ich kein Wort mehr sage, bevor nicht mein Anwalt aus Reykjavík hier ist.«

Diese Seite Reynirs kannte Ari Þór nur allzu gut. Unter Druck war er eingeknickt, deshalb versuchte er jetzt, den Schaden zu reparieren – und sich aus der Situation herauszuwinden, indem er sein Geständnis als Lüge abstempelte.

Ari Þór konnte sich gut vorstellen, dass er sich im Leuchtturm von Ásta genauso in die Enge getrieben gefühlt hatte: ein gefangenes Tier, das sich in der Rolle des Opfers sieht und die Beherrschung verliert …

Trotzdem war es möglich, dass er mit ein paar Behauptungen davonkam, denn sein Geständnis vor der Kirche würde als Beweis nicht ausreichen. Es wäre gut, wenn Elín Sara zu dem

Missbrauch durch ihn aussagte. So könnte man wenigstens zeigen, was für eine Sorte Mann er war.

Ari Þórs Gedanken wanderten zu Óskar. Was sollte jetzt aus dem alten Mann werden? Er würde wohl kaum in dem Haus bleiben können, und es war unwahrscheinlich, dass er viel Geld auf der hohen Kante hatte. Das bedeutete letztlich, dass er von seinem geliebten Kálfshamarsvík wegziehen und den Rest seiner Tage irgendwo anders verbringen musste. Und wenn er keine andere Familie hatte, würde er ganz allein zurückbleiben. Welch ein grausames Schicksal.

Aber wenigstens standen die Chancen gut, dass Arnór jetzt freigelassen wurde und den Heiligabend – oder das, was davon noch übrig war – mit seiner Frau verbringen konnte. Die Beziehung der beiden war ihm allerdings ein Rätsel, doch er würde sich hüten, das Leben anderer Menschen zu beurteilen. Mit seinem eigenen hatte er schon genug zu tun.

Die Formalitäten waren erledigt. Reynir wurde gerade nach Akureyri ins Gefängnis gebracht, und Ari Þór hatte Tómas die Neuigkeiten mitgeteilt. Er konnte hören, wie Tómas sich am Weihnachtsbier verschluckte.

»Ich mache mich sofort auf den Weg zu euch« waren seine letzten Worte gewesen, und diesmal protestierte Ari Þór nicht.

Er eilte zurück ins Krankenhaus. Kristín war wach, aber ihr kleiner Sohn schlief noch.

»Wo um Himmels willen warst du?«, flüsterte sie lächelnd.

Er warf einen unsicheren Blick auf sein schlafendes Kind.

»Keine Sorge«, sagte sie ruhig. »Er schläft fest.«

»Was für ein Tag! Ich hab Reynir Ákason verhaftet.«

»Wirklich? Er hat Ásta umgebracht?«, fragte sie erstaunt.

»Ja, und die Frau von gestern Nacht auch. Er hat beide Morde gestanden. Aber das ist noch nicht alles. Er scheint noch mehr auf dem Gewissen zu haben … Kindesmissbrauch, auch Ástas Schwester, Tinna.«

Kaum hatte er das gesagt, da bereute er es auch schon. Denn Fragen zum Schicksal des kleinen Mädchens konnte er einfach noch nicht beantworten. Wie sollte er auch Kristín, der frischgebackenen Mutter eines unschuldigen, friedlich schlafenden Neugeborenen sagen, dass ein sieben Jahre altes Mädchen es für richtig befunden hatte, ihre eigene Schwester vom Kliff hinunterzustoßen? Wie konnte er erklären, dass sie es vermutlich getan hatte, um ihren Freund, den Kinderschänder, zu schützen, weil er versprochen hatte, mit ihr segeln zu gehen? Und alles nur, weil sie das Meer liebte …

»Ari Þór, erzähl mir –«, begann Kristín.

Er fiel ihr ins Wort, bevor sie weitersprechen konnte. »Später, Schatz. Später erzähle ich dir alles.«

»Was? Ach so, ja, natürlich. Aber ich wollte etwas ganz anderes sagen.«

»Okay.«

»Erzähl mir etwas über deinen Vater.«

Die Bitte überraschte ihn. »Was willst du denn wissen?«

»Was ist mit ihm passiert …«

Ari Þór zögerte. »Eines Tages erzähle ich dir die Geschichte. Aber nicht jetzt.«

Wider Willen wanderten seine Gedanken dennoch fünfzehn Jahre zurück, zum Sommer 1997, als sein Vater und Namensgeber, Ari Þór Arason senior, spurlos verschwand.

Und dann, vor sechs Jahren, im Sommer 2006, hatte Ari Þór einen ominösen Brief erhalten: eine Zahlungsaufforderung wegen einer Kreditkartenabrechnung in Großbritannien über siebentausend Pfund, ausgestellt auf »Ari Þór Arason«. Ari Þór dachte sofort, er wäre Opfer eines Identitätsdiebstahls geworden, doch dann sah er, dass der Brief auch persönliche Informationen über den Karteninhaber enthielt, einschließlich des Geburtsdatums: 15. Januar 1960 – an dem Tag war sein vermisster Vater geboren. Konnte es sein, dass sein Vater noch lebte? Er hatte sofort einen Flug nach London gebucht, um ihn aufzuspüren …

Aber er hatte Kristín gesagt, dass die Geschichte noch warten musste. Jetzt wollte er sich auf die Zukunft konzentrieren.

Anmerkung des Autors und Dank

Diese Geschichte ist frei erfunden, keine der hier beschriebenen Personen existiert in der Wirklichkeit, noch haben die Ereignisse je stattgefunden.

Kálfshamarsvík, die Bucht und die Landzunge, sind jedoch reale Orte. Ich habe versucht, die Gegend so akkurat wie möglich zu beschreiben, doch ihre Schönheit lässt sich kaum in Worte fassen. Das Haus auf der Landzunge Kálfshamarsvík sowie die Geschichte existieren jedoch nur in meiner Imagination und beziehen sich auf kein Haus, das dort vielleicht irgendwann einmal gestanden hat.

Im Buch verorte ich das Haus an die Stelle, wo früher einmal das reale Dorf Kálfshamarsvík war. Die historischen Fakten, die im Buch über diesen Ort erzählt werden, sind korrekt. Das Dorf wurde um 1940 verlassen; im Anschluss habe ich die wesentlichen Informationsquellen über diese Gegend aufgelistet. Alle Abweichungen von den Fakten habe ich als Autor zu verantworten.

Auch das im Buch erwähnte Erdbeben 1963 hat es gegeben; es war bis in jene Gegend und in Siglufjörður spürbar.

Ich möchte ebenfalls erwähnen, dass sich die angeblich bösartigen Aktivitäten von Geistern, über die im Buch berichtet wird, auf Medienberichte über Ereignisse in Saurar im Jahr

1964 beziehen. Diese Farm liegt im Norden unweit von Kálfshamarsvík.

Der im Buch beschriebene Leuchtturm existiert tatsächlich. Er befindet sich auf der Landzunge Kálfshamarsvík, wurde von Axel Sveinsson entworfen und ist seit 1942 in Betrieb. Ich möchte mich herzlich bei Guðmundur Bernódusson von der *Icelandic Road and Coastal Administration* bedanken, der mir den Zutritt zum Leuchtturm ermöglicht hat, um den Innenraum so genau wie möglich beschreiben zu können.

Dank schulde ich ebenfalls Kriminalinspektor Eiríkur Rafn Rafnsson und Staatsanwältin Hulda María Stefánsdóttir – sie haben mir nicht nur Einblick in ihre Arbeit als Gesetzesvertreter gegeben, sondern auch das Manuskript auf inhaltliche Fehler überprüft.

Im Buch werden im dritten Kapitel des zweiten Teils zwei Passagen zitiert, die vermeintlich aus den Tagebüchern von Kristíns Urgroßvater stammen. Tatsächlich sind sie jedoch den Tagebüchern meines eigenen Urgroßvaters, Jónas Guðmundsson, entlehnt. Hinsichtlich aller anderen hier beschriebenen Ereignisse hat sein Tagebuch jedoch keinen Bezug zu dem fiktiven Tagebuch von Kristíns Urgroßvater – sie sind alle der Phantasie des Autors entsprungen.

Wie immer bin ich vielen Menschen für ihre Hilfe zu Dank verpflichtet. An erster Stelle möchte ich meinen Eltern danken, Jónas Ragnarsson und Katrín Guðjónsdóttir, sowie meinem Bruder, Tómas Jónasson, für ihre unermüdliche Unterstützung und Ermutigung.

Mein Dank gilt ebenfalls meiner Verlegerin, Karen Sullivan, von Orenda Books, und meinem Übersetzer ins Englische, Quentin Bates. Weiterhin danke ich meinen Agenten Monica

Gram von der Copenhagen Literary Agency sowie David Headly von der DHH Literary Agency, meinem isländischen Verleger, Pétur Már Ólafsson, und meinem isländischen Lektor Bjarni Þorsteinsson.

Nicht zuletzt gebührt meiner Frau María und meinen Töchtern Kira und Natalía mein allerherzlichstes Dankeschön.

Ragnar Jónasson

Informationsquellen über das Dorf und den Leuchtturm:

Bjarni Þ. Guðmundsson: *Byggð á Kálfshamarsnesi og næsta nágrenni* (›Das Dorf Kálfshamarsvík und die Umgebung‹), Húnavaka, 1982.

Guðmundur Bernódusson, Guðmundur L. Hafsteinsson und Kristján Sveinsson: *Vitar á Íslandi* (›Leuchttürme in Island‹), 2002.

Kristján Sigurjónsson: *Frá lífinu í Kálfshamarsvík* (›Über das Leben in Kálfshamarsvík‹), Húnvetningur 2000–2001.

Kristján Sveinsson: Informationen auf den Hinweistafeln von Kálfshamarsvík.

Sigurjón Björnsson: *Skaginn og Skagaheiði*, 2005

RAGNAR JÓNASSON bei btb

Hulda-Trilogie

DUNKEL. Thriller
INSEL. Thriller
NEBEL. Thriller

Hulda-Helgi-Serie

FROST. Thriller

Dark-Iceland-Serie

Schneeblind. Thriller
Todesnacht. Thriller
Blindes Eis. Thriller
Totenklippe. Thriller